나의 우울증을 떠나보내며

우울증이라는
전쟁의 현장에서 보내온

긴박하고
솔직한 고백

THIS CLOSE TO HAPPY

나의 우울증을 떠나보내며

대프니 머킨 | 김재성 옮김

muƒintree
뮤진트리

▪ 일러두기

- 이 책은 Daphne Merkin의 《This close to happy : a reckoning with depression》
  (FSG, 2017)을 우리말로 옮긴 것이다.
- 본문 하단에 각주로 단 설명은 옮긴이의 것이다.
- 책 제목은 《 》로, 잡지·논문·영화 제목은 〈 〉로 표기했다.

마이클 포더에게

끊임없이 관찰한다… 나 자신의 낙담을 관찰한다.
그리하여 그것이 유용해진다. 또는 그러기를 바란다.
- 《버지니아 울프의 일기》 5권

내 물감들이 전부 거무스름해진다.
- 애니 레녹스, 〈보도가 갈라진다〉

최근 나는 켜켜이 쌓인 일상의 먼지를 쓸어내어 청결하고 얼룩 없는 바닥을 드러내는 이탈리아인 할머니처럼, 삶을 향해 '이제 됐어!'라고 일갈하는 자살의 매혹에 대해 다시 생각했다. 이제는 나를 낙담하게 하는 상황들에 대한 분노도 두려움도 없을 것이다. 눈가에(눈가 뒤편도 마찬가지이다) 피로감을 느끼며, 내 내면에서 무슨 일이 벌어지고 있는지 상대가 몰랐으면 하는 소망을 가진 채, 사람들과 말을 섞어가며 하루하루 가사상태로 살아가지 않아도 될 것이다. 물리적인 것 같으면서도 반창고나 연고나 깁스로 대응 또는 치료할 수 없는, 머릿속에 자꾸만 솟구쳐오르는 고통도 없을 것이다. 무엇보다도 이제는 더이상 가장하거나 가면을 쓸 필요가 없을 것이다. "뭐라고요? 우울증이라고요? 당신이요? 난 까맣게 몰랐어요."

자살 충동은 대개 이런 때(나는 지금 겨울에 뉴욕에서 내 책상 앞에 앉아 이 글을 쓰고 있다), 낮이 짧아지고, 저녁이 일찍 시작되고, 하늘에 햇빛이 줄어들고, 계속 나아가고자 하는 스스로의 노력에 대한 탄복이 중단되는 이런 때에 찾아온다. 하지만 낮이 길고 햇빛이 쇠하지 않은 초봄이나 한여름에 찾아올 수도 있다. 여러 주 혹은 여러 달 동안 완연한 하강세를 보이던 기분이 마침내 바닥을 쳤기 때문이다. 그럴 때면 빠져나오려는 몸부림도 치지 못하고 진흙탕에 누워 뒹굴게 된다. 적어도 표면상으로는 원인으로 지목할 만한 끔찍한 일이 일어나지 않았기 때문에 고통을 견디기가 더욱 힘들다. 이윽고 치명적인 유혹이 다시 고개를 쳐들고 낙심과 프로그램 수행(마치 헬스클럽 코치처럼 복잡한 상황에 너무 유쾌하게 접근하는 것 같아서 불만이긴 하지만, 적절한 표현임을 인정하지 않을 수 없다) 불능에 종지부를 찍을 것을 제안한다.

사실 나는 프로그램을 이해하지 못했다. 어디로 나아가라는 건지, 성공적인 수료 가능성을 암시하는 장기적 목표는 무엇인지 말이다. 물론 일종의 목표이기도 하고 나를 계속 나아가게 해주는 가장 확실한 충동인 글쓰기가 있다. 예술은 길고 인생은 짧다. 'Ars longa, vita brevis'라는 라틴어 금언에 따르면 그렇다. 하지만 모든 것이 회색빛에 박약하기 짝이 없는 오늘 같은 날에는 아무리 애를 써도 마음이 가라앉지 않는다. 너무 지쳐서 한쪽 발을 다른 발 앞으로 내디뎌야 할 이유가 무엇인지조차 알 수 없고, 인생이 정말이지 끝도 없이 길게만 보인다. 정적에 싸인 아파트 어딘가에서 시계 초침이 똑딱똑딱 공허한 1초 1초를 알리면서, 내가 길을 잃은 중에도 시간은 흐른다는 엄중한 사실을 바이스로 목을 옥죄듯 상기시켜준다. 그리고 정신병동에 입원해 있던 시절의 장면 하나가 떠오른다. 나는 대낮부터 다른 환자들과 이른바 주간실이라는 곳에 모여 앉아 텔레비전을 보았다. 집에서라면 절대 하지 않을 그런 짓을 하면서, 나 자신이 마치 밖에 내다 널고 잊어버린 빨래처럼 쓸모없게 느껴졌다.

이 무기력의 손아귀에 붙들리기 전에는 하루를 어떻게 보냈던가? 하나의 활동에서 그다음 활동으로 자연스럽게 넘어가던 시절이 떠오르지 않는다. 쓰고, 읽고, 인터넷으로 아이쇼핑을 하고, 딸아이와 대화를 나누고, 뭔가에 대해 친구와 함께 웃고, 커피나 차를 전자레인지에 데우는 일들 말이다. 그렇다고 내가 정신없는 일정을 잇달아 소화해내는 활력의 대명사인 것은 또 아니어서 상태가 좋을 때도 주로 집에 있는 편이었고, 겉으로는 개방적이고 포용력 있게 보여도 밖에 나가 사람들을 만나려면 내면의 힘을 모두 끌어모아야 했다. 하지만 예전에는 외출 계획에 따르는 기본적인 소란 자체에 의문을 던지지는 않았다. 그런데 지금은 다른 사람들이 저 바깥세상에서 잡무를 처리하고, 서둘러 약속 장소에 가고, 하교하는 아이를 차에 태워오며 피우는 온갖 법석들을 이해할 수가 없다. 삶의 여러 상황들을 이어주는 맥락을 잃어버린 것이다. 앞뒤가 맞는 것이 아무것도 없고, 생각할 수 있는 것이라고는 마음을 갉아 먹는 이 신경증적 고통, 그리고 그 고통을 끝내는 것이야말로 나와 타인들에게 자비를 베푸는 길이라는 자각뿐이다.

상황이 좀 달랐다면, 약물중독자가 되어 거리에서 파는 마약이 선사하는 모든 것을 잊게 해주는 황홀경에 빠져들었을지도 모른다. 하지만 나는 그러는 대신 긴 세월 동안 마음 착한 정신약리학자가 이따금 선처해준 덕분에 합법적인 여러 약물을 처방받아 복용하고, 내 이야기를 들어주는 사람들에게 목돈을 주어가며 50분의 상담 시간을 이용해 내 증상을 설명해왔다. 그들의 사무실에서 나는 다른 환자들이 연인을 찾고 싶다는 소망을 털어놓는 식으로 죽고 싶다는 욕망을 표현한다. 딸아이와 친구들, 써야 할 글들, 맛있는 음식이나 새로 나온책, 다들 보는 텔레비전 드라마 같은, 이 세상에 머물고 싶게 만들어야 마땅한 것들도 소용이 없다. 나를 가장 잘 아는 사람들조차 내 눈에 서린 빛을, 앞길을 가로막는 그 빛을 이해하지 못한다. 절망은 항상 흐리멍덩한 것으로 묘사되곤 하는데, 실은 절망에도 나름의 빛이 있다. 그것은 마치 달빛 같은, 얼룩덜룩한 은빛이다.

1.

한 여자가 주방에 서서 커피 한 주전자를 만들려 한다. 세련된 알루미늄 봉지를 열어 향이 진하고 값이 터무니없이 비싼 커피 가루를 스푼으로 떠내 종이 필터에 넣는 중이다. 큰 숟갈로 몇 개까지 넣었는지 기억을 더듬는다. 넷이었나? 여섯? 아니면 셋? 그 순간 어두운 생각들이 거칠고 잽싸게 쳐들어온다. "그러지 말아야 했어, 그래야 했어, 왜 그래, 왜 그러지 않아, 희망은 없어, 너무 늦었어, 항상 너무 늦었어, 포기해, 침대로 돌아가, 희망은 없어, 벌써 하루의 절반이 지나갔어, 아니, 남은 하루가 너무 길어, 할 일이 너무 많아, 할 일이 별로 없어, 전부 다 쓸데없어, 희망은 없어."

이미 수없이 했던 생각을 다시 해본다. 좀 더 시야가 밝은 사람, 스스로의 실존이 가진 의미에 대한 보다 지속가능한 인식을 가진 사람으로 살면 어떨까? 모든 것이 괜찮고 더 좋아질 거라는 환상(특히 자신만의 정원을 가지고 가꾼다면), 그것 없이는 삶을 견디기 힘들 불가결한 환상을 지닌 사람이라면? 그런 사람은 계속 커피를 만들지, 절망감을 느끼자마자 자살 욕구로 직행하진 않겠지? 그러니까 그럴 때 샤워를 하고, 옷을 입고, 그런대로 하루를 마주할 준비를 하고, 기뻐서 날뛰지도 우울감에 휘청거리지도 않는 사람으로 산다는 것은 과연 어떤 것일까? 그녀처럼 자기혐오에 빠진 채 스스로의 마음에 휘둘리는 사람으로 사는 것의 최악의 문제는 그런 현실로부터 벗어날 방도가 없다는 점이다. 그녀가 몸을 추스르고 일어나, 다른 사람들이 그녀의 눈에는 한없이 낯설게만 보이는 자연스러운 태도로 도달하는 준비 지점에 힘겹게 다다르려면, 상담치료나 약물치료, 진취적 사고방식 갖기, 굶주리거나 불구가 되었거나 전반적으로 불운한 사람들을 떠올리기 같은 강제적이거나 의식적인 중재 외에는 다른 가능성이 보이지 않는다.

주방 창문 너머로 마당 건너편의 다른 건물들이, 다른 삶들이 바라보인다. 주황색·보라색·청록색 등 밝은 항우울성 색채들로 칠해져 있고 간접 조명등이 밝혀져 있지만, 어쩐지 그림자에 휩싸인 느낌도 든다. 그녀는 그녀의 아파트가 상쾌하게 느껴지게 하려고 무척 애써왔고, 사람들도 대체로 그녀가 택한 색조·미술품·소소한 장식품들 따위에 긍정적으로 반응한다. 그러나 어두운 계절의 바람이 그녀를 향해 불어오면 세심한 집안 정리 노력도 허사가 되어버린다. 그녀는 딸과의 밀착된 관계, 친한 친구들, 진지하거나 경박한 주변 문화에 대한 뜨거운 관심, 작가로서 의미 있는 작업 등이 포함된 삶을 살려고 고심해왔고, 송곳 같은 시선과 호기심, 비틀린 유머와 따뜻함을 인정받고 있다. 겉으로는 샘날 만큼은 아니더라도 퍽 괜찮은 삶으로 보일 것이다. 그녀도 이 사실을 어느 정도 알지만, 내면에서 바람이 울부짖을 때면, 그리하여 메마르고 길 잃고 희망이 거의 없다는 느낌이 들면 속수무책이다.

나도 모르는 사이에 갑자기 기분이 가파르게 곤두박질친다. 대체로 괜찮다가 별안간 머리가 통째로 날아갈 것만 같다. 이런 일은 예를 들면 치과에 들렀다 빈 아파트에 돌아와보니 공기 중의 먼지가 쓸쓸하게 느껴지는 월요일 오후에 일어날 수 있다. 그녀는 슬픔의 동굴, 해묵은 영원한 비탄의 동굴에 갇혀 고립감을 느낀다. 그 느낌의 날개를 타고, 내면 어딘가에서 자살 충동이 꾸르륵 꾸르륵 올라온다. 그녀는 그 거센 힘에 밀려 주방으로 건너가 싱크대 위에 놓인 나무 칼꽂이에서 칼 하나를 꺼내 톱니 모양의 날을 엄지 끝으로 쓸어내려본다. 그리고 그것으로 손목을 긋는 자신을 상상한다… 아니, 다이앤 아버스Diane Arbus처럼 먼저 욕조에 물을 받고 손목을 긋는 거야, 그래야 확실하지 않겠어? 이 생각을 중단시키기 위해 침대에 누워서 충동이 지나가기를 기다린다.

이 어두운 계절은 여러 주, 심지어 여러 달 동안 숨어서 꾸물거리다가 마침내 돌이킬 수 없게 되었음을 선언하기도 한다. 앞에서 말한 오후는 3월 중순이었지만, 사실 12월 중순일 수도, 8월 중순일 수도 있다. 그녀를 사로잡는 증상은 달력 따위는 개의치 않고 언제가 됐든 마음 내키는 대로 찾아온다. 형태야 어떻든 거의 평생을 이런 느낌과 함께 살아온 것 같다. 그녀는 늘 벽돌에 낀 검댕을, 친구들의 결함을, 그리고 삶의 표면 아래에 선혈처럼 흐르는 슬픔을, 그렇게 잠복 상태로 대기 중인 비애를 알아차린다.

우울증은 전 세계 3억 5000만 명의 사람들을 괴롭히는 지구촌 전체의 문제이다. 2012년 통계에 따르면 미국에서만 1600만 명이 한 번 이상 우울증을 겪었고 2014년에는 우울증으로 자살한 사망자 수가 4만 명이 넘었다. 그런데도 아무도 이 슬픔에 대해 공개적으로 이야기하길 원치 않는 듯하다. 비밀이 없는 무분별의 시대인데도 말이다. 칵테일파티 같은 곳에서 익명의 알코올 중독자 모임에 참석한 경험이나 재활센터에서 보낸 시간에 대해 구구절절 이야기를 늘어놓아도 불편해하는 사람이 없다. 하지만 와인 잔을 손에 든 채 다음엔 누구와 이야기를 나누나 싶어 눈을 가늘게 뜨고 살피며 이리저리 옮겨다니는 우아한 사교 모임에서 자신의 기분을 솔직하게 털어놓는다고 상상해보자.

"요즘 어때요?"

"좋지 않아요. 사실은 굉장히 우울해요. 침대에서 빠져나오기가 어려울 정도죠. 요즘 세상에서 무슨 일이 일어나고 있는지는 전혀 모를뿐더러 별 관심도 없어요."

누가 이런 소리를 듣고 싶을까? 듣고 싶은 적이 있기나 했고, 앞으로도 과연 있을까? 요즘에는 가리지 않고 모든 것을 공유하는 문화이지만, 가지런한 표면을 어지럽히는 지나치게 개인적인 이야기에 대해서는 아직도 닫혀 있는 영역이 많다. 우리는 개인의 극적 증언을 강요하며, 회복운동이라는 미명하에 기이한 외마디 비명으로 제시되지 않는 한 일체의 내면성을 난감해하는 사회에 살고 있다. 준엄한 자기성찰이나 각자의 악령과 벌이는 침착하고 조용한 투쟁은 존 러스킨John Ruskin, 토머스 칼라일Thomas Carlyle, 매튜 아널드Matthew Arnold 같은 빅토리아 시대의 고뇌에 찬 대大사상가들과 함께 퇴장했다.

이런 종류의 무자비한 감정은 사적인 관계에서도 늘어놓기가 쉽지 않은 법이다. 아무리 정이 많고 남의 말을 잘 들어주는 친구라도 마찬가지다. 우울증이란 본디 자신의 외통수적 현실에 골몰하게 되어 있어서, 들어주는 사람이 인내심이 많아도 오래 못 가 질리게 된다. "요가 강습에 등록하면 어때?" 또는 "마사지를 받아봐" 같은 조언을 해주지만 그들이 속에 담고 차마 입 밖에 내지 못하는 말은 "주절주절 신세타령은 제발 좀 그만둬"이기 십상이고, 완강히 다문 턱은 나까지 덩달아 우울해질 생각은 없다는 저항감을 드러낸다.

여자가 또다시 어두운 계절의 희뿌연 안개 속으로 사라지면

(아무 소리 없이, 누구에게도 경고하지 않고 남몰래 슬금슬금 기어 들어와 그녀의 내면을 장악해 손쓸 수 없게 하는 부정적인 생각이 침입한 것이다) 위해는 이미 가해진 뒤이고, 그녀를 대신해 중재에 나설 사람은 아무도 없다.

여자에게는 조이라는 이름의 생기발랄한 이십대 딸이 있다. 그녀는 모녀 사이에 가능한 정서적 근친상간의 방식으로 딸과 함께 눈물이 날 때까지 자지러지게 웃곤 한다. 조이에게 엄마를 보호하는 역할, 풀어 말하면 그애가 출생한 직후 우울증으로 여섯 달 동안 입원했고, 그애가 채 네 살도 되지 않았을 때, 그리고 그애가 십대 후반일 때 또다시 병원 신세를 진 엄마를 돌봐야 하는 부담이 과중하게 지워진 것은 아닌지 걱정이 된다. 딸을 한없이 사랑하지만, 정말 사랑한다면 그늘만 많고 양지는 거의 없는 엄마라는 존재로부터 풀어주는 것이, 그래서 딸이 한껏 뻗어나가도록 도와주는 것이 옳지 않을까 싶은 것이다.

이 여자는 바로 나다. 하지만 이 여자는 남성에 비해 두 배가까운 수가 우울증에 시달리는 여성들 중 그 누구일 수도 있다. 재미있는 사실은 그럼에도 불구하고 이 병에 관한 글을 쓰는 사람은 주로 남성이라는 점이다.(또 우울증 진단을 받고 정신병동에 입원하는 남성의 수는 여성에 비해 훨씬 적지만 자살률은 네 배나 된다.) 여성의 우울증 발병률이 훨씬 높은데, 이 분야에서조차 남성이 여성보다 거대한 그림자를 드리운다는 점은 마치 남성의 우울증은 개인적 질환이기보다는 문화적 질환이라는 증거처럼 받아들여진다는 차원에서 흥미롭다. 남성의 우울증은 암흑 같은 기분이 경고도 없이 천연두처럼 덮쳐오는 것으로 묘사되는 경우가 많다. 앤드루 솔로몬Andrew Solomon과 에드워드 세인트 오빈Edward St. Aubyn 같은 예외가 있기는 하지만, 통상적으로 침울한 기질적 경향이 암시되지는 않는다. 그 대신 누군가의 죽음의 여파, 술이나 수면제를 끊으며 거치는 금단증상, 중병 진단 등 자아 바깥의 돌연하고 특정한 원인이 주로 지목된다. 큰 성공을 거둔 작가나 과학자가 잘 활동하다가 불현듯 브루클린 대교에서 투신하는 식이다. 또는 외부 원인이 아예 없는 경우도 있다. 이를테면《치킨 리틀Chicken Little》에서처럼 자고 깨어나 보니 하늘이 무너지고 있는 것이다.

두 번째 사례에서 작가는 여태 간과되어온 유전의 그림자를 갑자기 제시한다. 정신분열증을 앓는 삼촌이나 자살을 욕망하는 팔촌이 참으로 편리하게 소환되고, 본인은 취약성을 노출하거나 문제를 조사받을 필요성을 면제받는다. 모든 것이 심리 외적 상황들과만 연계되기 때문이다. 윌리엄 스타이런William Styron은 통절하지만 이상할 만큼 맥락 없는 회고록《보이는 어둠Darkness Visible》에서 자신의 우울증을 거의 전적으로 금주와 연결시킴으로써 이런 길을 택했다. 영국의 생물학자 루이스 월퍼트Lewis Wolpert는 회고록《악성의 슬픔Malignant Sadness》[1] 끝머리에 개인적인 우울증 경험을 공개적으로 논의

해준 것에 대해 고마워한 많은 독자들을 언급한 뒤 이렇게 부연한다. "나 자신도 오명으로부터 자유롭지 않음을 시인하고자 한다. 나 역시 내 우울증에 대해 심리학적 설명보다는 생물학적 설명을 선호하기 때문이다."

이렇게 남성들은 자기 밖의 힘이나 순전히 유전적인 요소를 강조함으로써 정신질환에 따라붙는 도덕적 실패라는 암시를, 그리고 이 질환의 보다 자기성찰적인 설명들에 동원되는 방종이라는 구체적 비판을 감쪽같이 회피해냈다. 그와 대조적으로 여성들의 경우는 그 반대인 경우가 많다. 앤 섹스턴Anne Sexton의 시詩와 실비아 플라스Sylvia Plath의 《벨 자The Bell Jar》가 집약적으로 보여주듯, 여성 환자들은 우울증이 생물학적 오류만이 아니라 내적 결핍, 포착하기 어려운 완전성 또는 행복에 대한 갈망에서도 비롯된다는 점을 받아들임으로써 이 질환을 자기 것으로 인정한다. 그 글들은 지나치다 할 만큼 몹시 내면적이다. 화자가 우울하지 않을 때 살아가는 세계는 매우 인색하게 다루어져 거의 보이지도 않는다.

예를 들어 진 리스Jean Rhys의 자전적 소설들 속 불행한 여주인공들은 내면의 지독한 병증 상태에서 파리의 지저분한 동네들을 떠돎으로써 독자들에게 극심한 절망의 아득한 분위기를 남길 뿐이다. 이런 서사가 지닌 위험은 생명력의 아주 가느

---

1) 국내에는 《우울증에 관한 희망 보고서》라는 제목으로 출간되었다.

다란 불씨마저도 소진해버리고, 따라서 독자의 인내심과 동정을 배제한다는 데 있다. 여기서도 성性에 따른 차이가 눈에 들어오는데, 말하자면 여성의 우울증은 전적으로 특질적인 사안이며 실패한 연애, 일에서 맛본 좌절, 불행한 유년기 등 불운한 사건들에 대한 궁핍한 대응들이 축적된 결과이기 때문에 지금 다루고 있는 특정한 우울증 환자뿐 아니라 누구에게나 적용할 수 있는 결론을 제공하는 패러다임 차원에서 시사하는 바가 드물다는 것이다.

우울증은 여러 시대에 걸쳐 아세디아acedia, 멜랑콜리아melancholia, 말레즈malaise, 카파르cafard, 브라운 스터디brown study, 하입스the hypes, 블루스the blues, 민 레즈the mean reds, 블랙 독the black dog, 블루 데빌스the blue devils, 디스멀스the dismals, 랩 시크니스Lapp sickness, 안페크퉁Anfechtung(후터파 교도들이 쓰는 용어로 '악마의 유혹'이라는 의미) 등 여러 이름으로 불리며 정신적 질병으로, 의지력의 실패로, 생화학적 기능부전으로, 심리적 수수께끼로, 또는 동시에 이들 중 여럿으로 간주되어왔다.(우아한 포장이 선호되는 프랑스에서는 단순한 용어 대신 줄리아 크리스테바Julia Kristeva를 비롯한 정신분석학자들에 의해 '아브젝시옹abjection'[2]이라는 우울증 관련 철학이 고안되기도 했다. 아브젝시옹이나 우울증이나 모두 잃어버린 모성적 대상을 애도하는

---

2) 영락물零落物.

곤란한 상태를 포함하지만, 크리스테바는 《검은 태양 – 우울증과 멜랑콜리아Black Sun: Depression and Melancholia》에서 우울증을 치료해야 할 병리라기보다는 학술언어로 다뤄야 할 담론으로 가정하기도 했다.) 이 질환은 상황에 따라 동정·적의·의심·공감·경멸·무시·존중 또는 이것들이 뒤죽박죽 뒤섞인 감정을 불러일으킨다.

히틀러에 맞서 용맹하게 싸우는 와중에 그림을 그리거나 벽돌을 쌓으면서 멜랑콜리를 물리친 윈스턴 처칠(말년에 일명 '쇼크요법shock therapy'으로 알려진 전기충격 요법에 의존해야 할 만큼 심한 우울증을 앓은 사람은 사실 그의 아내 클레멘타인이었던 것 같다)이나 자기회의와 절망감에 시달리며 노예해방 공화국의 비전을 좇은 에이브러햄 링컨처럼 영웅적이고 당당히 성공한 인물이라면 모르지만, 수년간 내가 〈뉴요커〉와 〈뉴욕 타임스 매거진〉에 기고한 우울증 관련 글들을 읽고 "십대 후반부터 블랙 독은 나를 따라다니며 내 침대 옆에서 함께 잤고 우리 아버지도 입원시켰어요"라는 편지를 보내온 채플 힐의 한 화가처럼, 내가 유사한 악령들과 싸우며 가능한 한 최선을 다해 살아가는 수백만의 이름 없는 환자들 중 하나라면 어떨까?

나는 편지들을 받았다. 유려한 문장으로 쓰인 것도 있었고 해독하기조차 어려운 것도 있었다. 싱싱 감옥의 서른다섯 살 난 죄수, 존 업다이크John Updike와 오랫동안 함께 골프를 친 친구, 딸이 격리 정신병동을 드나들다가 스물아홉에 죽은 '우울한 노老 영문학 교수'가 있었는가 하면, 노란 리갈 사이즈 메모패드를 뜯어 어린아이 필체로 '헬로이즈의 조언Hints from Heloise' 식의 우울증 퇴치요령('자몽은 절대 먹지 말 것' 또는 '가사가 있는 노래는 절대 피할 것' 등등)을 적은 다음 단호하게 우선취급 우편물 봉투에 담아 보낸 '리사'도 있었다. 같은 병을 앓는 사람들의 인정이 눈앞의 괴로움을 경감하는 데 별 도움은 되지 않지만, 저마다 매우 특수한 사정들을 이겨내고 살아남은 사람들임을 생각해볼 때, 암흑 속에서도 친구는 찾을 수 있는 것이구나 하고 위안이 되는 게 사실이다.

여러 해 동안 내 우울증 경험과 딱 맞아떨어지는 전장戰場 보고서를 기다려왔지만 단 하나도 찾지 못했다. 그래서 그 공백을 메우기 위해, 임상 우울증을 앓는다는 것이 어떤 것인지 내면으로부터 묘사하기 위해, 그리하여 환자들은 물론이고 친구나 가족 같은 주변인들에게도 공감을 주기 위해 이 책을 쓰고 있다. 지난 20년간 스타이런의 《보이는 어둠》, 수재너 케이슨Susanna Kaysen의 《가로막힌 여자Girl, Interrupted》[3], 케이 레드필드 제이미슨Kay Redfield Jamison의 《불온한 마음An Unquiet Mind》을 비롯해 단극성 및 양극성 우울증 문제를 다룬 책들이 상당수 나왔지만, 이 책들은 다른 영역에서는 고도로 기능하는 자신의 모습을 확고하게 보여주는 가운데 제한적인 예외

---

3) 국내에는 《처음 만나는 자유》라는 제목으로 출간되었다.

로서 신경쇠약 증상과 지독한 우울증을 묘사하고 있는 것 같다.(《보이는 어둠》이 스타이런이 권위 있는 상을 받기 위해 파리로 가는 시점에서 시작되고 책에 '광기의 회고록'이라는 부제가 붙어 있다는 점을 주목할 만하다.)

이런 묘사는 독자들로 하여금 우울증은 매우 흔하고 이색적일 것 없는 통상의 정신적 문제이며 환자는 그에 맞서 잘 살아내고자 노력하면 된다는 시각보다는 우울증이 매혹적일 만큼 드물고 비정상적인 질환이라는 인식을 갖게 한다. 그것이 자기를 보호하려는 충동에서 비롯된 것인지 아니면 독자를 보호하기 위한 것인지 잘 판단이 안 되는데, 사실 저자 본인들도 마찬가지일 것이다.

확실한 것은 내 경험에 비추어볼 때 우울증의 오명은 아직도 실재한다는 사실이다. 다른 질병에는 없는 수치스럽고 내 잘못인 것 같은 무엇인가가 따라다닌다. 그것은 이를테면 중독과 회복을 다루는 문학과도 깔끔하게 들어맞지 않고 독자에게 대리만족을 주지도 못하는데, 무엇보다도 그 증상들이 사람들을 소외시키거나 호기심을 자극할 만큼 현란하지 않기 때문이다. 정신질환 전반에 뭔가 불가해한 것이 존재하지만 우울증은 더더욱 정의하기 어렵다. 똑 부러지게 선언되기보다는 스멀스멀 기어들어오고, 어떤 증상의 존재보다는 식욕이나 기력, 사회성의 부재로 나타나기 때문이다. 지목할 수 있는 것이 거의 없는 것이다. 추한 꼴을 보이며 소리를 질러대는 것도 아니고, 느닷없이 기운이 뻗쳐 날뛰는 것도 아니고, 복권 번호나 포춘 쿠키에 대한 맹신에 사로잡히는 것도 아니다. 우울증이 정당성을 의심받는 이유는 미처 '보이지' 않는다는 데 있지 않을까 싶다.

또한 우울증은 생물학적 요소와 심리학적 요소가 공존한다는 점에서 볼 수 있듯이 그것을 둘러싼 불명확성 자체로 인해 성격의 진화와 그 내용에 대한 격렬한 선천성-후천성 논쟁의 현상학적 희생양이 되어왔고, 동시에 우리 사회의 청교도적 전통과 손쉽게 약을 먹는 현대 시류를 반영하는 최악의 상징이 되면서 진단은 부족하고 처방은 과도한 불행한 결과를 낳았다. 그리하여 우울증은 한편으로는 의지력으로 무릎 꿇릴 수 있는('한쪽 발을 다른 발 앞에 내디뎌라') 실체 없는 질환으로 일축되고 다른 한편으로는 독감 주사를 놓듯 항우울제를 처방해줄 자격이 있다고 판단되는 일반의들의 영역으로 취급되는 실정이다.

내가 처음 이 책을 쓰기로 약속한 것은 15년 전이었다. 우울증으로 입원했던 경험에 대해 〈뉴요커〉에 한편의 글을 기고한 직후였다. 그 약속을 이행하기까지 이렇게 오래 걸린 것은 글을 쓰는 동안 우울증 재발에 대한 지속적인 공포에 휩싸일 뿐 아니라, 실제로 우울증이 재발해 전투를 치르기 때문이다. 또 나는 유년기의 망령들, 아울러 내 이야기의 가치와 내가 그것을 말해도 되는지에 대한 불신과도 싸우고 있다. 망령을 죽여

없애기란 쉬운 일이 아닌데, 나의 망령들은 특히나 권위적이어서 얌전하게 지내라고, 무용담은 혼자서나 즐기라고 타이른다. 하지만 면밀한 관찰을 통해 내 경험에 더욱 숙달해보자는 생각으로 마침내 이 책을 쓰고 있다. 걸려 있는 문제(남들이 정해준 것이 아니라 나 스스로 찬찬히 이해하게 된 나의 인생)를 정확하게 알아감에 따라 살아남을 가능성이 높아지지 않을까 소망해본다. 그 과정에서 어린 시절에 대한 음험한 매혹을 깨뜨리고 한때는 꼭 필요한 것이며 진실이라고 느껴졌으나 이제는 그 자체로 일종의 감옥이 되어버린 나의 이야기를 말하는 방식도 바꿔보려고 한다.

내 우울증의 경험을 '어두운 계절'로 생각하려는 것은 그것이 찾아왔던 것처럼 떠나가리라는 희망의 몸짓이기도 하고, 전적으로 불쾌한 증상을 미화하려는 노력이기도 하다. 그것이 일단 찾아오면 전에도 이곳에 와본 적이 있음을, 이곳은 낯선 곳이 아니고 곰팡내와 어둠과 밀폐가 친숙하게 느껴진다는 사실을 떠올려본들 별 도움이 안 된다. 가난하거나 방황하고 있거나 상심한 사람들을, 시리아에서 고문을 당하거나 수단에서 굶주리거나 볼티모어에서 구타당하는 사람들을 생각해봐도 마찬가지이다. 내가 궁금한 것은 어떻게 해야 여기서 빠져나갈 수 있는지, 다른 계절이 있기나 한지뿐이다. 삶이 무거운 외투처럼 나를 짓누르는 이 낮은 곳에서는 내가 지금과 다른 기분을 느껴본 적이 있는지조차 아득하기만 하다. 내가 잊었을

지 모르지만 세상에는 붙들 계절들이 있다는 것을 애써 기억해야만 한다. 나는 스스로에게 말한다. 그저 견디면 그 계절들을 기억하게 될 테고, 그것들이 나에게 돌아올 거라고.

2.

해마다 유월절 성찬식에서 파라오의 잔혹한 지배에서 풀려
나 이집트를 떠난 유대인들의 이야기가 반복되듯, 우리 가족
이야기를 하고 또 해야 하는 것이 나의 숙명인 것만 같을 때
가 있다. 히브리어 경전에는 이 이야기를 반복하는 것이 '미츠
바mitzvah' 즉 선행이라고 명시되어 있다. 우리 유대인들을 그
곳에서 이곳으로, 예속에서 해방으로 이끌어온 고난의 역사가
망각되지 않도록 함께 하가다Haggadah[4]를 낭독하며 이 이야기
를 이어가야만 한다. 나는 나의 어린 시절을 일종의 노예 신세
로, 영락없는 감금 상태로 보는데, 수십 년이 지난 지금도 내가
탈옥을 하긴 했는지, 아주 잠깐씩을 제외하고는 제대로 자유

---

4)《탈무드》중 비율법적이고 교훈적인 이야기.

를 맛본 적이 있기는 한지 확신할 수가 없다.

　모든 이야기들이 그렇듯이, 이 이야기도 시간 속을 오르내린다. 대부분의 이야기들과 다른 점이라면 과거가 안전한 곳에 보존되어 있지 않다는 것, 그것이 끊임없이 현재를 찾아와 현재를 압도하고 기능불가 상태로 만들어놓는다는 것이다. 이를테면 과거는 늦은 밤, 아니, 이른 새벽에 현재를 찾아오고, 나는 '우리 가족의 비극'에 대해 언니와 통화한다. 우리는 이미 여러 차례 그 음울한 주제로 돌아가 우리 집안에서 자란다는 일의 설명하기 어렵고 참을 수 없는 현실을 짚어본 바 있다. 언니는 '학살'과 '손상'이라는 표현을 사용하고 나는 웅얼웅얼 동의를 표한다. 우리 집에서 자란 다른 사람들은 이런 대화에 관심이 없다. 다른 형제 넷도 그렇고 각자의 자녀들도 마찬가지이다. 하지만 우리 둘은 이 이야기에 도취해 있고 그 처참함에 붙들려 있다. 시시콜콜한 이야기들이 어떤 결론으로 이어질지는 이제 뻔히 알지만 상관없다. 어쨌거나 우리는 파크 애비뉴의 번지르르한 외관과 달리 철조망에 갇힌 것 같았던 어린 시절의 회상을 좀처럼 중단하지 않을 것 같다.

　어머니의 그 음험한 잔인성을, 우리 형제 중 하나의 정신과 의사가 사뭇 극적으로 표현했듯 '자신의 새끼를 잡아먹으려는' 욕망을, 겉으로는 드러나지 않아 사람들이 알아보지 못했던 정신질환을 어떻게 설명할 수 있을지 우리는 또다시 고민한다. 어머니는 누구에게도 딱히 다정한 사람으로 보이지는 않았을 것이다. 차갑고 조금 무심했지만 그렇다고 완전히 비정상으로, 말하자면 숨은 괴물처럼 보이지도 않았다. 자식의 안위를 염려하고 그들이 본인만큼 또는 그보다 나은 삶을 살기를 바라는 정상적인 어머니의 속성이 하나도 없었음에도 그랬다. 어머니의 근본적으로 뒤틀린 측면을 어떤 방식으로든 식별하기란 불가능한 일이었을지도 모른다. '어머니'라는 관념은 본질적으로, 긍정적인 의미로 다가오기 때문이다. 무릇 어머니는 자식을 잡아먹으려는 듯 입을 벌리고 달려들지 않는 법이다.

"네 눈물은 나를 움직이지 않아." 어릴 때 내가 울면 어머니는 이렇게 되풀이해 말한 뒤 "네 얼굴에 내 다섯 손가락을 느끼게 될 거다"라는 경고와 함께 내 뺨을 후려쳤다. 그러고는 곧바로 어쩌면 내가 예쁜 얼굴인지도 모르지만 기분이 좋지 않을 때는 끔찍해 보인다고 말하곤 했다. '끔찍하다hideous'라는 단어의 첫 음절에 강세를 둔 다음 재빨리 둘째 음절을 연결했다. 마치 화학반응이라도 분석하듯 "설명을 못 하겠어"라고 말한 다음, "침울해 있을 때 네 얼굴에 무슨 일인가 일어나는 거야"라고 말하기도 했다.('침울하다moody'도 어머니가 무척 즐겨 쓴 말이었다.) "정말 끔찍해 보여." 그래서 나는 남의 시선을 의식했다. 순하고 부드러운 얼굴을 하려고 애썼고, 자칫 흉물스러운 꼴을 보이게 될까봐 두려웠다.

내 말을 오해하지는 마라. 그렇다고 우리 어머니가 부모로

서의 의무를 대놓고 소홀히 하거나 괴상하게 굴었던 것은 아니다. 웬만큼 떨어져서 보면 제법 잘 처신하고 살았다. 요리사 이바가 만든 초콜릿 입힌 케이크로 생일 파티를 열어주었고, 전화로 소아과 의사와 상담을 했으며, 사람을 시켜 치과에도 보냈다. 하지만 우리에게 보내는 근본적인 메시지에는 시기와 비난의 독이 어려 있었다. "저애는 동성애자일지도 몰라." 언젠가 느닷없이 자못 쾌활한 어조로 오빠를 향해 이렇게 말하기도 했다. 내 눈엔 동성애의 기미가 전혀 보이지 않았고, 십대 시절 잠시 어머니에게 여성적으로 느껴진 스타일로 구레나룻을 길렀을 뿐이었다. 내가 쓴 소설이 〈뉴요커〉에 채택됐다는 소식을 집에 돌아와 전하자마자 "너는 웃으면 코가 커 보여"라고 말한 적도 있다. 가뜩이나 나는 코가 걱정거리였다. 약간 거만하게 튀어나온 데다 끝이 귀엽게 들린 것이 아니라 아래로 휘어진 전형적인 유대인의 코였기 때문이다. 어머니의 이 말에 나는 결국 코를 수술하기로 마음먹었다.

　무엇보다도 어머니는 우리가 스스로를 중시하기를 원치 않았다. 적어도 어머니 자신만큼은 중요하지는 않다는 것을 알아야 했다. "네 얘기는 그만 해." 어린 시절 어머니를 따라 걸으며 불만거리나 잘된 일 등을 늘어놓으면 으레 듣던 말이다. 어머니는 나치로 인해 자신이 공부를 중단하지만 않았다면 실현할 수 있었을 무한한 가능성은 입에 달고 살면서, 우리 안에서 돋아나는 포부는 간단히 묵살했다. 노래 〈케 세라, 세라〉 속의 소녀처럼 자라서 뭐가 될지 궁금하다고 하면(나는 한동안 여배우가 되는 환상을 품은 적이 있다), 렉싱턴 애비뉴의 염가할인점 울워스 같은 데서 일하면 되지 않겠느냐며 미래에 대한 내 희망을 무참히 꺾어놓곤 했다. 그 말을 진지하게 받아들였던 나는 1950년대에 유행한 허리 잘록한 원피스에 실용적인 단화를 신고 단추와 세제 등을 팔며 단조로운 삶을 살아갈 운명을 상상해야 했다. 만년에 이르자 어머니는 자식들의 신분 하락이 은밀한 소망이기라도 했던 양 즐거운 어조로 "자식들이 죄다 무일푼 가난뱅이들하고 결혼을 했지 뭐니"라고 말했다.

40년도 더 지난 지금, 그런 말들이 보상작용처럼 몰려와 상처 입은 우리의 자아를 뜯어보게 한다. 새벽 세 시가 지났는데도 나는 베개를 겹쳐 괴고 침대에 누워, 공원 건너편 아파트에서 역시 깨어 있는 언니와 지칠 줄 모르고 이야기를 나눈다. 차 달려가는 소리, 지나가던 사람이 난데없이 고함치는 소리가 간간이 들려올 뿐, 잠들지 않는 도시도 이제 대체로 잠잠하다. 그 모든 부당한 일들이 우리 삶에 끼친 영향과 우리가 성인으로 뻗어나가기 어려울 정도로 겪은 피폐를 헤아리며 언니와 나는 잠시 말을 멈춘다.

우리 중 누구도 상처 없이 빠져나오지 못했지만, 각자의 운명을 빚는 데는 항상 회복력의 차이가 변수로 작동한다. 헛발질과 크고 작은 비행도 있었지만, '남자아이들'(이제 오십대, 육십대의 나이지만 남자 형제들을 나는 아직도 이렇게 본다)이 '여자

아이들'(나는 자매들과 나 자신을 아직도 이렇게 본다)보다 잘 견뎌낸 것으로 보인다. 나로 말하면 그저 하루를 견뎌내는 데만도 다량의 약을 필요로 한다. 20밀리그램의 어떤 약, 70밀리그램의 다른 약, 그리고 도파민 촉진제, 안정제, 각성제 등 색과 모양과 크기가 다양한 알약들 한 줌을 삼킨다. 그 약들은 체내의 화학반응에 변화를 가져오는데, 어떻게 그렇게 되는지 완벽하게 아는 사람은 아무도 없는 것 같다. 어쨌든 덕분에 내가 아직 여기 남아서 이 모든 지긋지긋한 이야기를 하고 있다.

부모님이 왜 그렇게 행동했고 우리는 왜 그렇게 반응했는지(정도는 달라도 모두 상처를 입었다) 알아내면 지금 어떤 도움이 될까? 또 지금의 우리를 말소할 수 있다면, 모든 불행을 제거할 수 있다면, 우리는 당장 그러자고 나설까? 변화에 저항하고 익숙한 그림자로부터 벗어나 빛 속으로 들어가기를 두려워하는 것이 신경증의 본질이듯, 트라우마의 본질은 반복이 아닐까? 내가 이렇게 되지 않았다면 어떻게 되었을까? 내 맘에 들지 않는 나에 관한 모든 것이 그대로인데, 내가 완전히 다른 사람, 이를테면 사랑의 물결을 타고 출현한 누군가가 될 수 있었으리라고 상상하는 것은 지나친 일 아닐까?

***

기억이란 묘한 것이다. 내 기억에 얼마만큼의 신빙성을 부여해야 할지, 어떤 것이 정확한 기억이고 어떤 것이 사후에 개조된 기억인지 늘 헷갈린다. 내 남자 형제 하나는 자신이 태어난 날을 기억한다고 주장한다. 하지만 그 형제는 창의력이 풍부한 사람으로 가족 사이에 알려져 있는 터라 나는 그 말을 액면 그대로 받아들이지 않는다. 그러고 보면 작가 윌리엄 맥스웰William Maxwell은 회고록 형태를 띠는 장편소설《안녕, 내일 봐So Long, See You Tomorrow》에서 "과거를 이야기할 때 우리는 끝없이 거짓말을 한다"고 쓰기도 했다.

보통 사람들보다 기억의 범위가 넓고 정확한 사람들이 있는 것이 사실이다.(정서적 기억과 사실적 기억을 모두 포함해서 그런데, 전자는 잡다한 정보들보다는 감정적이고 시각적인 회상을 주로 가리킨다.) 어떻게 보면 그것은 적응의 방편이라고 할 수 있다. 자신의 경험들을 억제하고 부인함으로써 살아남는 사람들이 있는가 하면, 과거의 모욕과 수치를 마음속에 담아두고 다시 꺼내 되돌려보며 그것을 극복하려는 사람들도 있다. 나는 후자에 속할 것이다. 시간이 한 뭉텅이씩 사라져버려 기억 못하는 것도 많지만, 나는 더 많이 잊는 편이 좋다고, 불만과 슬픔이 손가락 사이로 빠져나가는 것이 들러붙어 있는 것보다 낫다고 생각한다.

첫돌을 막 넘겼을 무렵의 내 흑백 사진이 있다. 뉴욕에서 한 시간 거리 롱비치에 있던 우리의 첫 여름 별장 뒷마당에서 오후에 찍은 사진이다. 나는 아기용 놀이울 안에서 한쪽 난간을 잡고 있다. 당연히 누군가가 그 사진을 찍었겠지만, 오롯이 홀로라는 느낌이 내게 전해져온다. 붉은 벽돌에 흰색 장식을 둘러친 집이 1950년대 중반 6월 또는 7월의 뜨거운 햇볕을 받으며 웨스트 비치 스트리트 구석에 당당히 서 있는 것이 보인다. 아기용 놀이울은 지금은 유행이 지났는데(어머니는 그것이 무슨 기적의 육아기구라도 되는 듯 한사코 사용하라고 권했지만, 내가 그 안에 딸아이를 넣어둔 일은 몇 번 안 된다) 나는 그럴만하다고 본다. 그것은 아이 보는 사람의 편의를 위해 아이의 불편은 무시한 작은 감옥이기 때문이다.

볼록 나온 배에 안전핀이 달린 천 기저귀만 찬 모습이다. 약간 안짱다리이고 아직 숱이 적은 머리는 요즘은 보기 힘든 세기 중반 스타일로 중간쯤 높이에서 가지런하게 쳐내린 모습이다. 그런대로 귀여운 꼬마다. 눈이 크고 갈색인데, 육남매 중 유일하게 어머니의 엷은 색 눈이 아닌 아버지의 짙은 색 눈을 물려받은 탓이다. 그래서 이후 여러 해 동안 억울하게 혼자만 따돌림 받는 느낌이 들기도 했다.

선 자세를 취하기까지 상당한 노력이 필요했을 테니(고도의 집중력을 발휘하여 단계별로 세심한 동작을 취해야 했을 것이다) 재간을 인정받았다면 좋았겠지만, 주변에 아이들이 너무 많았고 어머니는 애당초 내 성장 과정을 세세히 점검하는 편이 아니었다. 근처에 있을 때도 정원 멀찍한 곳의 안락의자에 앉아 소설책을 읽거나 기독교 나라 미국에서 돈 많은 남편과 얼마나 잘사는지 보려고 이스라엘에서 건너온(아버지가 부쳐준 경비로) 친척들과 이야기를 나눴다. 어머니가 부재하는 만큼, 나는 어머니를 탐하고 어머니가 다가와 안아올려 볼을 비벼주기를 원한다. 하지만 어머니는 좀체 그러지 않는다. 대신 부모님처럼 독일 이민자였던, 이름도 기억나지 않는 유모(단연코 효율적이지만 애정 표현이라곤 없는)에게 그리고 내가 태어나기 직전 어머니가 부주의하게 고용한 네덜란드 출신의 세탁부이자 내 유년기의 형벌이었던 제인에게 나를 맡긴다.

아기용 놀이울 속에 혼자 남겨진 나는 좌초한 느낌이었을 것이다. 잔디 깎는 기계 소리, 모기떼가 윙윙대는 소리, 이따금 들려오는 새들의 지저귐 같은 낯익은 여름의 소음들이 주변에 깔려 있었을 테지만, 적어도 내 머릿속에서 나는 사라져버린 존재나 다름없었을 것이다. 아무데도 없는 것 같고 아무에게도 속하지 않은 것 같은 느낌, 그 불안의 동요는 얼마나 일찍 시작된 걸까? 현기증에 가까운 원초적 상태, 격심한 무장소성의 느낌, 그것은 그 무렵 어디쯤에서 시작된 것 같다.

오늘날까지도 나를 괴롭히는 그 본질적인 실존적 탈구의 감각은 내가 자란 곳에서 스무 블록쯤 되는 곳에 있는 것이 아니라 늦은 오후에 미드타운 맨해튼에 있는 것 같은, 추방당한 외계인 같은 기분이 들게 한다. 50번대 중반 가街의 6번 애비뉴, 또는 40번대 가의 3번 애비뉴를 예로 들어보자. 사무용 고층 건물들이 들어찬 이 거리들은 도대체 무엇이며 그보다 나는 도대체 누구냐는 것이다. 이 같은 근원적 불안감은 거의 우리 아파트에 부속되었다고 여길 만큼 낯익은 스무 블록 거리의 경계선 밖이라면 어디서든 일어날 수 있다. 실제로 자주 그러듯, 엉뚱한 방향으로 두 블록이나 가지 않도록 오른쪽 말고 왼쪽으로 가라고, 지하철에서 내릴 때라고 일러주는 내면의 나침반이 내게는 없는 것 같다.

그러다 바닥에 주저앉아 울기 시작했을 것이다. 무엇인가를 요구하는 울음이 아니라, 아무 기대도 없는 부드럽고 쓸모없는 통곡이었다. 누군가 와서 달래주기까지 또는 결국 단념하고 엄지손가락이나 고무젖꼭지의 도움을 받아 웅크리고 잠들 때까지 얼마나 그렇게 앉아 있었을지 궁금하다. 나는 잘 우는 아이로 알려져 있었고 이십대와 삼십대에 들어서서까지도 곧잘 울었지만 이제는 좀처럼 울지 않는다. 그럼에도 위안에 대한, 슬픔의 종말에 대한 기대의 결핍만은 그대로 남아, 아무리 사소한 것이라도 뭔가가 잘못되면 금세 절망 상태에 빠진다. 다른 사람이라면 손을 써보려 할 만한 일에도 나는 이내 쓰러져 체념할 준비를 완료하고 바람 속에서 비틀거린다. 일이 계획대로 풀리지 않아도 묵묵히 헤쳐나가는 사람들, '모든 장애는 기회다'라고 자신을 설득하고 넘어지면 일어나 흙먼지를 털고 다시 출발하는 사람들의 능력이 경탄스러울 뿐, 따라 할 방법은 찾아내지 못했다.

3.

자해에 의한 죽음, 그것은 항상 강렬한 매혹의 빛을 발했다. 자신의 고통을 스스로 끝장내겠다는 무모함을 갖춘 사람들, 더 밝은 날을 희망하며 미적거리지 않는 사람들에게 나는 마음을 빼앗긴다. 비겁함, 이기주의(분노는 말할 것도 없고) 등등 자살이라는 행위를 향한 온갖 비난들을 모르지 않지만, 자살은 모종의 용기를, 자기절멸에 대한 강철 같은 수용을 요하는 행동이다. 내 삶에 목적을 부여하고, 죽고 싶은 욕구에도 불구하고 살아가는 일을 이야기하는 책을 쓰려고 노력하며, 어떻게든 앞으로 나아가는 가운데 내가 외면하기 힘든 것은 이미 포기해버린 사람들이 있다는 사실이다. 로빈 윌리엄스Robin Williams나 필립 시모어 호프먼Philip Seymour Hoffman처럼 잘 알려진 이들도 그렇지 않은 이들도 있다.

일례로 같은 해에 여덟 달 간격으로 자살한 시인 두 명이 있는데, 시를 열심히 읽는 나도 읽어본 적이 없는 사람들이었다. 그중 한 명은 데보라 디게스Deborah Digges로 쉰아홉 살이었다. 그녀는 감수성과 소설 양면에서 내게 무척 소중한 작가인 버지니아 울프Virginia Woolf가 떠나기로 결심한 바로 그 나이에 학교 운동 경기장 위층에서 뛰어내렸다. 그녀가 죽고 얼마 안 되어 서평용으로 한 권 받아본 마지막 시집《바람이 내 마음의 문을 꿰뚫어 분다The Wind Blows Through the Doors of My Heart》 표지에 실린 사진 속의 그녀는 섬뜩하게도 참 예쁘다. 그리고 소녀 같다고 할 만큼 젊어 보여 실제 나이 근처로도 안 보인다. 그녀가 가장 좋아한 사진인지 아니면 귀찮아서 최근 것으로 바꾸지 않은 것인지 궁금하다.

궁금한 것들이 더 있다. 그녀도 나처럼 주말조차 위로가 안 됐을까? 그녀도 나처럼 잠으로 하루를 다 보냈을까? 늦은 아침과 이른 오후 잠깐 깨어나 베개를 조정한 뒤, 다시 잠의 안식처로 돌아갔을까? 세워놓은 계획 따위는 시도조차 안 하고, 꿈속에서 지나간 삶을 다시 살았을까? 죽은 부모와 옛 연인들을 되살려내고, 가져본 적도 없는 둘째 아이를 임신하고, 내 이상형은 아니었으나 내가 그의 이상형이길 바랐던 오래전 남자친구와 결혼한 꿈을 꾸었을까? 언제나처럼 똑같은 침대에서 잠옷이 땀으로 끈끈해진 채 눈을 떴을까?

이것은 그로부터 1년 이상이 지난 5월 초의 목요일 저녁 일곱 시 내가 누워 있을 바로 그 침대다. 나는 더이상 내려갈 곳이 없는 느낌으로, 나에게 과연 자살할 용기가 있는지, 어떤 것이 가장 적절한 방법일지, 유서를 남겨야 하는지, 딸에게 돌이킬 수 없는 끔찍한 영향을 남기는 것은 아닌지, 9층 정도면 죽음을 보증할 높이인지(배우 엘리자베스 하트먼Elizabeth Hartman은 통절하게도 〈푸른 하늘A Patch of Blue〉에서는 맹인 소녀로, 이어서 〈그룹The Group〉에서는 프리스라는 처녀로 나와 5층에서 '떨어져' 죽었다), 아스팔트 바닥에 떨어져 죽지는 않고 불구가 될 가능성도 있을지 스스로에게 묻는다.

어퍼 이스트사이드 위쪽 끝(본인 표현으로는 '스패니시 할렘으로 들어가는 곳')에 사는 친구 하나는 아침마다 조그만 강아지를 데리고 나와 수위와 이야기를 나누는, 같은 건물에 사는 여자에 대해 최근 나에게 이렇게 말했다. "나는 그 여자의 모근에 신경이 온통 붙잡혀버렸어." 친구가 고백했다. "흰머리가 2인치쯤 됐어. 가운데로 가르마를 탔고 나머지 머리카락은 아주 진한 갈색이었지. 나는 입술을 비죽거리며 계속 그녀를 바라봤어. 너무나 거슬리는 거야. 왜 뿌리염색을 안 했는지 이해할수 없었어. 그런데 그 여자가 지붕에서 몸을 던졌지 뭐야. 그 사실을 알고 나니 아침마다 로비에서 그 여자를 보면 괜히 짜증이 나고 고작 모근 때문에 상대하지 않겠다고 생각했던 게 후회가 됐어." 이 이야기를 듣고 나도 얼마나 자주 뿌리염색을 하지 않고 그냥 내버려두는지에 생각이 미치면서, 그것이 메릴린 먼로의 깎지 않은 발톱처럼 어떤 여자들에게는 깊어가는 절망감의 표식은 아닐지 궁금해졌다.

그리고 직접 알지는 못했지만 전해들은, 2009년 크리스마스에 삶에 작별을 고한 마흔두 살의 시인이 있다. 그녀는 내가 '독서의 기술'과 회고록 작법을 가르친 바 있는 92번 가 Y에서 강의했다고 하니 건물을 드나들며 마주쳤을 수도 있고, 어쩌면 친해져서 서로의 무용담을 들어줄 수 있었을지도 모른다. 〈뉴욕 타임스The New York Times〉에 실린 대로 레이첼 웨츠티언Rachel Wetzsteon은 3년간의 연애가 끝나고 낙심했다고 한다. 평소에 우울증을 앓았다고도 하니 놀랄 일은 아니다. 다만 그녀가 어떻게 자살했는지, 그것이 궁금하다. 그것을 알고 있을지 모를 친구에게 물으니, 목을 맸다는 또는 적어도 그렇게 알려졌다는 메일 회신이 온다.

내게는 행위의 결말 자체보다 방법론이 항상 초미의 관심사다. 누구는 불로? 누구는 물로? 누구는 알약으로? 누구는 면도날로? 〈토요일 밤과 일요일 아침Saturday Night and Sunday Morning〉〈모험의 인생This Sporting Life〉 같은 1960년대의 껄끄러운 영국 영화들에 출연했던 재능 있는 웨일스 출신 배우 레이첼 로버츠Rachel Roberts는 이혼하고 알코올 중독이 된 후에도 오랫동안 렉스 해리슨Rex Harrison과 그가 선사했던 화려한 삶을 잊지 못한 채 탄식하며 시들어갔다. 그녀가 죽고 나서 출간된 가슴 아픈 일기《일요일엔 벨이 울리지 않는다No Bells on

Sunday》가 그 사실을 전해준다. 그녀는 쉰셋의 나이에 잿물을 삼키고 유리 칸막이를 관통하는 일종의 이중 자살을 감행했다. 목을 매는 일은 정밀한 물리적 계획을 요하므로 그 길을 갈 수 있을 것 같진 않다. 걸상이나 의자를 너무 일찍 차버려 죽지 못하고 캑캑거리며 매달려 있게 되면 어쩌나 특히 걱정이 되고, 끈이 너무 길었다거나 하는 실수들을 하게 될까 겁이 난다. 목을 매기 전 양손을 테이프로 감았다고 전해지는 데이비드 포스터 월리스David Foster Wallace의 강철 같은 의지와 계획력을 나는 갖고 있지 못한 듯하다.

내겐 버지니아 울프의 방식이 가장 그럴싸해 보인다. 몇 개였는지는 아무도 정확히 모르는 것 같지만 그녀는 커다란 돌들을 외투 주머니에 넣어 무게를 늘린 채 우즈 강물 속으로 들어갔다. 물방울들이 거품을 이루고 올라왔다가 이내 고요해졌다.(며칠 전에 시도했을 때는 실패해 물에 흠뻑 젖은 채 집으로 돌아갔었다.)

"자살에 반대하는 논거들은 대체 무엇일까요?" 울프는 1930년 10월 30일 작곡가 친구 에셀 스미스Ethel Smyth에게 보낸 편지에 이렇게 썼다. "내가 얼마나 수다쟁이인지 알죠? 느닷없이 천둥이 치듯 내 삶이 전적으로 쓸모없다는 느낌이 닥쳐오는 거예요. 막다른 골목에서 갑자기 벽에 머리를 부딪친 것 같고요. '아, 그냥 끝내는 게 낫겠어'라는 생각에 반대하는 주장은 어떤 것들일까요?" 영국에서는 1961년까지 자살이 범죄로 규정되어 있었다는 글을 어디선가 읽고 새뮤얼 존슨Samuel Johnson이《영어사전Dictionary of the English Language》에서 '자살'을 '자신을 살해하는 것, 본인의 자아를 파괴하는 무서운 범죄'라고 정의한 것과 별반 다를 게 없는 그 흉포한 심판에 기막혔던 적이 있다. '무서운horrid'이란 말은 지극히 힐난조로 들린다. 그런 충동을 실행에 옮기는 사람은 물론이고, 느끼고만 있는 사람조차 수치스럽게 만들 만하다.

한편 그로부터 30년이 조금 덜 지난 1783년, 스코틀랜드 철학자 데이비드 흄David Hume이 쓴 고도로 합리적인 자살 옹호론 또한 그다지 따뜻하지는 않다. 흄은 냉정하고 꼼꼼하게, 조감도에 가까운 태도로 문제에 접근한다. 그는 자살을 보다 광대한 불투과성의 생태계에 이는 잔물결로 취급하면서 한 개인의 생명 상실은 '굴 한 마리의 죽음보다 중할 것이 없다'고 말한다. 그런데 이처럼 모든 것을 축소시키는 경향은 어디를 봐도 자신의 우울증만 대문짝만 하게 보이는 우울증 환자의 이면이자 어쩌면 그 교정책일 수 있다. 카프카의 절친한 친구 막스 브로트Max Brod의 일기를 예로 들어보자. "카프카와 산책을 했다. 그는 터키인들의 불행에서 자신의 불행을 떠올린다."(터키인들은 1912년 10월 발칸 반도에서 쫓겨났고, 이후 자행된 잔혹상이 신문 지면을 채운 바 있다.) 하지만 그 차가운 시선 앞에서 나는 방어적이 되면서 여타 잠재적 자살들로부터 나 자신만은 분리하고 싶어진다. "우리는 모두 벌레지만 나는 내가 빛을 발하는 벌레라고 믿는다"는 처칠의 유명한 선언처럼, 나는 "우리는 모두 굴이지만 나는 내가 빛을 발하는 굴이라고 믿는다"고 말하고 싶다.

자살에 대한 유대인의 태도는 짐작할 수 있듯이 기독교의 시각과 별로 다르지 않다. 기독교처럼 유대교도 자살을 죄악으로 보고, 스스로 목숨을 끊은 자에게는 유대교식 매장과 애도가 허락되지 않는다.(자살을 뜻하는 히브리어는 '자신에 대한 지식을 잃는 것'으로 번역된다.) 하지만 유대교는 불건전한 이성 같은 자살 행위 이면의 심리적 상황들을 감안함으로써 율법 적용을 완화하여 자살자에게도 유대교식 매장과 쉬바shiva[5]가 허용되도록 한다. 아직 종교를 따르던 어린 시절, 나는 자살을 하면 집도 절도 없이 영원히 헤매게 될까봐, 살아 있을 때와 마찬가지로 외로이 떠돌까봐 걱정되어 어머니에게 물어보기도 했다.

유명하고 악명 높은 자살들에 관한 엉뚱하게 경쾌하면서도 오류 많은 책《그녀에게는 죽음이 어울린다Death Becomes Her》[6]에서 익사는 '정신적으로 가장 힘들고 지독하게 고통스러운' 자살 방식으로 묘사된다. 그러나 여러 세부들에 틀린 점이 많아서, 과연 이것도 맞는 말일지 의심스럽다.(울프는 내가 아는

---

5) 장례식 후 지키는 7일간의 복상 기간.
6) 뒤에도 나오는《그들에게는 죽음이 어울린다Death Becomes Them》를 잘못 쓴 것으로 보인다.

한 결코 '아름답지 않다고 여겨'지지 않았고, 남편 레너드를 비롯해 많은 사람들이 그녀가 아름답다고 생각했다. 테드 휴즈Ted Hughes 가 아시아 웨빌Assia Wevill과 연애를 시작한 것은 그가 실비아 플라스와 결혼하고 몇 달 후가 아니라 결혼 6년째였던 1962년이었다. 앤 섹스턴과 그녀의 딸 린다 사이에 부적절한 성적 관계가 있기는 했으나 두 사람은 본격적인 의미의 '연인'은 아니었다.)

주목할 만한 정보('자살이 가장 많이 발생하는 요일은 월요일이고 가장 적게 발생하는 요일은 토요일이다')를 찾아 이 재미있는 역사책을 뒤적이다가, 울프가 '투신으로 자살하려는 음험한 충동'이라고 설명되는 '투신자살광catabythismomania'이라는 질병을 앓았을 가능성이 있다는 구절을 발견했다. 극도로 희귀한 질환을 묘사하기 위해 독일어 단어들이 발음하기 어려울 만큼 줄줄이 이어지는 형국답게 논거가 지나치게 한정적이어서 거의 우스울 지경이다. 게다가 그런 욕구를 가리키는 단어가 뭔가를 설명해주기나 할까? 아니면 단지 울프를 이색적이고 불가해한 존재로 축소시킴으로써 우리와 더욱 멀게 느껴지도록 하려는 것일까?

나는 이 문제에 관해 인간적이고 문화적인 시각을 제공하는 앨리슨 라이트Alison Light의 해석이 더 좋다. 그녀는 《울프 부인과 하인들Mrs. Woolf and the Servants》에 이렇게 썼다. "여성들은 몸을 온전하게 남겨놓는 자살 방식을 선택하는 경향이 높은 것 같다. 익사는 19세기에 스러진 여성들이 자주 선택한 운명이자 육체 소멸 이후의 정화와 부활로서 이상화되곤 한다."이처럼 익사를 매혹적으로 바라보는 이유를 알 것도 같다. 물은 특별한 데가 있다. 그 지속적인 흐름, 밀려왔다 다시 밀려가는 물결, 끝없는 반복. 그리하여 그것은 존재의 정지보다는 합류를, 혼자만의 하찮은 통곡보다는 더 광범위한 비탄을 암시하는 것이다. 파도는 우리가 세상에 나오기 훨씬 전부터 시작되었고 이후 매우 오래도록 계속될 낮은 소리의 대화 같다.(프로이트는 꿈의 해석 작업 중 물을 자궁 내 삶의 상징으로 가정했는데, 널찍하고 아늑하면서도 동요가 없는 자궁을 생각할 때, 시적으로 일리 있는 말로 들린다.) 그럼에도 행위에 대한 결의는 모질어야만 한다. 몸이 저리도록 차디찬 물속으로 들어간 다음 수면 위로 올라가 숨을 헐떡거리고 싶은 자연스러운 충동을 억누르면서 폐 속으로 물이 들어오도록 가만히 있어야 하는 것이다.

더 최근에는(시간은 계속 흘러가고 단락과 단락 사이에 여러 해가 지나갔지만 나는 아직 책상 앞에 앉아 이해하려고 노력한다) 대단한 장신에(6피트 3인치) 상당한 미모까지 갖춘 패션 디자이너 르웬 스콧L'Wren Scott이 마흔아홉 나이에 갑자기 자살했다. 몇 해 전 웨스트 44번 가의 랩스 클럽에서 그녀와 점심을 함께한 적이 있다. 잡지사 〈엘Elle〉에서 그녀에 대한 기사를 쓸 수 있는지 나에게 문의를 해왔기 때문이다. "영리한 여자로군." 그녀의 자살 소식을 접하고 든 생각이다. "이제 늙고 초췌해지고 광채를 잃은 채로 오후가 저녁으로 바뀌는 무렵 커피숍에 홀로 앉아 누군가 음악회에 가거나 영화를 보러 가자는 제의를 해와 그 주를 메울 수 있기를 바라지 않아도 될 테니까."

그녀를 둘러싸고 있던 화려한 매력 덕분에, 그녀의 죽음은 일반적인 자살 사건들과 달리 보도 가치가 있는 것으로 간주되었다. 그뿐 아니라 그녀와 10년 이상 함께한 남자친구가 다름 아닌 으쓱거리는 활보에 고무 같은 입술을 가진 믹 재거Mick Jagger였는데, 두 사람이 최근에 결별했다는 설과 그렇지 않다는 설이 맞섰다. 패션 사업 실패로 600만 달러의 빚을 떠안은 재정 문제도 거론되었다. 하지만 그녀는 독자적인 인간이었다. 유타 주州 로이의 모르몬교 가정에 입양되어 로라 뱀브로Laura Bambrough라는 이름으로 성장했으니 시작은 보잘 것이 없었다. 그러나 파리에서 패션모델로 성공하겠다는 일념으로 열여섯 살 때 로이를 떠났으니, 자아발견의 힘이 엄청났을 것이다. 그것은 언제부터 타닥거리기 시작했을까? 그녀는 우울증을 감추며 많은 시간을 보냈을까, 아니면 이렇다 할 병력도 없고 타인의 눈에 드러난 것도 없었는데 불쑥 우울증이 찾아왔을까?

또 하나 궁금한 점은 언제부터 자살suicide이 동사가 되었는가 하는 것이다. 사십대 때 수년간 가끔씩 연애한 정신과 의사가 "그녀는 자살했어she suicided"라고 말했을 때 그런 쓰임을 처음 들었다. 그 남자는 처음 만났을 때 자신을 성적으로 '비범한 인물'로 묘사했다. 나는 그게 무슨 뜻인지 잘 몰랐지만,

부정할 수 없는 그 정력은 처음부터 잘못될 운명이었던 관계에서 빠져나오느라 내가 치른 고난의 요인이었던 것만은 틀림없다. 그건 그렇고, 나는 그런 용법이 불편했다. 스스로를 소멸시키고자 하는 욕구가 안전한 용어로 말끔하게 포장될 수 있다는 듯한, 어딘지 경멸 어린 느낌이었다. 최근 〈n+1〉이라는 잡지에 실린 단편소설에서 그런 표현을 다시 접했다. 암컷 돌고래의 몸속에 사는 인물이 실비아 플라스에게 편지를 쓴다. "남자들은 평판을 강화하기 위해 자살하고, 여자들은 평판을 얻기 위해 자살한다." 당연히 나는 이 주장에 냉소적 이분법, 그러니까 자살에서조차 여자들은 남자들에 뒤진다는 빈정거림 이상의 어떤 의미가 있을지 생각해봤다.

자살에는 충동적이다, 계산적이다, 심지어는 이기적이다 등등 여러 평가가 붙을 수 있겠지만, 그 실행의 순간만큼은 분명코 급진적인 대담성을, 어니스트 베커Ernest Becker가《죽음의 부정The Denial of Death》에 썼듯이 철저한 미지수를 위해 "우리는 벌레의 먹이이다"라는 인식 외에는 친숙한 것들을 버리려는 의향을 요구한다. 자신의 목숨을 끊는다는 것은 비겁함의 한 형태라는 관념은 얼마간 진실일 테지만, 가까운 사람들을 중시하고 사랑했으나 그것만으로는 충분치 않았다는 무참한 사실을 강조해, 자살자가 친구와 가족들에게 가하는 충격을 완화하는 효과도 있다. 또는 자살에 이끌리는 사람에게 그 행위의 매력을 감소시킬 용도로 그렇게 말하기도 한다. 어쨌든 겁쟁이로 기억되고 싶은 사람은 없을 테니 말이다.

그러나 우리 대부분이 자신의 절멸 가능성을 얼마나 두려워하는지를 고려해볼 때(우리는 웬만해선 죽음의 결정성을 논하지 않고 '떠났다passed' 같은 소심한 단어로 그 최종적인 속성을 감추려 든다), 자신의 목숨을 끊기로 결정하는 것은, 그렇다, 우리 행동의 결과를 겪어내야만 하는 타인들에게 끼치는 정서적 고통과 관련해 어느 정도의 이기심과 더불어 특별한, 궤도 밖의 용기를 요힌다는 생각이 항상 들었다. 다른 모든 해결책들을 격퇴할 만한 필사적인 힘도, 죽음에 다다르기까지 육체적 고통을 얼마나 견뎌내야 하는지 같은 결코 하찮지 않은 문제도 빼놓을 수 없다. 자살은 육체적 고통의 가능성에 안달하지 않는 것 같다. 아니, 적어도 나는 그런 측면에 관해서는 많이 읽어보지 못했다. 그러나 아주 솔직하게 말하면 바로 이것이 다른 그 무엇만큼이나 이를테면 내가 지붕에서 뛰어내리지 못한 중요한 이유이다. 그 후에 대기하고 있는 생명이 떠난 영원을 생각할 때, 어쩌면 아주 사소한 생각거리이겠지만 엄연한 실재이다.

공평하게 말하면, 나에게는 계속 나아가는 나 자신을 치하하는 측면이, 여기 있고 싶지 않은데도 삶을 붙들고 버티기 위해 필요한 어쩌면 보다 평범한 종류의 용기를 인정하는 측면이 있다. 내가 자살하지 않기로 선택하는 사람들을 경멸한다고 말한다면, 그것은 사실이 아닐뿐더러 본질적으로 어리석은 말일 것이다. 단지 내가 느끼는 우울증의 매혹에는 어떤 부정적인 위세랄까, 주어진 것에 대한 화려한 저항, 대체물이 없다는 사실에 대한 인정 거부 같은 면이 항상 있었다.

　그것은 '전부 다 필요 없어'라고 선언한다. 바람도 별도 인간관계도, 거리가 아직 한산하고 어디선가 사이렌이 울리는 화요일 늦은 오후의 약간 비어 있는 느낌도 다 거절한다고. 나는 영원한 두 살배기 어린애처럼 어떤 초청에도 승낙보다는 거절을 주로 해온 편이다. 자랑할 일은 못 되지만 그게 바로 나다. 좋아할지 확신이 없는 경험에 이끌리지 않으려고 방어 태세를 갖추고 있다고나 할까? 그럼에도 나는 있는 힘을 다해, 아니, 어쩌면 없는 힘까지 빌려 자살 욕구에 맞서 싸워왔으며, 앞으로도 그러기를 희망한다. 다만 어느 정도의 확신을 갖고 이렇게 쓴다. 만약 살아가는 지혜에 완전히 설득되었다면 나는 분명코 다른 사람일 것이고 이 책도 다른 책이 될 것이다.

4.

처음에는, 글쎄, 모든 것이 반짝거렸으리라. 조그만 아이들이 깨끗이 감은 머리에서 브렉 샴푸 향을 풍기며 경계하는 눈빛과 주저하는 미소를 띠고 줄지어 서 있었다. 우리는 모두 상당히 예쁘고 총명했다. 다른 이들의 눈에 우리는 돈과 정통 유대교도의 신분을 겸비한 장래의 승자로 비쳤을 것이다. 표면 너머의 결핍, 우리 삶에 퍼져 있던 방치를 누가 들여다보기나 했겠는가? 지금도 돌아보면 오싹한데, 이런 종류의 손상은 눈에 보이지 않다가 어느 날 느닷없이, 전혀 예기치 않게, 확연하거나 미묘한 방식으로 우리의 발목을 거는 법이다.

나는 육남매 중 넷째, 딸로는 셋째였다. 오빠가 태어나고 열세 달 만에 내가 세상에 나왔고, 오빠는 둘째 언니가 태어나고 열네 달 만에 세상에 나왔으며, 둘째 언니 역시 큰언니가 태어나고 열네 달 만에 세상에 나왔다. 내 뒤로는 5년 동안 남동생 둘이 태어났다. 첫째부터 막내까지 터울이 아홉 살도 지지 않는다. 중간에 있은 한 차례의 유산을 감안하면, 단시간에 매우 꾸준히 번식 활동이 이루어진 셈이다. 우리 부모님은 두 분을 엮어주려는 속셈으로 사촌이 연 맨해튼 만찬에서 만나 어머니는 서른, 아버지는 자그마치 마흔둘이라는 늦은 나이에 결혼해 참으로 분주하게 우리를 세상 밖으로 불러냈다.(여러 해 동안 어머니는 자신이 스물아홉 살에 결혼했다고 주장했는데, 마치 서른은 수치스러운 노추의 악취를 풍기는 반면 스물아홉은 발랄한 청춘을 암시한다고 생각하는 듯했다.) 최적의 터울이나 모든 관심의 중심이 되어야 할 아이의 필요 및 적응기 따위는 안중에도 없었다. 어머니의 주된 관심은 이스라엘에 있는 세 동기간과의 번식 경쟁에서 뒤지지 않는 것이었다. 그들은 어머니보다 출발부터 앞서 교실 하나를 채우기에 충분할 총 열일곱 명의 자식을 두었다. 하지만 어머니는 아버지감으로 보기 힘든 까다로운 남편을 만나 늦게 출발했으나 저력을 발휘했다.

이런 이야기를 하다 보면 독자와 소원해질 위험이 있다는 걸 잘 안다. 풍요한 배경을 가졌으면서 처량하게 울어대는 가련한 부자 여자아이의 인상을 줄 수 있으니 말이다. 단지 재정적 배경이 좋다는 사실만으로도 시기와 노여움을 촉발하기 쉽고("대체 뭐가 불만이야?" 또는 "네가 진정한 고통을 알기나 해?"), 독자들로 하여금 지나친 동정을 유보하게 하며, 다른 종류의 결핍이

가능하다는 것을 믿기 어렵게 한다. 그렇지 않다는 걸 잘 알면서도 우리는 돈이 행복을 가져온다는, 또는 최소한 진정한 불행은 물리쳐주는 일종의 면역을 제공한다는 믿음을 견지한다.

그러나 이해하기 어려울지 모르지만 적어도 물질적인 것만큼이나 유해한 박탈이, 이상한 억제가, 심지어는 곤궁이 분명 존재하며, 특권층으로 여겨지는 사람들에게도 그런 일이 발생할 수 있다. 예를 들어 사립학교에 다니고 치열교정을 받으면서도 방치에 시달리거나 행복을 위한 심리적 두자를 받지 못할 수 있다. 좋은 부모는 정서적으로 관대해야 하는데, 돌아보면 우리 부모님은 모두 자기 세계의 중앙 무대를 차지하지 못했다고, 그 지평 너머를 내다볼 능력이 부족하거나 결핍됐었다고 생각된다. 어쩌면 두 분 다 자신의 운명을 구현할 기회를 빼앗겼다고 느꼈기 때문일 수 있다. 아버지보다 어머니가 그런 의식을 빈번히 표출했다.

'이쿠스yichus' 또는 가문 측면에서 보면 어머니의 배경이 훨씬 더 화려했다. 어머니는 브로이어 가家 출신이었는데, 프로이트의 초창기 동료이자 스승인 요제프 브로이어Josef Breuer와는 무관하지만 탁월한 학식으로 잘 알려진 유대계 가문이었다. 외할아버지 이삭 브로이어Isaac Breuer는 19세기 후반 독일의 랍비이자 사상가로서 현대 정통 유대교의 창시자로 인정받는 삼손 라파엘 히르슈Samson Raphael Hirsch의 손자였다. 외할아버지 본인도 높은 학식을 갖춘 인물로 변호사와 철학자, 작가로 활동했을 뿐 아니라, 일찍이 종교적 시온주의를 주창한 바 있다. 아버지 쪽 가문은 정신적인 분야보다는 상업에 종사했으나, 유대계 학문에서도 소양을 발휘했다. 히틀러가 권력을 쥐고 생존을 침범해오자 양쪽 가문은 1930년대에 독일을 빠져나와야 했고(외가는 1936년, 친가는 1939년), 어머니와 아버지 모두 대학에 진학하지 못했다. 아버지는 학업 성적이 우수했지만 열여섯의 나이에 가업인 모피 사업에 뛰어들어야 한다는 할아버지의 강요와 나치의 위협 때문이었던 반면, 어머니는 세속 제도에 반대하는 초강경 정통주의 정당 아구다트 이스로엘Agudat Yisroel 소속이던 외할아버지 때문에 팔레스타인의 히브리 대학에 다닐 수가 없었다.

어찌 됐건 나와 형제들은 이런 일들로 인해 두 분의 천부적 재능이 무참히 허비됐으며 그 재능이 온전히 발휘되기만 했다면 두 분 다 전혀 다른 존재(사업가인 아버지는 키신저 같은 저명인사, 어머니는 훌륭한 의사)가 되었으리라 생각하도록 유도되었다. 우리는 모두 그야말로 역사가 그들의 찬란한 가능성을 앗아갔다고 확신하며 이루지 못한 꿈에 대한 어머니의 탄식에 귀 기울였다. 그러나 돌아보건대 아버지에게 외교적 기술이 전무하고 어머니는 과학에 소질이 없고 아마추어 애호가 차원의 취미를 갖고 있는 것을 보면, 사실 이 대체 인생 시나리오는 그다지 설득력이 없다. 하지만 부모님의 잃어버린 기회에 대한 인식은 성장기의 나에게 꽤 중요하게 작용했다.

둘째 아들이 아닌 셋째 딸로 태어난 나는 실망스러운 존재로 보였을까? 오빠가 출생한 날, 아버지와 할아버지는 병원 신생아실 앞에서 기쁨에 겨워 흐느끼며 지그 춤을 추다시피 했고 멀리 사는 친척들에게 전보를 쳐서 그 경사를 대대적으로 알렸다고 들었다. 우리 같은 유대 가문은 아들을 중시해 아들이 탄생하면 그 소식을 널리 전하고, 장래 가정생활을 위한 준비에 돌입한다. 그런 일들은 보통 아침에 일어난다. 집 안을 푸른 풍선들로 장식하고, 식탁에 베이글과 훈제연어를 잔뜩 차려놓고, 할례를 담당할 '모헬mohel'[7]도 준비된다. 그에 비하면 딸은 별 볼일이 없는데, 딸 둘과 아들 하나에 이어 또 하나의 아들이 아니라 딸인 내가 등장하면서 낙심을 불러왔을 것이다.

하지만 내 출생을 둘러싸고 추정되는 흥분의 부재쯤이야 아무것도 아닌 일이 될 더 중대한 질문이 있다. 우리 중 '누구'에게든 관심을 가졌던 사람이 있었을까? 아버지는 일에 파묻혀 있었고(아버지는 1950년대에 모피 사업을 그만두고 월스트리트에 뛰어들었다), 어퍼 이스트사이드에 새 정통파 유대교회를 건립하는 등 유대인 지역사회 문제에 참여하기도 했다. 사실 아버지 자질이 원체 없는 분이었고 어머니 말고는 다른 사람들에 대한 관심이 희박했다. 유대인으로서의 생활과 관련된 것이 아니면 집단 활동이 없었고, 내가 아는 한 가까운 동성 친구

---

7) 생후 8일이 된 사내아기에게 유대교 의식에 따라 할례를 해주는 사람.

도 전무했다. 아버지가 동년배들과 어울려 맥주 두어 잔을 나누며 대화하는 모습은 상상조차 안 된다. 사실을 말하자면, 자식이 한 무리는커녕 하나도 없었어도 전혀 아쉽지 않았을 분이라는 생각이 든다. 그리고 나는 나라는 존재의 그저 그런 사소한 사정들이 아버지에게는 아무런 관심의 대상이 못 된다는 것을 일찍이 깨달았다.

나는 라이프치히에서 나고 자랐으며 딸만 다섯인 집의 외아들로 귀염을 받았다는 것 외에 아버지에 대해 아는 것이 별로 없다. 2차 세계대전에 미군으로 참전했다는, 군복 차림에 조작법을 아는 것처럼 소총을 든 퇴색한 흑백 사진이 있음에도 믿기 어려운 사실도 있긴 하다. 아버지는 정치적 영향력이 있는 세계와 주간 탈무드 강습에 흥미를 느꼈다. 체질적으로 매사에 비밀스러운 사람이어서, 어릴 때 나는 아버지가 겉보기에 범상한 삶을 살 뿐 사실은 권력의 은밀한 심장부에 접근하는 신분을 위장한 스파이, 이를테면 KGB나 CIA 요원일 거라고 상상하곤 했다. 강박적 집착이며 정서적 거리감을 생각할 때, 아버지는 오늘날이라면 분열성 인격장애schizoid personality 진단을 받을 수도 있겠다 싶다.

아버지는 결코, 시작부터 끝까지, 내가 원할 만한 아버지가 아니었다. 텔레비전이나 영화에서 보고 마음에 들었던 아버지들을 꿰어맞춘 이미지, 즉 〈기젯Gidget〉이나 〈부모의 덫The Parent Trap〉 속 아버지들 같은 세심하고 유쾌하고 지혜로운 아버지와는 딴판이었다. 나는 아버지의 얼굴과 두꺼운 입술과 독일어 억양이 싫었고, 걸핏하면 폭발하는 분노가 두려웠다. 아버지는 짜증이 나면 온 힘을 다해 노호했다. 잘 깎아 책상 위 하얀 소형 메모지 뭉치 옆에 정연하게 늘어놓은 에버하르트 파버 #2 연필들 중 하나가 사라진 것 같은 극히 사소한 일에도 그랬다. 화가 나면 가라앉히기가 좀처럼 불가능해 보였다. 실제로 폭발하는 모습을 본 것은 몇 번뿐이고(지금도 기억나는 일화로, 아마도 무슨 잘못을 놓고 알몸의 오빠와 남자 화장실에서 육탄전을 벌인 끝에 둘 다 욕조 안으로 나가떨어져 형제들과 내가 웃음을 참느라 혼난 적이 있다) 앞 또는 옆으로 나를 밀쳐낸 것 외에는 이렇다 할 완력을 쓴 일이 없음에도 굉장한 폭력을 행사할 수 있는 사람으로 보였다.

시간이 흐르면서 이런 역학관계는 변할 수도 있었을 텐데(아이들이 아주 어릴 때는 따분해하거나 상대하기 어려워하다가 아이들이 좀 자라면 흥미를 느끼는 남자들이 있듯이), 그런 일은 없었다. 아버지는 절대로 나에게 호기심을 느낄 사람이 아니었다. 내 담임 선생님들의 이름을 하나라도 알았을 리 없고, 내 친구들도 알아보지 못했다. 자전거 타는 법을 가르쳐주지도 않았고(본인도 못 탔다), 운전도 마찬가지였으며(본인도 못했다), 여자아이들의 발달 과정에서 아버지의 역할로 자주 분류되듯이 어떤 방식으로든 세상을 이해하게 도와주려고 한 일도 없다. 또한 그때나 지금이나 내가 가장 흥미를 느끼고 있는 감정의 세계를 조금도 알지 못했다. 모든 것에 질문을 던지는 내 버릇은 아버지의 사무적 결단, 실리 위주의 태도 앞에서 위축되었다. 내가 아버지를 멀고 무서운 존재로 보았다면, 아버지는 나를 초기 광증을 보이는 미친 여자로, 울고불고 소동을 피우는 성가신 히스테리 환자로 보았을 것이다.

어머니가 시키는 대로 초록색 펠트 벽지를 바른 벽에 책이 가득 꽂혀 있는 아버지의 서재에 들어가 유년기의 어려움을 상의하는, 드물게 찾아오는 공식 대면 때마다 갈등이나 문제를 정교하게 다듬어서 내놓아봤지만 중간에 번번이 저지당했다. 아버지는 "좀 단호해져봐"라고 특유의 명령조로 말했다. "사람이 과단성이 있어야지." 십대 시절이었다. 당시에 내가 상담을 받았으나 나와 부모님 어느 쪽도 지지하지 않던 키 크고 말라빠진 정신과 의사가 어느 날 아침 집에 전화를 걸어와 나를 병원에 데려가 심리검사를 받으라고 말하자, 아버지는 "당신이 데려가!"라고 대답한 뒤 수화기를 쾅 내려놓았다.

그래도 아버지에게 똑똑하다고 인정받고 싶었던 나는 그러지 않았다면 꿈도 꾸지 않았을 어린 나이부터 세상사에 관심을 가져 금요일 저녁 식사와 안식일 점심 식사 자리에서 베트남(아버지는 '휘트남'이라는 발음을 고집했다) 전쟁이며 학생 시위 따위를 어렵잖게 들먹였다. 메나헴 베긴Menachem Begin에서 차임 헤르조그Chaim Herzog, 젊은 신예 비비 네타냐후Bibi Netanyahu에 이르는 이스라엘 정치인들이 집에 방문하면, 미래의 다이앤 소여Diane Sawyer처럼 여성적인 동시에 견문이 넓어 보이려고 노력했다. 확신할 순 없지만, 아버지도 나름대로 나를 대견해했던 것 같다(이십대에 들어서서 내가 책과 영화 평론을 쓰기 시작하자 아버지는 그것들을 스크랩해 서재에 보관했다.) 아버지는 문학에 대한 나의 열망을 늘 경계하는 느낌이었다. 그 대가가 너무 커서 나도 버지니아 울프처럼 강물에 빠져 죽을지도 모른다는 듯.

아버지가 가깝게 느껴진 몇 안 되는 경험 중 하나는 바깥에서 우연히 마주쳤던 때이다. 너무나 드물고 깜짝 놀랄 일이어서 오랜 세월이 지났지만 지금도 세세하게 기억난다. 내 나이 삼십대 초반이었고 평일의 늦은 오후였다. 항상 단 음식을 밝히는 나는 맛있는 핫 퍼지 아이스크림 선디 생각이 나서 센트럴 파크 사우스의 세인트 모리츠 호텔 안의 구식 찻집 럼펠메이어스에 들른 차였다. 동그란 은제 그릇에 휘핑크림을 예쁘게 얹고 비스킷을 곁들인 뒤 녹인 초콜릿을 뿌린 선디가 여분의 소스가 담긴 주전자와 함께 나왔다. 나는 읽으려고 가져온 《뉴 리퍼블릭The New Republic》 최신호를 들고 언제나처럼 카운터에 가서 앉았다.

무심하게 먹고 있는데 중부 유럽 출신의 점잖은 웨이터가 내 오른쪽에 앉은 사람을 향해 "평소대로 하시겠습니까?"라고 묻는 소리가 들렸다. 고정 메뉴가 있을 만큼 자주 오는 단골손님이 누굴까 궁금해져 눈을 돌렸다. 바로 아버지였다. 퇴근길에 그 집의 실크처럼 부드러운 치즈 케이크를 한쪽 먹고 가려고 들렀다 했다. 우리는 압제에서 탈출한 동료 도망자처럼 서로에게 인사를 하고 각자의 앞에 놓인 부정한 단 음식을 게걸스레 먹어치운 다음, 내가 읽고 있던 서평에 관해 이야기를 나눴다. 친구가 쓴 서평이었는데, 문체에 과장이 심한 편이었다. 아버지는 언어에 관심이 있었기 때문에(마음에 들거나 더 알아보고 싶은 어휘를 책상 위 메모지에 기록해두곤 했다) 나는 서평 중 너무 까탈스럽다 싶은 묘사들을 예로 들어 설명을 해드렸다. 어머니가 살이 잘 찌는 아버지의 체질에 맞춰 식단을 퍽 엄격하게 관리한다는 것을 알고 있던 나는 카운터에 나란히 앉아 단 것을 먹고 글쓰기에 관해 이야기를 나누며 순간적으로나마 아버지에게 동지애 같은 것을 느꼈다. 아주 잠시였지만, 부재했던 친밀함의 가능성을 포착한 느낌이었다.

몇 년 후, 나는 프란츠 카프카가 자기 아버지에게 존재할 리 없던 친교에 대한 두렵고 헛되지만 끈덕진 소망을 담아 보낸 유명한 편지에서 우리 부녀관계의 한 단면을 보았다.(카프카는 편지를 자기 어머니에게 주었고 어머니는 남편에게 전달하지 않았다.) 스무 장이 넘는 그 편지(카프카 본인이 사건 적요서라 불렀듯이, 그 편지는 사실 성명서에 가깝다)의 첫 문장부터 마치 나에 대한 아버지의 무관심이 제대로 묘사된 것 같았다. "최근에 아버지는 저에게 물으셨어요." 카프카는 이렇게 시작한다. "왜 제가 아버지를 두려워한다고 주장하는지를. 늘 그렇듯 저는 아버지의 질문에 대한 대답을 찾을 수 없었어요. 아버지를 두려워하는 바로 그 점 때문이기도 하고, 그 두려움의 이유를 설명하려면 말하는 동안 기억할 수 있는 것보다 훨씬 더 많은 세부사실들을 제시해야 할 것이기 때문이기도 했어요. 그리고 지금 서면으로 대답을 제시하려 한다 해도, 그것 역시 매우 불완전할 거예요. 아무리 글로 써도 그 두려움과 그 결과는 아버지와의 관계에서 저를 방해할 테니까요."

아버지는 부재하는 부모였을 뿐 아니라, 어머니의 관심에서 우리의 최고 경쟁자였다. 사실상 어머니가 가장 선호하는 아들이자, 어머니가 기꺼이 수선스럽게 관심을 갖고 언제나 변함없이 욕구를 우선시해주는 대상이었다. "헤르미가 먼저죠." 어머니는 사람들에게 즐겨 말했다. "아이들은 그다음이고." 번거로운 육아의 의무를 거의 대부분 떠맡은 제인은 맹렬한 구타와 지긋지긋하다는 태도(갑작스럽게 폭발하기도 하고, 항구적인 위협으로 드리우기도 했다)로 우리 모두를 겁에 질려 순종하게 했다. 놀이터에서 나오지 않고 꾸물대거나 정해진 시간에 잠자리에 들지 않거나 '말대꾸'를 하거나, 여하튼 시킨 대로 하지 않을 때 그녀가 즐겨 한 말은 "그러기만 해봐!"였다. 말인즉슨, 너희 주제에 어떻게 내 말을 듣지 않을 수 있느냐는 것이었다.

그런 쓸쓸한 풍경 속에서 독서는 나에게 단 하나의 진정한 도피처가 되었고 쾌감에 최대한 가까운 곳으로 나를 데려가주었다. 금요일 오후, 멀리 이스트 68번 가에 있는 아늑하고 난방이 지나쳐 후끈한 공립도서관에 가 새로 들어온 책들을 훑어보며 《피글위글 아줌마Mrs. Piggle-Wiggle》나 노엘 스트릿필드Noel Streatfeild의 《신발Shoes》이나 에드가 이거Edgar Eager [8]의 《반쪽 마법Half Magic》 같은 연작들의 최신편을 찾아보는 일은 내 어린 시절의 몇 안 되는 순수한 기쁨 중 하나였다. 나는 도서관의 모든 것이 좋았다. 퀴퀴한 책 냄새도, 절대로 책이 동나지 않는다는 점도, 사서가 카드에 반납기일 도장을 찍어 책 뒤의 작은 주머니에 넣어주는 것도 다 좋았다. 흥미롭고도 이상한 일이지만, 독서는 내가 어머니와 공유한 소일거리이기도 했다. 어머니는 다른 활동들과 달리 독서만큼은 나와 내 형제들에게 온 마음으로 장려했다. 열 번째 생일에 받은, 독일어 원본에서 영어로 번역된 《꿀벌 마야의 모험The Adventures of Maya the Bee》처럼, 어머니가 어릴 적 좋아했다는 책을 나에게 주었을 때의 짜릿한 느낌이 아직도 생생하다.

내가 제인이 쉬는 날인 목요일을 기다리게 된 것도 그런 까닭에서다. 하지만 어머니는 딸의 독서 욕구를 곁에서 자상하게 돌봐주는 것을 내켜하지 않음으로써 나를 실망시켰고, 오래 지나지 않아 딸의 놀이 상대 노릇, 나와 내 형제들이 그토록 간절히 바랐던 그 역할에 싫증이 났음이 역력했다. 우리 중

---

8) 에드워드 이거Edward Eager를 에드가 이거Edgar Eager로 잘못 쓴 것으로 보인다.

누군가에게(주로 오빠였다) 금세 화를 내는 바람에, 기특해하며 들어주는 어머니 앞에서 나의 영작문을 낭독하는 꿈은 산산조각 나기 일쑤였다. 어머니는 우리가 빨리 숙제를 끝마치고 목욕을 하고(어머니가 당번인 날에는 목욕을 빼먹기가 쉬워서 한편으로는 좋기도 했다) 잠자리에 들어, 아버지가 귀가하기 전 일체의 육아 의무에서 손을 떼고 싶어서 늘 안달이었다.

저녁이 끝나갈 즈음 어머니가 잠자리에 누운 우리에게 자장가 몇 곡을 불러주는 순간이 그 절정이었다. 어머니는 경쾌한 음악적 목소리를 갖고 있었고 레퍼토리도 다양했다. 히브리어·독일어·영어 노래들이 골고루 섞여 있었는데, 〈잘 자, 아이린 Goodnight, Irene〉이나 히브리어 자장가 〈누미 누미Numi Numi〉 또는 새로운 나라 이스라엘에 이주민을 실어나르는 배에 대한 히브리어 노래 등 대부분 구슬픈 것이어서, 어머니가 본인의 현재의 삶을 슬퍼하는 것인지 아니면 과거를 슬퍼하는 것인지 궁금해지곤 했다. 이런 일들은 좀체 드러나지 않았던, 그래서 더욱 호기심을 불러일으키는 어머니의 부드러운 면을 보여주었고, 나는 그것이 영원히 지속되기를 바랐다. 어머니가 노래하는 동안에는 침대에 얌전히 누워 있어야 했지만, 나는 가끔씩 빠져나와 어머니 무릎에 앉았다. 어머니가 외롭지 않도록 동무가 되어주기 위해서였고(어머니는 외로웠을까? 아니면 내가 외로웠을까? 나는 잘 알 수 없었다), 어머니가 현재로 그리고 다른 무엇보다 어머니를 사랑한 내게로 돌아오게 하기 위해서였다.

5.

우울증의 특이한 점은 자궁에서 나오는 순간 보드라운 파스텔 색조의 포대기가 아니라 까칠까칠한 회색 모직 담요에 싸이기라도 한 듯 도저히 가능할 성싶지 않은 어린 나이에 시작된다는 사실이다. '조기발병 우울증' 진단은 그 정당성에 찬동하거나 반대하는 긴 잡지 기사들의 주제가 될 만큼 여전히 논란의 대상이지만, 이제는 미취학 연령의 어린이들에게도 우울증이 발병한다는 가능성에 관심이 증대되고 있다. 하지만 내가 자랄 때는 어린아이들에게 그런 고려가 주어지지 않았다.

어쨌든 지금이야 황폐한 동굴 속을 한없이 헤매온 것 같지만, 나 또한 옛날 언젠가는 어린아이의 곤하고 순수한 잠을 잤을 테고, 놀람이 경탄으로 바뀌는 느낌으로 깨어났을 것이다. 어린아이 적의 내 사진들과 다른 사람들의 증언에 따르면, 내가 처음부터 우울한 아이로 삶을 시작했다고 생각되지는 않는다. 어린아이치고 이상하다 싶을 만큼 생각에 잠긴 모습으로 중간쯤의 지점을 응시하는 사진들이 있는 것은 사실이다. 하지만 대부분은 전혀 우울한 아이로 보이지 않는다. 모든 것이 어두워지기 전인 서너 살 시절 반짝이는 눈에 함박웃음을 짓고 있는 나에게는 개구쟁이 같은 구석도 있었다. 실제로 나는 언니 둘보다 외향적이었으며, 부모님이 주최한 모임 자리(유대 신년제Rosh Hashanah와 안식일 만찬만큼이나 유대인 사회에서 숭요한 부림절Purim의 세우다seudah 같은)에서 만난 어른들에게 귀염성이 있다고 인정받았다. 그런 가운데 모든 우울증 환자들이 세상 속에서 살아나가기 위해 쓰게 되는, 아무 이상 없는 가면을 이미 찾아 쓰기 시작했는지도 모를 일이다.

그리고 해묵은 가족력이 요람 주위를 남모르게 떠돌면서 집안에 유전되어온 기질을, 세상을 살아가는 특정한 방식을 주입시켰는지도 모를 일이다. 유전의 역할은 무엇일까? 처한 상황이 최적이 아니었다손 쳐도, 어쨌든 나는 우울증에 걸리도록 '설계'된 측면이 더 클까? 이후 내가 겪은 우울증은 불행으로 이끈 환경만큼이나 나의 생물학적 구조나 구성에 기인했던 걸까?(우울증에 관해 선천성-후천성 논쟁의 열기가 가라앉지 않는 현상은 분명 어딘가에 책임을 지우려는 욕망과 관련 있을 것이다)

이런 점에서 내가 서평에 "도처에 존재하는 상처받은 내면 아이의 권위자"라고 묘사한 독일의 작가이자 상담치료사 알리스 밀러Alice Miller가 자주 떠오른다. 밀러는 아돌프 히틀러나 사담 후세인 같은 가장 극단적인 형태의 성인 병리조차 열악하거나 철저히 가학적인 양육에, 그녀의 표현대로 말하면 '유독한 교육'에 기인한다고 단호하게 믿었다. 그녀는 활동 초기부터 마지막 책을 쓸 때까지 절대로 이 주장을 번복하지 않았는데, 그것은 그녀의 강점이자 한계였다.

그녀는 1981년에 발표한 처녀작《재능 있는 아이의 드라마 The Drama of the Gifted Child》에서 가족들의 선의 속에서도 필연적이었던 유년기의 트라우마를 설명하며 자기애적 부모의 공감 결핍과 그에 대한 반응으로 자신의 감정을 억제해야만 하는 아이의 욕구를 강조했다. 그녀의 책은 이전까지 정신분석학자들이 자기들끼리만 쓰던 어휘를 활용했고('반복강박', '모성반사', '분열', '거짓자아'), 독자들의 뜨거운 호응을 이끌어내며 총 80만부가 팔려나갔다. 부주의하고 태만하거나 아예 가학적인 부모 밑에 불행하게 사로잡혀 있었다는 이야기에 자신을 동일시하지 않을 사람은 거의 없어 보였다. 내가 정신건강의 귀감으로 삼았던, 또는 오히려 애정이 지나치게 많은 부모를 가졌다고 생각했던 친구들조차 평균 아동의 '싹트는 여린 자아'에 부지중 수시로 가해지는 잔혹한 행동에 대한 밀러의 가감 없는 통찰을 계시처럼 받아들였다.

밀러는 처음부터 찬탄만 받은 것이 아니라, 생물학적 결정론의 기치를 내세우는 이들 또는 그녀의 이론이 환원주의적이라고 판단하는 이들로부터 공격을 받기도 했다. 그녀의 주장 중에 의심스러운 것들이 있다는 점, 그리고 그 분야의 전반적 유연성을 감안하더라도 그녀의 사례연구가 촘촘하지 않으며 자신의 이론에 맞게 조정된 측면이 있다는 점도 문제였다. 밀러는 세상에는 회복력이라는 것이 있는데, 그것이 허용되지 않을 때 부모의 영향력(《재능 있는 아이의 드라마》에서는 '가치선택'이라는 비판적 용어로 표현된다)이 손쉽게 남용된다고, 그리하여 어떤 행동(이를테면 장난감 빌려주기)은 권장되고 어떤 행동(다른 아이의 장난감 뺏기)은 허락되지 않음으로써 결국 아이보다 어른의 관점이 우선된다고 주장했다.

1990년대 중반 〈뉴요커〉 기자로 일하던 시절, 나는 그녀가 그녀의 시각에 대한 저널리즘의 저항으로 간주한 현상에 대해 그녀와 몇 차례 전화 통화를 했다. 그녀는 대부분의 저널리스트들이 아이보다는 부모와 동일시한다고 말했다. 잡지 편집장이던 티나 브라운으로부터 밀러의 프로필 기사를 써도 좋다는 허락을 받은 상태였으나, 사는 곳도 밝히기를 거부하는 등(사실은 프랑스에 살면서 스위스에 거주한다고 적었다) 여러 문제가 이어지다가 결국 불가능한 작업으로 판명 나고 말았다. 몇 년 후, 나는 일요판 〈뉴욕 타임스 북 리뷰The New York Times Book Review〉에 그녀의 신간 《진실이 당신을 자유롭게 한다The Truth Will Set You Free》의 서평을 써 예전의 빚을 갚으면서 그녀의 외골수적 접근법과 그것이 촉발할 수 있는 왜곡에 대해 언급했다.

우리는 2009년 가을에 다시 한 번 대화를 나눴다. 그녀의 편집자가 정중하게 부탁해와, 이번에야말로 그녀에 관해 제대로 써보자는 희망을 품고 연락을 시도했다. 내게 전화번호를 주고 싶지 않았던 그녀는 어느 일요일 아침 마침내 직접 나에게 연락을 해서 먼저 질문들을 보내라고, 그다음에 인터뷰를 하자고 제의했다. 모든 것이 너무 통제되고 제한적이라 진정한 흥미가 느껴지지 않았고, 그래서 다시 기회가 흘러갔다. 돌아보면 나는 그녀가 즐긴 줄다리기에 지쳤던 것 같다. 2010년 5월, 밀러는 모든 비밀을 유지한 채 죽었다.

***

시대가 변하면서 이제 정신건강에 조예가 있다고 자신하는 사람들은 우울증을 생물학적-환경적으로 설명하는 쪽으로 기우는 경향을 보이고, 잘못된 육아와 역기능적 가족은 텔레비전 토크쇼와 12단계 회복 프로그램 등에서나 이야기된다. 부모를 검사대에 올리는 것은, 특히 온전해 보이는 사람이 그럴 경우, 심리학적으로 세련되지 못하거나 거의 미개하다고 평가되는 듯하다. 물론 진실은 어느 한쪽의 주장보다 훨씬 미묘할진대, 우리는 문화적으로 선천성과 후천성의 시각을 동시에 포용하기를 어려워하는 것 같다.

어느 집이나 그렇듯 우리 집안도 자세히 들여다보면 고통받는 친척, 오염의 근원으로 지목할 만한 핏줄이 양가에 공히 존재했다. 특히 어머니는 점차 드러나는 자식들의 심리적 취약성에 자신이 기여한 바를 돌아보기보다는 유전적 약점을 즐겨 강조했다("유대인들은 고리타분한 유전자를 갖고 있어"라고 선언하기를 좋아했다). 그리고 아버지 가계의 정서장애 병력을 강조하는 한편(자살한 사촌, 몹시 분열된 삶을 산 질녀 둘), 자신 가계의 징신질환 병력은 감췄다. 그중에는 정신분열증을 앓은 남동생이 있었다. 그 외삼촌 이야기를 할 때마다 어머니는 가벼운 신경증이 있었을 뿐이고 결핵에 걸려 죽었다는 주장을 되풀이하며 끝내 은폐하려 들었다. 내가 사십대가 돼서야 예루살렘의 부모님 아파트에서 이모와 대화를 나누던 중 간신히 진실을 알 수 있었다.

확실한 사실은 적어도 우리 부모가 임상 우울증을 앓지는 않았다는 것이다. 아버지에게 정서적 삶이 결핍되었던 것은 금욕주의적 경향 또는 앞서 언급한 분열성 인격에서 원인을 찾을 수 있을 테고, 어머니는 자신이 선택한 삶에 근본적인 불만이 있었을지는 모르나(어두운 얼굴로 생각에 사로잡힌 사진들이 많다) 언제나 고도로 기능하는 사회인이었다. 바로 이 점 때문에 나는 내가 이 질병과 싸우게 될 숙명을 타고났다고 보기 어려우며, 다른 무엇보다 차갑고 무정했던 양육환경에서 그 원인을 찾을 수 있다는 생각을 하게 된다.

하지만 우리는 여전히 자신의 정서 발달 이유며 원인들에 관해 전반적으로 무지하다. 과거에 대한 성찰을 통해 헤아려 볼 수 있다고는 하나 신뢰하기 어렵다. 어쩌면 그래서 내가 내 어린 시절에 대해 다큐멘터리 작가와 같은 호기심을 품는지도 모른다. 충분히 깊게 파고들거나 정확한 굴에 머리를 집어넣기만 하면 중대한 증거를 발굴할지 모른다는 듯이, 그리하여 내 개인사에 대해 내가 믿는 바가 단순한 주관적 서사가 아니라 성서처럼 결정적인 불변의 문헌임을 증명할 수 있을지도 모른다는 듯이.

이런 충동을 생각할 때, 무슨 일이 일어났는지에 대한 객관적인(또는 최소한 객관적으로 보이는) 정보를 찾아내는 데 도움이 될 사진들을 어른이 된 후에는 거의 찍지 않았다는 것은 신기한 일이다. 딸아이의 생일 파티나 학교 행사들을 비디오로 찍어본 일이 없는 터라, 이제 다 자라버린 아이의 어린 모습을 볼 수 없다는 것은 섭섭한 일이다. 하지만 적어도 우리가 묘사하는 것처럼 타협할 수 없을 만큼 불행하지만은 않은 삶의 현장에 있었음을 시인하도록 강요하는 사진의 속성이 나는 불편하다. 친구들이 지켜보는 가운데 촛불을 밝힌 초콜릿 생일 케이크 위로 몸을 기울이기도 했고, 어느 여름 잘생긴 남편(곧 전남편이 될)이랑 수중 날개를 단 채 수영장 가장자리에서 헤엄치는 두 살도 안 된 빨강머리 딸과 함께 검은색 수영복 차림으로 케이프 코드의 수영장 가에 앉아 있기도 했네!

6.

　무엇이 잘못됐는지 목격한 사람들이 있을 것이다. 이를테면 질서정연한 금요일 저녁 식사에 참석했다가 엄중한 규율과 터무니없이 예의 바른 아이들을 보고 의아했을 사람들. 그들이 보지 못한 것은 우리 모두를 움켜쥔 공포에 가까운 분위기, 우리들의 일상을 특징지은 비하의 풍조였다. 텔아비브 해변의 아파트에 살면서 자주 우리 집에 들르던 벨기에 태생의 외할머니는 우리 육남매를 휴식 중인 택시 운전사들처럼 주방 벽 쪽 카운터에 나란히 앉아 밥을 먹게 한 것을 비롯해 어머니의 그릇된 훈육에 중재를 시도한 유일한 분이었다.(부모님은 금요일 밤과 안식일 점심을 제외하고는 다이닝룸에서 두 분끼리만 장엄하고 호사스러운 식사를 했다. 일요일 저녁이면 우리는 제인의 감시 아래 남은 음식 한 줌을 먹게 하고 본인들은 코펜하겐이라는 식당에 가서 북유럽식 뷔페를 즐기곤 했다.)

우리가 오마라고 불렀던, 눈이 기막히게 푸른 외할머니는 최선을 다해도 쉽지 않았던 우리 어머니와의 관계와 달리(반대로 어머니는 돌아가신 외할아버지를 거의 숭배하다시피 했다), 우리에게 깊은 관심을 보여주었다. 오마는 일종의 오리가미처럼 접히게 되어 있는 구식 항공우편용 편지지에 길고 자애로운 편지를 써 보내곤 했고, 어머니가 따르지 않은, "최고의 친구, 대화할 수 있는 사람과 결혼하라"와 같은 소박한 충고들을 들려주었다. 외할머니는 오십대에 남편과 사별한 뒤 이스라엘에서 다이아몬드 사업에 뛰어들어 대가족을 부양하셨는데, 어머니는 그것을 그다지 높이 사지 않는 눈치였다. 매년 한두 번 찾아오는 오마를 어머니는 여분의 가정부 방에 머물게 했는데, 내 눈에는 그것이 앙심으로 보였다. 오마는 우리가 계속 나란히 앉아 식사하고 이야기를 하다가는 영영 제대로 된 예절을 못 배울 거라는 주장을 펼쳐, 카운터 대신 주방 식탁에서 식사를 할 수 있게 어머니를 설득해냈다. 그리고 여러 해가 지나서야 알게 됐지만 큰언니의 친구에게 우리 부모는 아이를 갖지 말아야 했다고, 집안에 도무지 사랑이 없다고 말했다고도 한다.

아마도 이 모든 것 가운데 가장 기이한 것은 물질적 부라는 배경에도 불구하고 우리 모두가 경험한 압도적 박탈감일 것이다. 비단 정서적 결핍만을 말하는 게 아니다. 내가 말하는 것은 기초 물자의 전반적인 결핍이다. 예를 들면 음식이 늘 부족했고, 따라서 늘 배가 고팠고, 나는 어린 나이부터 음식을 숭배하게, 음식을 생각하고 꿈꾸게 되었다. 어머니는 요리 일체를 이바에게 일임했지만, 특유의 힘 들어간 필체로 식단을 적어주고 감독했다. 수요일 저녁은 생선튀김과 으깬 감자와 시금치와, 아이 신난다, 아이스크림 디저트였다. 나는 목요일 저녁 식단인 미트볼과 스파게티가 가장 좋았다. 야채는 거의 다 통조림이었다. 어머니는 식료품을 사러 가는 일이 없었고 모두 전화로 주문했다. 조그만 동네 식료품점 새버리즈에서 받는 기본 물품도, 유대식 코셔 정육점이나 제과점에서 받는 물품도 다 마찬가지였다.

조금 자라서는 목요일에 주방 전화로 주문을 하는 어머니 옆에 붙어 서서 치즈 넣은 대니시 빵이나 한쪽에만 다크 초콜릿을 바른 파레브 아몬드 쿠키처럼 내가 좋아하는 것들을 좀 더 주문하라고 조르곤 했다. 우리 남매들 사이에는 누가 두 그릇째를 먹을 것인지 실랑이가 끝도 없이 이어졌다. 특히 금세 동나는 닭고기 등 육류의 경우는 더욱 그랬다. 학교에 가져가는 점심도 늘 똑같이 버터를 처바른 흰 식빵에 초콜릿이나 다채로운 색깔의 캔디 가루를 뿌린 제인의 작품으로, 영양가도 정성도 전혀 없었다. 잘게 썬 채소와 과일에 상추와 토마토, 때로는 피클을 곁들인 참치나 달걀 샐러드 샌드위치가 담긴 친구들의 도시락을 보면 절로 감탄사가 나왔다.

어렸을 때 우리는 주방에 들어가 냉장고에서 직접 음식을 꺼내먹을 수 없었고, 그럴 수 있을 만큼 자란 뒤에도 꺼내 먹을 수 있을 정도로 음식이 충분하지 않았다. 안식일에 먹고 남은 음식이 다 사라질 주중에는 특히 그랬다. 학교에서 돌아와 간식거리를 찾다가, 텅 비다시피 한 선반들을 쓸쓸하게 바라보던 기억이 난다. 결국 단 음식을 게걸스럽게 밝히게 됐고, 십 대에 들어서면서 푼돈을 모아 65번 가와 매디슨 애비뉴가 만나는 모퉁이에 있던 작은 제과점 베르사유 파티세리에서 매주 한 번 브라우니 4분의 1파운드를 사기 시작했다. 흰 종이봉지에 담긴 그것을 가지고 들어와 기근에 대비하듯 침대 밑에 감춰두곤 했다.

어머니는 여름철에도 신선한 과일을 사는 데 인색해, 자두와 복숭아는 약간, 산딸기와 버찌 같은 더 값나가는 과일은 극소량만 주문했다. "버찌는 비싸니까"라고 주장했는데, 운전기사와 요리사를 고용한 집안이 아니라면 지당한 말이었다. 나는 필립 로스Philip Roth의《굿바이, 콜럼버스Goodbye, Columbus》에 나오는 브렌다 패팀킨 부모의 과일로 넘쳐나는 냉장고에 노동계급의 화자와 똑같이 열광했다.

각자 색깔을 정해놓고 쓰던 목욕 수건은 하도 오래 써서 넝마 꼴이 된 채 복도 벽장에 초라하게 쌓여 있었다. 나는 초록색, 언니들은 노란색과 진분홍색, 오빠와 남동생들은 파란색과 주황색과 황금색이었다.(부모님의 호사스러운 수건들은 그들의 침실 벽장에 완전무결한 상태로 보관되어 있었다.) 세탁부가 있었는데도 우리는 속옷과 양말을 이틀씩 입고 신었다. 땀이 말라붙어 뻣뻣해진 양말들의 감촉이 아직도 기억난다. 화장실의 비누도 가느다래질 때까지 썼고, 제인은 깨끗한 물을 새로 받지 않고 한 번 받은 물로 둘 또는 셋을 씻겼다.

7학년 때 나는 바비 인형에서 말고는 본 적이 없을 만큼 긴 속눈썹을 가진 말라 커퍼먼과 친구가 되었다. 나보다 사회성이 적었던 언니들과 달리 나는 어느 성도의 나이가 되자마자 주말이면 친구들 집에서 자고 오기 시작했는데, 말라네 집은 내 마음에 든 곳 중 하나였다. 하나도 빠짐없이 듣고 보는 아일랜드계 또는 히스패닉계 운전원이 작동하는 엘리베이터에 올라탈 때, 어머니는 현관문 안쪽에서 늘 이렇게 경고했다. "고아 애니 행세는 하지 말거라. 아무도 듣고 싶어하지 않을 테니까." 나는 그게 무슨 말인지 정확히 몰랐지만, 우리 가족이 아닌 다른 가족에 가담하고픈 나의 소망이 어머니에게 전달된 것과 연관이 있었을 것 같다.

안식일 전 금요일 저녁, 말라의 가족은 마마로넥에 있는 널찍한 집 주방에 다 함께 모여 나무 볼에 엄청난 양의 샐러드를 만들곤 했다. 저마다 좋아하는 재료를 던져넣었다. 말라의 아버지인 커퍼먼 박사도 동참했다. 그렇게 격식 차리지 않고 모두가 함께한다는 것은 우리 가족에게는 상상조차 할 수 없는 일이었다. 안식일이 지난 토요일 밤 집으로 돌아가기 전에 흐

느껴 울었던 것이 생각난다.

조금 더 자라 옷이나 신발에 신경 써야 할 나이가 되면서, 나는 그런 것들이 너무 없어 조바심을 치기 시작했다. 적어도 내가 다니던 유대인 사립학교 기준으로는 그랬다. 홀로코스트 생존자들을 포함해 오로지 자식들에게 가장 좋은 것을 최대한 많이 주려는 어머니들이 그득한 학교였다. 그러나 언니들과 내 옷은 극단적으로 간소했다. 부와 특권을 과시하는 복장으로 헛발을 디디는 일이 없게 하겠다는 어머니의 결의 때문이었다. 정통파 유대인 아이들의 여름 캠프에 참가한 첫해, 나는 두 벌의 안식일용 원피스와 네 벌의 바지로 8주를 버텨야 했다. 같은 침실을 배정받은 여자아이 몇 명이 호기심에 눈이 휘둥그레져서 집이 가난하냐고 물었다. 그러니 3주 만에 집이 미치도록 그리워 기사가 모는 링컨 컨티넨탈 뒷좌석에 앉아 캠프를 떠나는 내 모습을 본 그 아이들의 충격이 어땠을지 상상해보라.(그런 집이 그리웠다니, 이 무슨 아이러니인가!)

그 후에도 장기간 집을 떠날 때마다 여전히 집이 그리웠다. 하버드 여름학교에 참가했던 고등학교 2학년 때는 주말마다 보스턴에서 부모님의 해안 별장까지 날아갔을 정도다. 하버드 야드 기숙사에서 그곳 출신 아이와 방을 함께 썼는데, 둘 다 무구한 발랄함을 발산했었다. 긴 다리를 꼼꼼히 햇볕에 태우고 반바지 차림으로 녹음 가득한 캠퍼스를 총총걸음으로 돌아다니며 내게 관심을 보이는 남자아이들을 만날 때도, 수강하던 이주민 문학과 히브리 대학의 유명 역사학자 H. H. 벤 새선Ben Sasson의 유대사상 사조를 공부할 때도 똑같았다. 그 무엇도 집에 남기고 온 것에 비길 수가 없었다. 한 손에 끈을 쥐고 나의 세상 진입을 지원한 어머니는 항공권 비용 지불은 물론이고 안식일에 내가 좋아하는 딸기 쇼트케이크를 주문해놓겠다는 제안으로 나를 꼬셨다. 워낙 음식에 꽂혀 있었으므로 그것만으로도 충분한 유혹이었으나, 무엇보다 강력하게 나를 끌어당긴 것은 어머니 자체였다. 어머니가 나른 형제들하고만 지내다 나를 잊어버릴까봐 두려웠다.

어머니와 떨어지기를 필사적으로 원했으면서도, 어머니의 궤도 밖으로 발을 내딛는 순간 나는 공포에 휩싸였다. 아예 더 나아가지 못하고 얼어붙을 때도 있었다. 대학교 3학년 되던 해였다. 케임브리지에 원서를 냈더니 세인트 캐서린 칼리지에서 입학 허가를 내주었다. 오래전부터 사모하던 버지니아 울프와 그 동료 블룸즈버리 회원들의 고향인 영국에 가서 존 러스킨John Ruskin의 에세이나 조지 엘리엇George Eliot의 소설들을 속속들이 아는 뛰어난 여성 교수의 지도 아래 공부할 수 있기를 선망해온 나였다. 하지만 막상 떠날 시간이 다가오자 차마 떠날 수가 없었다. 빨래가 됐건 캠퍼스 안에서 길을 잃지 않고 돌아다니는 일이 됐건 혼자 해낼 자신이 없었다. 내가 산산조각이 나도 그것을 이어 붙여줄 어머니가 없는, 그리하여 나의 출항이 개선이 아닌 비극으로 귀결되는 상상을 자꾸만 했다.

그 괴이한 경험을 어느 정신과 의사에게 털어놓자, 그는 눈 하나 깜짝 않고 이렇게 선언했다. "학대받은 아이의 매달림이로군요."

어머니의 인색함은 아버지에게는 적용되지 않아서 아버지는 전기면도기 같은 스스로 중요하다고 여기는 물건들을 여러 개씩 갖고 있었고, 옷은 속옷까지 모조리 고급 남성복점 설카스에서 구매했다. 우리 남매들에 대한 어머니의 인색함이 이스라엘에 두고 온 가족들(외할머니, 남자 형제 둘, 자매 하나)은 근근이 살아가는데 자기만 돈 많은 남자와 결혼해 잘산다는 죄의식과 연관 있다는 데는 의심의 여지가 없었다. 하지만 그뿐만이 아니라, 자신은 아버지의 온갖 변덕을 받아주며 '노동'을 해서 누리는 아버지의 부를 자식들은 공짜로 받아먹는다는 사실이 분했던 것 같기도 하다. 자신은 결혼을 통해 겨우 획득한 부를 우리는 태어난 것만으로 거저 취하는 현실에 분노했던 것이다. 그래서 어머니는 우리가 갖고 있을지 모를, 우리의 배경을 당연하게 여기는 경향을 모조리 음해하는 데 총력을 기울였다. 그 덕분인지 우리는 요즘의 특권층 자녀들이 세상이 마땅히 자기에게 굽실거려야 한다는 듯 거만하게 구는 경향과는 확연히 달랐으니 긍정적 효과도 물론 있었으나, 정도가 너무 심한 탓에 대체 우리가 누구인가에 대한 심각한 내적 혼란을 초래했다는 점이 문제다.

우리는 월스트리트의 금융가이자 유대계 자선가인 허먼 머킨의 자식들이었을까, 아니면 꼬르륵거리는 배를 움켜쥐고 제과점 유리창 안을 들여다보는, 고아나 다름없는 눈 퀭한 아이들이었을까? 여기에 돈 문제라면 열 배는 더 심해지는 아버지 특유의 비밀주의를 더하면 아버지가 뭘 하는 사람인지(나는 아버지가 '의자chairs'를 갖고 일하는지 '주식shares'을 갖고 일하는지, 그런 혼란이 귀여워 보일 나이를 훌쩍 지나서까지 헷갈렸다), 그리고 그의 딸로서 나는 어떤 가치를 지녔는지 알지 못한 채 멍하니 왔다 갔다 한 것이 이상한 일도 아니다. 시간이 흐르면서 나는 어머니의 야유 대상이 되지 않기 위해 나 자신의 욕망(왠지 중요해 보였던 장신구 따위뿐만 아니라 그보다 더 큰 것들도)을 부정할 줄 알게 되었다. 쓸모없는 동경을 계속하기보다는 깨끗하게 포기하는 편이 나았다.

이제 나는 어른이 되어 내 삶의 일부로서 고른 잡다한 물건들에 둘러싸여 있다. 책, 잡지, 호텔 기념품, 사진틀, 가치가 조금 있거나 전혀 없는 골동품, 예쁜 유리그릇, 작은 곰 인형, 토착 인디언 부족들이 만든 물건을 파는 세도나 상점에서 산 세 개의 작은 진흙 항아리 등등, 모두 다 삶의 공허한 부분을 채우기 위한 시도로 사들인 것들이다. 물건 따위로 근원적 박탈감을 치유할 수 있다는 듯, 일시적인 위안 이상을 얻을 수 있다는 듯. 하지만 그 물건들은 바로 그 물건 본연의 차원에서 내가 나의 권리를 주장하고 아직까지도 한낱 잠정적으로만 느껴지는 정체성을 강화하는 데 도움을 주었다. 필립 라킨Philip

Larkin의 시 〈결여Absences〉의 "내 안의 그 다락방이 치워졌다! 이 결여라니!"라는 구절이 떠오른다.

집 안을 잡동사니 없이 유지하기를 좋아했고 무척 열정적으로 거의 무자비하다 할 만큼 물건들을 내다버렸던 어머니는 이른바 '초치커tchochke'[9]에 대한 내 기호를 못마땅해했다. 그래서 내가 살던 아파트마다 들러 자질구레한 장식품들을 거둬들여 벽장에 넣든지 아예 폐기하라고 지시하곤 했는데, 나는 이를테면 대학 기숙사 시절부터 지녀온 오래되고 너무 큰 데다 그다지 예쁘지도 않은 줄무늬 양초에 대한 어머니의 의견에 일단 동의하는 척했다가, 어머니가 떠나면 다시 제자리에 갖다놓았다. 다른 사람은 쓰레기라고 볼 수도 있는 물건들을 나는 정말이지 버릴 수가 없었다. 저평가되는 그 물건으로부터 나 자신의 정체성을 분리할 줄을 몰랐다. 조롱받는 그 물건들이 마치 나의 일부인 듯 가여웠다. 어떻게 그것들을 저버릴 수 있단 말인가?

---

9) 소품·장식품.

7.

제멋대로 살 수 있게 된 요즘 나는 모든 것에 매달린다. 종 잇조각이건 오래된 청구서건 해묵은 잡지건 상관없다. 이제는 몸에 맞지 않는 스웨터도, 낡아빠진 잠옷도 마찬가지다. 최소 한 통제불능 상태로 보이지는 않으려고 노력하지만, 나는 호 딩hoarding[10] 성벽을 타고났다. 일례로 게시판처럼 쓰는 책상 위 벽(선거 홍보용 단추, 기념품, 여기저기서 따온 문장 따위로 이 미 빼곡하다)에는 디지털 시대 이전의 화석처럼 보이는 사진 한 장이 붙어 있다. 그것은 두 살 때 여름에 찍은, 사진첩에 넣 어두면 되었을 한낱 흑백 스냅사진일 뿐이다. 나는 롱비치에 있던 우리 가족의 첫 번째 여름 별장 어느 침실 침대 위, 수선

───────────

10) 물건에 집착하여 수집하고 저장하는 저장강박 정신장애.

스럽고 앙증맞은 벽지를 배경으로 짧은 다리를 대롱거리며 언니들과 오빠 사이에 바짝 끼어 앉아 있다. 우리는 모두 똑같은 줄무늬 수영복에 티셔츠를 입고 운동화를 신었다. 남자아이, 여자아이 할 것 없이 차이가 없는 옷차림이다. 머리 모양 또한 똑같이 각진 실용적 스타일에 앞머리가 약간 옆으로 밀려난 모습이다.

이 사진에서 가장 내 눈길을 끄는 것은 언니들이 한 점의 애정도 없이 마치 침입자를 바라보듯 불편한 시선으로 나를 보는 가운데 내가 정면을 응시하고 있다는 사실이다. 서로 1년 조금 더 되는 터울로 태어난 언니들은 처음부터 한 쌍으로 롱비치 별장의 3층 침실(천장이 비스듬하게 경사지고 하늘색 페인트를 칠한)을 함께 썼던 데 반해, 나는 2층의 제인 방 바로 뒤 침실에 혼자 버려졌다.

그 방의 좋은 점은 색종이 조각 문양의 리놀륨 바닥으로, 나는 잠이 안 오면 색종이 조각들이 마법의 물고기로 변해 나랑 친구가 되어 함께 바다 밑바닥을 기어다니는 상상을 자주 하곤 했다. 나는 거의 항상 언니들에게 따라붙는 셋째로, 거추장스러운 존재로 취급되었다. 다른 집이라면 손위 형제로부터 친절한 대접, 어쩌면 보호까지도 받았겠지만, 우리 집은 그런 곳이 아니었다. 한 줌의 관심이나 따뜻한 애정에 목말랐던 우리는 각자 자신부터 챙겼다. 언니들의 사랑을 받으려고 애써보다 퇴짜 맞고 눈물바람을 한 적도 많다.

그래도 나는 새날을 알리는 종소리에 의욕적으로 반응하는, 식별 가능한 여러 면에서 또래 아이들이랑 비슷한 꼬마였다. 하지만 네다섯 살 즈음 코르덴 작업바지에 케즈 운동화를 신고 뛰어놀다가 문득 전망에 대한 의심이 들기 시작했을 것이다. 상황이 도무지 내 편이 되어 움직이질 않았다. 나눠가질 관심이 워낙 부족했던 데다, 그나마 남은 것도 성에 차지 않았다. 집안 분위기는 우리 아이들의 경우 촉각적 기아 상태에 가까웠다. 부모님은 우리를 들어올려주거나 안아주는 일이 드물었고, 밤이면 침실 문을 잠갔기 때문에 이른 아침에 다가가 껴안는 일도 절대 불가능했다.

　　글자를 쓸 수 있게 되면서, 나는 어머니에게 긴급히 전할 말을 쪽지에 적어("잠이 안 와요. 꼭 엄마랑 이야기를 해야 돼요. 몇 분이면 돼요, 약속해요."), 어머니가 나올 거라는 헛된 희망을 품고 방문 밑에 밀어넣기 시작했다. 나는 아주 어려서부터 밤잠을 설치곤 했다. 자정이 훌쩍 넘을 때까지 불안에 뻣뻣해진 몸으로 침대에 누워 있는 일이 많았다. 나는 정말로 치명적인 공포 상태에서 세상을 살아갔다. 학교에 대해, 친구들에 대해, 형제들에 대해, 선생님들에 대해, 렉싱턴 애비뉴의 버스에 대해, 내가 받아들여질 것인지 여부에 대해, 외톨이가 되는 것에 대해 걱정했다. 아주 잠깐이라도 어머니의 관심을 끌 수 있는 몇 안 되는 기회가 그렇게 불면증에 시달리던 시기에 찾아왔고, 바로 그 점 때문에 더 자주 불면증이 생겼을 것이다.

나는 위안을 주는 신체적 접촉, 인형들과 강박적으로 놀면서 주로 경험한 접촉을 더 많이 갈망했던 것이 틀림없다. 어머니가 사준 말랑말랑한 아기 인형을 꼭 껴안고 다니며 종알종알 말을 걸던 내 모습이 보인다. 그러다 어머니는 나를 맡겼던 무종파 탁아소 벤틀리로부터 나의 과도한 자위행위에 대해 보고받았다. 수십 년이 지난 후 어머니가 난데없이 이 이야기를 해주었을 때 나는 충격을 받았다. 자위행위는 내가 성인이 된 후에도 불편해했던 것으로, 경험한 기억조차 없기 때문이다. 정신과 의사 말에 따르면 그것은 고통의 암시였고 자위행위는 자신을 달래기 위한 노력이었다는데, 그런 생각 자체가, 그 행위에 내재된 적나라한 욕구가 지금까지도 나를 슬프고 약간 부끄럽게 만든다.

어렸을 때는… 하지만 이제 그곳으로 돌아가기란 너무 힘든 일이다. 손상은 이미 가해졌고, 여러 조치들이 시행됐고, 모두 성장하여 각자 자식들을 낳았고(그중 하나는 손자들까지 보았다), 부모님은 이미 오래전에 돌아가셨기 때문이다. 하지만 기억은 계속 남아 떠돈다. 불행한 어린 시절은 경험해본 사람이라면 알겠지만, 상담의의 마법이나 훗날의 행복 같은 전위에도 끄떡없이 줄곧 따라다니며 그것만 아니라면 화창할 날들에 검은 장막을 드리우는 법이다.

어디서든 불행한 유년기에 관해 읽게 되면 동일시가 되었다. 프랑스어에서 번역된 지독히도 음울한 동화《집 없는 소년Nobody's Boy》과《집 없는 소녀Nobody's Girl》, 역시 버려진 아이들에 대한 이야기《플리팽의 궁전Plippen's Palace》, 그리고 나중에는 가학적인 아버지로부터의 해방을 그린 새뮤얼 버틀러Samuel Butler의 탁월한 빅토리아 시대 소설《만인의 길The Way of All Flesh》등이 그랬다. 또 조지 오웰George Orwell이 어린 시절 기숙학교에서 겪은 잔혹성과 속물근성을 그려낸 에세이〈정말, 정말 좋았지Such, Such Were the Joys〉, 러드야드 키플링Rudyard Kipling이 부모가 인도에 체류하는 동안 여동생과 함께 영국인 홀로웨이Holloway 부부의 집에 머물면서 당한 끔찍한 방치와 학대에 대한 회고도 마찬가지였다. 키플링은 홀로웨이 부부의 집을 '황량한 집'이라고 불렀는데, 나도 한동안 우리 집을 그렇게 불렀다.

얼마 지나지 않아 하루를 시작하기가 두려워지기 시작했다. 어떤 날이든 상관이 없었고, 심지어 방학 중에도 똑같았다. 잠에서 깨면 배가 울렁거리며 다시 꿈속으로 돌아가고 싶었다. 주중에는 부루퉁한 제인이 문을 열고 예고도 없이 천장등을 확 켜서 우리를 깨운 것도 한몫했는데, 물론 그보다 더 나쁜 기상 방식도 있을 테지만(중년에 정신이상이 되었고 그가 쓴《내 신경질환의 회고록Memoirs of My Nervous Illness》을 프로이트가 읽기도 한 19세기의 독일 판사 다니엘 파울 슈레버Daniel Paul Schreber의 경우, 가학적인 아버지가 냉습포와 온습포를 연달아 눈꺼풀에 갖다 대며 깨웠다고 한다) 그보다 더 나은 방식도 분명 있을 것이다.

한편 어머니는 아무 데도 보이지 않았다. 어머니는 우리를 깨워 학교에 보낼 준비를 시키기보다는 아래층 다이닝룸에서 아버지와 함께 잠옷 차림으로 〈뉴욕 타임스〉를 구석구석 꼼꼼히 읽으며 오렌지주스와 커피와 따뜻한 페퍼리지 팜 롤빵으로 한가롭게 아침 식사를 즐겼다. 나는 어머니가 롤빵에 버터를 듬뿍 바른 다음 마멀레이드나 산딸기 잼을 얹어 아버지에게 주고 자신이 먹을 빵을 똑같이 준비하는 모습을 바라보곤 했다. 그 장면은 내 마음속에서 우리의 갑작스러운 기상과 뒤이은 분주한 등교 준비와는 극명히 대조되는 아늑한 정경을 대변하며 슬로모션으로 돌아간다. 우리 여섯에게 옷을 입히고 아침을 먹이는 일은(아예 굶는 날도 많았지만) 고스란히 제인의 차지였으며, 부모님을 방해하지 말아야 했으므로 그 모든 과정은 대부분 침묵 속에서 진행되었다.

간단히 말하자면, 나는 보통 이상으로 학교를 싫어했다. 두려움과 분리장애가 뒤섞여 학교에 가는 것이 마냥 싫기만 했다. 누군가에게 끌려 계단을 내려오고 문밖으로 내몰렸던 일을 언니들 중 하나가 기억한다. 동급생들 가운데 가장 어렸고 나이에 비해서도 어렸던 나는 쉽게 기가 죽었다. 하지만 지금 생각해보면 나는 급우들이나 선생님들과 함께 바깥세상에 나가는 것보다는 집 안에 머물고 싶어하는 만성 우울증 환자들의 욕구를 일찍부터 표출했던 것 같다.

어쨌든 나는 누구하고도 잘 어울리지 못하는 느낌이었다.

함께 방을 쓴 언니들과도, 여덟 살까지 방을 함께 쓴 남자 형제 두 명과도 그랬다. 하루하루 내가 호흡하던 고통의 분위기를 더 악화시킨 모종의 수상쩍은 성적 행위가 있었던 것도 같다.(남동생 하나가 보란 듯이 고추를 내놓고 방 안을 돌아다니던 일이 희미하게 떠오른다). 나보다 힘이 셌던 남자 형제들은 번번이 나를 두들겨 팼고, 언니들 중 하나도 나를 때렸다. 전반적으로 차가웠고 툭하면 체벌을 했던 제인의 그림자도 크다. 그녀는 화가 나면 오빠 에즈라를 발로 찼고, 때로 벽장에 가두기도 했다. 나올 때는 의기양양한 미소를 짓곤 했어도 오빠가 벽장 속에서 무력하게 우는 소리를 우리는 모두 들었다. 집안에서 유일하게 내 편으로 여겨진 사람이 있다면 요리사 이바였다. 하지만 그녀에게는 나를 지켜줄 힘이 없었다. 여덟 살 즈음 이미 나는 트라우마가 심하고 불안과 변비에 시달리며(아침마다 노인처럼 자두즙을 마셨다), 툭하면 울음을 터뜨리는(반에서 친구가 싸움을 걸어오는 경우부터 저녁 늦게야 과제를 끝냈을 경우, 그리고 밤마다 찾아오는 불면증까지, 무슨 일이든 가리지 않고 펑펑 울었다) 아이가 되어 있었다. 웬만해선 *끄떡*하지 않던 어머니도 더는 못 본 체할 수 없었다.

8.

그런 문제에 대면해 어른들이 택하는 모종의 마법 같은 방식대로, 나도 모르는 새에 컬럼비아 장로아동병원에서 정신감정을 받기로 결정되었다. 다들 앞으로 무슨 일이 일어날지 알려주면 안 된다고 생각했겠지만, 입원에 이르기까지의 세세한 과정이 너무나 생생하게 떠올라 마치 어제 일처럼 느껴진다. 도서관에서 빌려온 책을 찾지 못해 절망에 빠져 학교도 안 가고 아버지의 서재(성역에 가까웠던) 소파에 누워 있던 나에게 어머니가 덮어준 까칠까칠한 갈색 격자무늬 모직 담요. 형제들이 다 떠난 아파트에서 맛본 오전의 낯선 고요. 다이닝룸에서 흘러나오는 부모님의 대화 소리. 학교와 형제들의 궤도에서 벗어나 흐뭇한 기분으로 소파에 앉아 꾸벅꾸벅 졸면서 느낀 휴식 같았던 잠시 동안의 평화.

입원 계획이 나에게 어떻게 설명됐는지 짐작하기도 어렵지만, 어쨌든 부모님이 동행해 입원 수속을 밟았던 것은 기억난다. 평소 그 어마어마하게 중요한 '사무실'을 떠나 함께 시간을 보내주는 일이 좀체 없었던 아버지를 생각해보면, 그것만으로도 이미 놀라운 일이었다. 나는 겁이 났지만, 부모님의 관심을 오롯이 혼자 받는다는 사실에 신이 나기도 했다. 어머니가 도와줄 사람을 찾아 구두 굽을 또각거리며 반짝반짝 윤이 나는 긴 복도를 걸어 내려가는 동안, 아버지와 나란히 병원 입구에 서 있던 순간이 떠오른다. 아버지는 느닷없이 "네 엄마는 거물 행세하는 것을 좋아하지"라고 건조하게 말했다. 나로서는 상상도 할 수 없는 어머니로부터의 분리를, 그리고 아버지가 내 생각만큼 어머니에게 완전히 빠져 있지는 않음을 암시하는 그 발언에 나는 매혹과 혼란을 동시에 느꼈다.

집 밖에서 잔 첫 경험이었으니, 그 자체로 나에게는 중대한 사건이었다. 입원이 상인지 벌인지 확신은 안 섰지만, 혹여 제인 같은 누군가가 나의 행동을 평가하고 있을지 모른다는 생각에 되도록 법석을 떨지 않으려고 무진 노력했다. 나는 일반 아동병동에 배치되어 잠을 잘 잘 수 있게 도와주는 알약을 하나 받았다. 그 약물을 퇴원 직후는 물론 이후 수십 년 동안 이런저런 형태로 계속 복용하게 된다. 기계적 일상을 반복하지 않아도 된다는 점 그리고 친절한 병원 직원들이 당장 마음에 들었다. 익숙한 집과는 모든 것이 너무 달랐다. 나는 주로 잠옷을 입었고, 이 의사 저 의사에게 각종 심리 테스트를 받거나 다른 아이들과 놀았을 것이다. 그리고 거의 매일 찾아오는 어머니의 방문을 극도로 집중해서 기다렸다. 자칫 어머니의 도착을 놓쳐 어머니가 나를 잊을까 두려워서였다.

어머니는 보통 오후 늦게 왔다. 첫 며칠이 지나간 후, 나는 내가 병실 바깥에 나와 있다는 것을 직원들이 주목하지 않도록, 지나가는 직원들에게 웃음을 지으며, 지정된 시각에 엘리베이터 옆에 서서 대기한다는 계획을 세웠다. 어머니는 오래 머무르는 법이 없었고, 항상 몹시 분망해 보였다. 어머니가 떠나면 이제 다시는 못 보리라는 확신과 함께 미친 듯이 울기 일쑤였다. 어머니는 울지 않으면 다음에 선물을 갖고 오겠다고 약속했지만, 이미 울음은 내 제2의 천성으로 굳어져 아무리 용을 써도 그칠 수 없었다. 마치 내 심연의 누수 같았다. 여러 해가 지난 뒤 나는 엘리자베스 보웬Elizabeth Bowen의 단편소설 〈헛된 눈물Tears, Idle Tears〉에서 "그의 눈은 세상의 표면에 난 상처 같았다…. 세상의 내밀하고 끔찍하고 완강하고 불가피한 슬픔이 끊임없이 흐르고 솟구치는 상처 같았다"라는 일곱 살배기 프레데릭에 대한 슬픈 묘사를 읽고 곧바로 유대감을 느꼈다.

몇 주 후 퇴원해 집에 돌아오자(집을 떠나 지낸 그 경험이 나에게 불러일으킨 격렬한 공포와 그만큼 격렬했던 안도감이 지금도 생생히 떠오른다), 주중 저녁에 귀가한 아버지의 외투를 받아

거는 '임무'가 25센트라는 보수와 함께 나에게 주어졌다. 내가 스스로를 특별히 여기게 하려는 의도로 고안된 역할이었을 테지만, 형제들의 분노라는 역효과가 나고 말았다. 어머니는 다른 자식들에게 내가 빈혈증에 걸려서 휴식을 요했다는 모호한 이야기를 지어내 들려줬고, 물론 아무도 믿지 않았다. 남자 형제들은 나의 불가사의한 실종 사유를 뇌수술 후속조치Brain Operation Post-Surgery의 줄임말인 '밥스BOPS'에서 찾았다. 밥스라는 말만 나오면 그들은 배꼽을 삽고 웃어냈다. 내 진짜 진단명은 무엇이었는지 궁금하다. 과도하게 긴장하는 기질과 애정이 결핍된 환경의 결합 사례였을까? 아니면 언젠가 내 남자 형제 하나가 우리가 양육된 환경에 대해 이야기하며 쓴 표현대로 '파시스트 체제'하에서 발병한 신경쇠약이었을까? 또는 원인이 무엇이든 진짜 유년기 우울증이었을까? 이중 어떤 것이었더라도 다소 부정확했겠지만, 당시 어머니가 나에게 해준 말은 검사 결과 너는 언젠가 하버드에 갈 정도로 지적 능력이 뛰어나다고 하더라는 것뿐이었다.

어머니가 빼놓은 말이 있었다. 나를 담당한 정신과 의사가 내가 울면 침실에 가두라고 어머니에게 조언했다는 것이다. 사실 그것은 내가 입원하게 된 직접적 원인이었던 상습적으로 우는 버릇에 대한 중재방법으로 알려져 있었다. 어머니가 방문을 잠갔는지 그냥 닫기만 했는지는 확실하지 않지만, 그 경험은 재미있어하는 형제들 앞에서 내 연약함을 비굴하게 드러내 보인데다 어머니로부터 거절까지 당했다는 이중적 굴욕으로 지금도 생생히 기억된다.

남자 형제들과 따로 재우라는 또 하나의 조언에 따라, 나는 몹시 짜증스러워하는 언니들과 한방에서 자게 됐다. 우리가 사는 아파트는 복층구조였지만 면적이 넓은 편은 아니라 침실 수가 충분치 않았다. 그뿐 아니라 어머니는 애당초 어린 아이들이 각자 제 방에서 지내야 자아관이 발달한다는 의견에 동조하지 않았고, 생각해보면 아이의 자아관이 발달하는 것이 과연 좋은 것인지 확신하지 못했던 것 같다.

***

퇴원 후부터 나는 매주 한 번씩 업타운 행 버스를 타고 컬럼비아 장로아동병원에 가 텍사스 출신의 활기찬 정신과 의사 핸슨 박사를 만났다. 네모난 검은 테 안경을 낀 모습이 약간 클라크 켄트[11] 같은 핸슨 박사는 내가 울거든 침실에 격리하라고 어머니에게 조언한 바로 그 의사였다. 세탁과 다림질을 맡아 했으며 껌을 리듬감 있게 딱딱 씹는 기술이 환상적이던 무뚝뚝한 흑인 여성 윌리 메이가 주로 동행해주었다.

돌아보면 핸슨 박사는 자신이 얼마나 애정 없는 집안을 상

---

11) 영화 〈슈퍼맨〉의 주인공.

대하고 있는지 까마득히 몰랐던 것 같다. 우리 가족 중 나 말고 다른 사람과는 접촉이 별로 없었던 것도 이유 중 하나였을지 모른다. 어머니와 만나고 전화 통화도 했겠지만, 어머니는 사실을 자기 방식대로 포장해서 전달했을 테고 아버지는 전혀 개입하지 않았을 것이다. 언뜻 정상적으로 보여도 사실은 전혀 딴판인 가족의 구성원으로서 내가 어떤 난관에 처해 있는지 그가 어떻게 알았겠으며, 우리 부모님이 조성하고 유포해 아파트 6B호 현관문 뒤에서 사행한 고도로 통제되고 가학적 특성까지 갖춘, 우리 실존의 모든 영역에 영향을 끼친 기이한 유사공생적 연대(그들은 우리가 듣고 자랐지만 완전히 익히지는 못한 자신들의 모국어 독일어로 대화했다)를, 과로에 시달리던 무자비한 제인에 지배받은 우리의 삶을 그가 어떻게 설명할 수 있었겠는가?

당시는 1960년대 중반으로 칼 휘태커Carl Whitaker와 네이선 애커먼Nathan Ackerman 같은 학자들이 신봉한 가족체계 요법이 대중화되기 전이었고, 아직 아무도 가족을 햄릿의 덴마크처럼 속부터 썩은 문제의 근원으로 취급하지 않던 때였다. 어쩌면 우리 부모는 어떤 종류의 치료에도 참가하지 않을 유형이라고 판정된 것인지도 모른다. 대신 수다스럽고, 모두의 마음에 들고 싶어하고, 모두(부모와 형제들, 급우들, 선생님들 그리고 특히 제인)를 두려워한 반짝거리는 갈색 머리의 어린 소녀인 내가 모든 걸 설명해야만 했다. 뭐가 문제인지, 왜 자꾸 우는 건지,

그리고 애당초 내가 왜 핸슨 박사의 사무실에 찾아가 앉아 있는 건지.

이십대에 만난 대단히 정력적인 정신과 의사(처음으로 내게 항우울제를 먹게 한 해리 앨퍼트 박사Dr. Harry Alpert)는 그 아동병원에 가서 서류들을 뒤진 끝에, 거기서 지내면서 내가 적은 메모 한 장을 찾아냈다. 그리고 내가 겪어온 모든 일을 떠올리면 나 자신을 보다 친절한 눈으로 바라볼 수 있게 해줄 거라며 상담 시간에 그것을 나에게 건네주었다.

작은 노트패드에서 찢어낸 파란 줄이 쳐진 종이에 쓴 그 메모의 맨 앞에는 종교 교육을 받은 아이답게 '신의 도우심으로'라는 의미의 '베에즈랏 하셈Be'ezrat Hashem'을 뜻하는 두 개의 히브리어 단어 '벳bet'과 '헤이hay'가 적혀 있었다. 무슨 글이든 그렇게 시작해야 한다고 배웠었다.(내가 종교 율법을 그렇게 잘 지키는 충순한 아이였다는 사실이 믿기지 않았지만, 성인으로서의 의식과 함께 찾아오는 재검토와 질문이 시작되기 전의 한없이 유연했던 자신을 상상하기란 본래 어려운 법일 것이다.) 이어서 아주 읽기 쉬운, 여덟 살 난 아이치고는 놀랄 만큼 어른스러운 필체로 집에 가기가 두려우며 왜 어머니는 내가 아플 때만 다정한지 모르겠다고 쓰고 있었다.

그 메모를 쓴 소녀는 상냥하고 겁 많고 뭔가에 압도된 듯 보였다. 그 소녀에게 동정심이 느껴졌지만 오래가진 못했다. 소녀는 장래 내가 될 사람에 대한 단서였으나 또 한편으로는 그

명백한 취약성이 내게 옮을까봐 피하고픈 사람이기도 했던 것이다. 그래도 나는 메모를 두 번 접어 지갑에 넣었다. 그것을 일종의 역逆부적이자 내 자기비하 습관에 대한 해독제 삼아 가지고 있다가 결국 잃어버렸다.

9.

"시간이 다 됐어요." 내가 P박사에게 말한다. "이만하면 오래 미적거렸어요. 이건 말도 안 돼요." 스스로의 주장이 마음에 들어 나는 덧붙인다. "난 이미 여러 해 전에 죽었어야 해요."

P박사는 내가 만나온 수많은 정신과 의사들 중 최근 상담의로, 장신에 백발이 성성하고 프루스트의 모든 작품을 세 번씩 읽었으며(나는 첫 작품조차 끝까지 못 읽었다) 고전음악을 사랑한다. 그가 내 아버지나 남편이면 좋겠다는 생각을 차례로 해봤지만, 실패할까봐 아직 완전히 신임할 수는 없다. 나이가 워낙 지긋해서 내 삶을 끝장낼 생각을 하고 있지 않을 때는 우리의 작업을 마치기 전에 그가 먼저 죽는 건 아닌지 걱정되기도 한다.

정신분석학자 윌프레드 비온Wilfred Bion이 말한 이른바 '연계', 즉 관계유지에 대한 나의 습득된 불신 및 무능력을 주제로 상담이 이루어진다. 나는 P박사에게 아무도 나와 연계되려는 시도를 하지 않았다고, 친구가 몇 명 있긴 해도, 전화 한 통 없이 주말이 다 지나간다고, 혼자만 노력해야 하는 것이 피곤하다고 주장한다. "스스로에게 그런 가치가 없다고 생각하는 거예요." 그가 지적한다. "자신이 얼마나 매력적인 사람인지, 얼마나 많은 사람들이 당신에게 끌리는시 깨닫지 못해서 그래요." 그의 말이 엉뚱한 방향으로 날아가는 새떼처럼 내 머리 위를 스쳐 지나간다.

"어머니를 되찾고 싶어요." 내가 말한다. "끔찍한 어머니였지만요." 어머니가 궁지에 빠진 나를 버리고 돌아가신 지 거의 10년이 되어간다. 나는 어머니는 사악한 데가 있었지만 내가 최악의 상태에 빠졌을 때 비로소 합당하고 자상한 어머니가 되어주면서(그리하여 어둠으로의 그 추락을 가치 있는 것으로 만들어주면서) 나를 살려냈다고 생각했다. 그 시기에는 태도를 바꿔 마음을 가라앉혀주고, 듣기 좋은 말을 해주고, 웃게 해주고, 환자라도 대하듯 부모님 집 내 방의 좁은 침대에 나를 눕혀놓고는 잘게 썬 토마토와 훈제 소시지를 넣고 마요네즈를 바른 샌드위치를 쟁반에 담아 가져오곤 했다. 마치 나의 절망이 어머니의 최선을, 평상시에는 찾을 수 없는 공감의 한 조각을 불러내오는 것 같았다. 바로 거기에 문제가 있었다. 상황이 정말 견딜 수 없게 되었을 때에야 내 앞에 나타나는 '당근' 말이다.

한때는(이십대와 삼십대, 그리고 사십대까지) 물러나 깃들 수 있는 어머니의 품과 내가 자란 집이 있었다. 급박한 상황에서는 평소와는 달리 제 역할을 해내는 어머니는 쇠못 같은 강인함으로 자신보다 허약했던 자식들의 신경쇠약과 우울증 그리고 그 밖의 여러 위기들을 견뎌냈다.

1999년 아버지가 91세를 일기로 돌아가시며 마침내 그의 부재가 완결되어 종착점에 다다르자 나는 당혹감을 느꼈다. 단편적 순간들로만 아버지를 알고 있던 나는 이제 그보다 완전한 그림을 영영 그려낼 수 없을 터였다. 반대로 어머니는 격렬한 애도기를 빠져나온 뒤 마술처럼 새로운 면을 싹틔웠다. 체중이 좀 빠졌고, 복장도 조금 온화해졌고, 친구들과 영화나 연극을 보러 다녔고, 여행도 다니기 시작해 딸 한 명과 외손녀 둘을 거느리고 알래스카 크루즈에 올랐으며, 한 번에 몇 달씩 예루살렘의 아파트에 머물곤 했다. 어딘가 본질적으로 해방된 것처럼 보였다. 결혼하면서 거의 그만두었던 소설 쓰기를 재개하기도 했다. 나는 어머니가 마침내 내가 갈망했던 어머니로 변해 영원히 살아주기를 바랐지만 어머니도 결국 돌아가시고 말았다. 2006년, 나이는 여든여섯, 사인은 폐암이었다.(외할아버지와 아버지는 흡연자였지만 어머니는 흡연자가 아니었는데도.)

모성적 욕구 결핍을 포함해 어머니로서 무엇이 잘못됐든,

어머니는 나의 전부였다. 내가 결혼했다가 이혼한 그 남자를 비롯해 그 어떤 남자보다 더 그랬다. 어머니는 나의 북쪽이자 남쪽이었고 동쪽이자 서쪽이었다. 내게는 진정으로 거대한 존재였고, 죽음 후에도 계속해서 나를 사로잡았다. 도무지 어머니의 죽음을 이해할 수 없었다. 처음에도 그랬고, 시간이 지나도 마찬가지였다. 그래서 나는 P박사의 사무실에 앉아, 내 절망감을 물리치기 위해서라도 어머니의 귀환을 원하고 있다. 어린 시절부터 나는 우울증이 닥쳐오면 어머니를 곁에 불러올 수 있었다. 아주 잠깐이라도 아버지와 형제자매들로부터 어머니의 관심을 빼앗아와 나 대신 싸워주게 할 수 있었다. 그리고 어머니는 자신이 아는 유일한 방식으로 싸워줬으니, 그것은 바로 나를 에워싼 어둠을 풍자하고 얕보고 조롱하는 것이었다.

"다 괜찮아질 거야, 두고 봐." 어머니는 이렇게 나를 안심시켜주었다. 그러면 적어도 그 순간만큼은 마음이 놓였다. 그러나 이제 어머니는 땅속에 있고, 나는 끔찍하게도 홀로 우울증과 마주하고 있다. 그 고통을 통해 얻을 수 있는 부차적 이득도 이제는 없다. 내가 절망에 빠졌다고 해서 어머니가 나에게 다가와, 다부진 활력이며 무엇이든 너무 깊이 들여다보기를 거부하는 태도를 빌려줄 리 없다. 나는 내 부실한 장비만 붙들고 암흑을 응시한다.

"여기 있고 싶지 않아요." 내가 목소리에 조용한 분노를 담아 P박사에게 말한다. "한 번도 여기 있고 싶은 적이 없었어요." 내가 말하는 '여기'는 세상을 가리키지만, 어쩌면 상황이 좋을 때만 효용이 있는 상담치료 자체를 가리키기도 할 것이다. 낯익은 자기혐오의 덫에 걸려 곤경에 처해 있을 때면, 그것도 다른 모든 것과 똑같이 아무 소용이 없다. 감옥의 벽을 손톱으로 긁어대는 기분이다.

"이게 도움이 되고 있는지 모르겠어요." P박사가 과감한 중재에 돌입해 일이 끝나면 나를 집에 데려가 침대에 눕혀주기를 기대하며 내가 말한다. 내가 입만 나불대는 게 아니라 실행에 옮길 계획을 갖고 있음을 그가 아는지 궁금해진다.

"그래서 어떻게 할 건데요?" 자신이 나를 얼마나 진지하게 보고 있는지 입증이라도 하려는 듯 P박사는 이렇게 묻곤 한다.

그러다 자살을 하건 말건 상담 시간은 끝나고, 그가 사들인 공예품들과 뜯지 않은 채 책상에 잔뜩 널려 있는 우편물들과 이곳저곳 켜켜이 쌓인 먼지로 이루어진 허름한 사무실을 떠나야 할 시간이 온다. 언제나처럼 떠나는 건 힘들다. P박사의 사무실 안에서 나는 안전하다. 낯선 사람들로부터 안전하고, 더 중요하게는 상담 중 자주 등장하는 나의 가족들로부터 안전하다. "썩 꺼져라." 그가 《오즈의 마법사The Wizard of Oz》에 나오는 착한 마녀 글린다의 말을 빌려 외친다. "너는 여기서 아무런 힘이 없다." P박사의 장담과 달리, 밖에는 비정하고 용서 없는 세상이 기다리고 있다.

10.

회상 하나 더. 여덟 살이나 아홉 살 또는 열 살의 내가 층계 난간 너머로 제인의 마수에 나를 맡겨놓지 말라고 어머니에게 탄원한다. 아버지와 함께 유럽 아니면 이스라엘로 여행을 떠나는 어머니는, 어쩌면 나의 불안을 막고 싶어서였겠지만, 습관대로 마지막 순간에야 나에게 그 사실을 알렸다. 어머니는 일주일, 열흘, 이주일, 어쩌면 영영 떠나 있을 것이다. 어머니가 없을 생각을 하니 속이 울렁거리고 조마조마해진다. 어머니가 없으면 나를 보살펴줄 사람은 아무도 없다.

또한 어머니는 신뢰할 수 없다. 이따금 '샤츠Schatz'[12]나 '골디게 킨트goldige Kind'[13] 같은 애정 넘치는 독일어 단어들을 쓰

---

12) 보물.

기도 하지만, 순간적으로 돌변할 수 있는 사람이고 화가 나면 무시무시하게 뺨을 후려치거나 팔을 세게 꼬집곤 한다. 없을 때가 많고 있어도 내 차지가 되지 않기가 쉽지만, 그래도 사방에 널린 적대적 세력으로부터 나를 보호해줄 사람은 어머니뿐이다. 누가 제인으로부터 날 보호해주겠어, 나는 불안한 마음으로 묻는다. 자기들 앞가림하기도 바쁜 형제들은 물론 아니다. 우리 육남매는 불행한 가정에서 자라는 형제들이 종종 그러듯 '우리 대 저들' 식으로 뭉치지 못했고 서로를 지켜주려는 시도 따위도 없었다. "나한테 친절하게 굴라고 제인에게 말 좀 해줘요." 나는 애원한다.

내가 처음으로 제인의 수중에 맡겨진 것은 부모님이 나와 남동생들은 집에 남겨두고 언니들과 오빠만 데리고 이스라엘에 갔을 때였다. 서너 살 때였지만 나는 이미 제인이 몹시 두려웠다. 어머니는 전에 없이 사치스러운 선물을 사주었다. 내가 무척 아끼고 언제나 깔끔하게 돌보던 인형들을 위한 유모차였는데, 내 관심을 딴 데로 돌리기 위한 조치였다. 하지만 나는 너무나 속이 상해 그들의 출발 때문에 평소보다 조금 늦게까지 머물 수 있었는데도 일찍 잠자리에 들었다. 남동생들과 함께 이미 잠옷을 입고 작별 인사를 한데다, 되도록 제인의 눈밖에 있는 편이 좋겠다는 생각이 들었다. 유모차는 며칠이 지

---

13) 특별한 아이.

나도록 손도 안 대고 거실에 놔두었다.

　대부분의 일들은 다 잊어버렸는데 오래전 일요일 저녁들의 암담한 분위기는 되살려낼 수 있는 것이 신기하기만 하다. 에드 설리번Ed Sullivan[14]이 일요일 방송 끝에 '굿 나잇' 인사와 함께 손(팔의 끝이 아니라 독특하게 굽은 몸 한가운데서 나오는 것만 같던)을 흔들어 여섯 아이가 잠옷 차림에 인디언 워크에서 사온 가죽 슬리퍼(여자아이들은 빨간색, 남자아이들은 감청색)를 신고 웅크리고 둘러앉아 보던 텔레비전이 이제 단호히 꺼질 깃임을 알리던 순간, 흑백 텔레비전의 청회색 불빛이 반딧불처럼 깜빡이며 꺼져버리면, 애당초 별로 좋아하지도 않던 주말이 공식적으로 끝났고 그보다 더 싫은 주중이 다시 돌아온다는 걸 깨달으며 자러 올라가야만 했다.

　이 장면이 이토록 가깝게 회상되는 것을 경험하면서 더욱 이상하게 느껴지는 것이 있다. 제인을, 그녀의 여러 이미지들을 내 삶의 모든 중대한 지점에서 영향을 미친 한 인간의 영속적 인상으로 묶어내는 것은 왜 이토록 어려운가 하는 것이다. 우리는 그녀를 '무뚝뚝한 미국인 제인'이라고 불렀지만, 사실 그녀는 멀리 네덜란드에서 태어나고 자랐으며, 본명은 아드리엔이었다. 언제 미국식으로 개명했는지 모르지만 '판 더르 펀'

---

14) 미국의 오락 작가 겸 TV 사회자. 1950~1960년대에 절정의 인기를 누리던 TV 프로그램 〈에드 설리번 쇼〉의 사회자로 유명하다.

이라는 성은 왜 고수했는지 항상 궁금했다. 그렇게 그녀는 반은 미국인이고 반은 네덜란드인이라는 듯 제인 판 더르 편이 되었다.

내 어린 시절을 구성하는 수많은 슬픔들 중 무엇을 끄집어내도 제인이라는 여자의 윤곽을 채우는 데 별 도움이 안 될 것이다. 그것들 중 무엇도 무게감 있는 흔적을, 기억 속에서조차 현실적으로 느껴질 입체적인 인상을 남기지 못할 것이라는 말이다. 예를 들어 제인은 여름 내내 어울리지 않는 파스텔 색조의 잠옷을 입고 지냄으로써 허술한 옷차림을 못마땅하게 여기는 어머니의 싸늘한 시선을 견뎌야 했다. 몸매에 자신이 있었으나 사실 성적 매력은 전혀 없었고 처녀로 살다 죽은 것으로 안다. 다리가 탱탱했고 팔뚝은 무시무시하게 근육질이었다. 피트니스의 시대가 동트기 한참 전이었지만 실로 권투 시합에 나가도 될 만한 이두박근이었다.

제인은 2층의 아기 방이라고 불리던 방 뒤의 조그만 가정부 방에서 살았다. 어머니의 도움이 거의 없이 혼자서 우리 여섯을 돌봐야 했으므로 늘 조바심을 쳤다. 쉬는 날인 목요일이 오면 할인가의 옷을 찾아 쇼핑을 나갔다가 의기양양하게 새 옷을 입고 귀가했고, 주로 해물 요리에 술 한두 잔을 곁들인 외식에 대해 상세히 보고하곤 했다. 우리가 모두 어렸을 때 그녀에게 남자친구가 있었던 적도 있다. 잘생겼지만 좀 아둔해 보이는 덩치 큰 남자친구 딕은 우리 남자 형제들을 야구 경기에 데려가줬고 제인을 끔찍이 사랑하는 것 같았다. 빨간 투피스에 같은 색 립스틱을 바른 제인이 롱비치의 모래밭에서 수줍은 표정으로 딕 옆에 서서 찍은 사진을 나는 아직도 갖고 있는데, 언젠가부터 딕은 사라지고 없었다. 동성 친구들을 데려온일도 간혹 있었는데, 그런 일조차 시간이 흐르면서 드물어져갔다.

밤이면 그녀는 침대 위에 꼿꼿이 앉아 침대 옆에 놓아두던 파란색과 흰색 도자기 접시에 재가 수북이 쌓이도록 담배를 피워대며 장시간 텔레비전 보기를 좋아했다. 책을 읽을 때도 똑같은 자세로 담배를 피우며 집 안에 굴러다니는 페이퍼백 소설들을 결연하게 읽었다. 내가 책 읽기에 걸맞은 진정한 내려놓기 자세라고 여겼던 대로 베개에 등을 기댄다거나 하는일은 절대 없었다. 그녀가 상상 속에서나마 공감이나 단순한동일시가 가능한 사람이었는지, 책 속 등장인물의 눈으로 스스로를 바라본 일이 있었는지, 자신이 다른 누군가의 삶을 사는 상상을 해본 적이 있는지 나는 모른다. 그녀에게 분별력이없었던 것은 아니다. 그녀는 사람들의 소소한 것들, 이를테면모종의 심리적 상태를 암시하는 몸짓이나 버릇을 잘 알아차렸다. 하지만 주로 밖에서 안을 읽었을 뿐, 그보다 더 깊이 연루되는 일은 거부했던 것 같다. 나는 그런 분리의 태도가 신기하기도 하고 의아하기도 했다. 완전한 몰입을 원치 않는다면 책을 읽을 이유가 어디 있단 말인가.

바로 이것이 제인에 대해 쓰는 일이 어려운 핵심적인 이유다. 그 오랜 세월 동안 나는 그녀를 안에서부터 읽어내는 법을 배우지 못했다. 말하자면 무엇이 그녀를 '자극'하는지 터득하지 못했다. 내가 초등학생일 때 제인은 매일 아침 나를 깨웠고, 아직 취침 시간이 정해져 있던 어린 시절 밤마다 불을 꺼주었다. 그런데도 그녀는 지금의 나에게 실재보다는 부재에 더 가까운 존재다. 닮은 부분이 있어야 할 초상화의 한가운데를 가로지른 희부연 얼룩, 현상할 수 없는 사진, 좀처럼 지면을 박차고 나오지 못하는 인물 같다고나 할까. 이를테면 그녀가 나에게 책을 읽어주거나 놀이터 그네에서 나를 끌어내리고 내 느린 걸음이 답답해 잡아당기던 일 말고는 어린 나의 손을 잡아주거나 몸을 굽혀 다정한 말을 해준 기억이 나지 않는다. 드물더라도 분명 그런 일이 있었을 텐데도 말이다.

문제는 그녀가 남긴 흔적이 너무 적다는 사실이다. 우리는 모두 죽을 것이고, 극소수의 사람들만 지울 수 없는 자취를 남긴다. 우리는 주로 타인의 기억 속에 존재한다. 하지만 지워지고 잊힌 기억이라도, 설혹 그것이 그 기억을 지우는 자의 욕구나 고집에 대한 것일지라도 뭔가에 대한 단서가 될 것이 분명하다. 그렇다면 나는 왜 제인 지우기를 고집하는 걸까? 먼 과거 저쪽에서 아직도 나를 이토록 불안하게 만드는 것의 정체는 대체 무엇일까?

***

제인은 1953년 가을, 그러니까 오빠가 태어나고 반년 후이자 내가 태어나기 7개월 전에 우리 집에 일하러 왔다. 상위 중산층 미국 가정의 어머니들도 직접 자녀들을 돌보는 것이 유행할 만큼 가정의 중요성이 열렬히 강조되던 짧은 시기였다. 그 시절의 어머니들은 힘든 가사를 혼자 해내는 것은 아니더라도 집 안에 머무르며 아침에는 날걀과 토스트를, 저녁에는 스테이크와 완두콩을 차려내곤 했다. 내가 딸을 얻었던 1986년과는 달리, 아직 '유대감 형성'이라는 용어가 득세하기 전이었지만, 설령 그랬다 해도 우리 어머니는 그런 것은 믿지 않았을 것이다. 어머니는 사람들의 '따뜻함' 같은 것을 자신이 나고 자란 유럽의 엄정한 심판을 거치지 않은 공허한 미국적 개념으로 비웃고 일축했다.

(훨씬 공공연히 애정을 표시하는 것을 비롯해 어머니로서의 나의 양육법은 내 어머니와 달랐지만, 돌아보면 나 또한 내 딸 조이에게 애착을 갖는 데 나름의 어려움을 겪은 것이 사실이다. 아이를 낳고 얼마 안 돼 찾아온 산후우울증도 문제였지만, 어머니로부터 그리고 언니들이 조카들을 대하는 모습에서 보고 들은 어머니의 역할이 영향을 미친 것 또한 사실이다. 조이를 너무 중요한 존재로 만드는 것이, 그 아이가 나에게 얼마나 중요한지 다른 사람들에게 알리는 것이 나는 두려웠다. 정확히 무엇이 두려웠던 걸까? 조이를 두고 너무

법석을 떨어 어머니의 조롱을 살까 두려웠고, 아울러 아이에 대한 내 감정의 강도 자체도 두려웠다. 억지웃음을 웃는 얼간이처럼 보일까봐 두려웠다.)

요리사·세탁부·청소부·운전기사로 구성된 가사 직원들 중 제인은 두 번째 고용인이었다. 작은언니 데브라가 태어나기 전 전임 유모가 고용되어 일한 적이 있었다.(제인과 달리 실제로 '유모'라고 불렸고, 제인과는 달리 제대로 훈련을 받은 사람이었다.) 똑같은 옷차림을 한 두 여자아이―그중 한 명은 실버크로스 유모차 안에 앉아 있다―와 함께 당당히 서서 찍은 흑백 사진 속 마른 체구에 나이 지긋한 그 유모의 모습에서는 위엄 있고 거의 장엄하다고 할 수 있는 분위기가 풍겨난다. 잿빛 머리칼을 둥그렇게 묶고, 진홍색 립스틱을 바르고, 풀 먹인 흰색 유니폼을 입었다.(늘 평범한 일상복을 입었던 제인과는 대조적이다). 그 유모는 잠시 제인과 함께 일하다가 내가 그녀에 대한 기억이 하나도 없을 만큼 어릴 때 우리 집을 떠났다.

나는 말하자면 제인의 첫 번째 '아기'였다. 내가 태어나면서 그녀는 나의 전담 관리인이 되었다. 그러니 다른 아이들보다 나에게 더 큰 애착을 가졌을 것으로 추정될 만한 상황임에도 그런 일은 없었다. 그러고 보면 그녀의 집안 내력부터가 좋은 조짐은 아니었다. 그녀는 근근이 먹고 사는 엄격한 가톨릭 가정의 열여섯 아이 중 셋째였고(아버지는 2차 세계대전 중 연합군의 폭격으로 다리 하나를 잃었다) 별다른 교육도 받지 못했을 것이다. 제인은 내 남동생 둘을 엄청나게 편애했고, 격노는 특히 오빠와 나에게 집중되었다.

우리가 어렸을 때 부모님은 여행이 잦았다. 아버지의 유럽 출장이며 이스라엘 친지 방문 시 어머니가 늘 동반하는 바람에 두 분이 아예 통째로 집에 없는 여름들도 있었다. 어머니가 없으면 제인은 맹수로 돌변하여 우리에게 발길질과 주먹질을 했는데, 어머니도 그것을 알았을 테지만 웬일인지 그대로 놔두기로 결정했던 것 같다. 어쩌다 우리 중 누가 반항하는 일도 있었다. 언니 데브라는 열 살 때 제인이 걷어차넝 맞받아 발길질을 했는데, 그 일로 격분한 제인이 일을 그만두겠다고 위협하며 집을 나가 몇 시간 뒤 저녁이 되어서야 돌아오기도 했다.

여기서 불가피한 질문을 던지지 않을 수 없다. 그토록 참을성이 없고 사랑은커녕 평범한 호의조차 느낄 능력이 없었던 제인이 도대체 왜 저임금과 과로에 시달리며 우리를 돌보는 일을 맡았을까? 런던의 사촌들 집에서 청소를 하던 그녀를, 그 말라붙은 우물 같은 여인을 불러와 우리 육남매를 공포 치하에서 꼼짝 못하게 만든 어머니의 직관을 어떻게 평가해야 옳을까?

우리가 마지못해 제인과 엮였듯이, 그녀도 어떤 면에서는 우리와 공존해야 하는 불운에 처했다는 사실을 생각해볼 때, 그녀는 이상할 만큼 우리 중 누구하고도 관계를 맺고 싶어하지 않았다. 언니들 중 하나는 제인을 묘사할 때 '정신분열증 환자'라는 표현을 쓰는데, 분명 그런 면이 있었다. 몸에 밴 거리두기 습관, 관계맺기를 원치 않거나 어쩌면 아예 못하는 성정. 어린 시절 남자 형제들 방 옆의 좁고 어두운 욕실에서 묵묵히 진행된 짧은 목욕 시간 동안, 나는 그녀에게서 뭔가 유쾌한 반응을 끌어내려고 노력했을 것이다. 나는 이스트 65번 가 쪽으로 좁다란 창이 나 있었지만 왠지 언제나 똥 냄새가 약간 풍기는 것 같던 그 욕실에 대한 지울 수 없는 공포감에서 내 강박적 위생습관의 근원을 찾곤 한다. 우리 중 누가 변기를 사용하고 어쩔 수 없이 구린내를 남기면 제인이 날렵한 코를 찡그리며 "냄새 나"라고 최종 판결을 내리던 모습이 아직도 보이는 것 같다.

조립식 생산라인 같던 그 음울한 목욕 시간들과 관련해 가장 기억에 남는 것은 회색과 흰색 타일 바닥, 조용한 흰색 타일 벽, 그리고 제인하고 단둘이 있는 경험이 남긴 휑뎅그렁한 고독감이다. 기분이 좋을 때는 말수가 꽤나 많고 질문도 많이 하는 아이였던 나조차 언젠가부터 제인과의 의미 있는 소통을 위한 노력을 포기하고 말았다. 훗날 내 딸아이가 그랬던 것처럼 욕조가 수영장이라도 되는 듯 물장구를 치지도 웃음을 터뜨리지도 않았다. 대신 물을 조금만 받은 욕조 안에서 가느다란 다리를 앞으로 뻗고 제인이 목욕수건으로 문지르도록 양순하게 팔다리를 내맡긴 뒤, 이어서 다리 사이를 닦도록 일어섰다. 목욕수건은 두 개를 썼다. 마치 내 몸이 두 쪽으로 갈라진 것처럼 하나는 상체, 또 하나는 하체에 쓴 것인데, 혼자서 목욕을 하게 된 후에도 나는 계속해서 두개의 목욕수건을 썼고, 이십대 후반에야 그 이등분의 규율에서 벗어날 수 있었다.

이것을 제외하면, 제인에 대한 두려움과 제인 주변에서는 조심했던 것 말고 다른 감정이 기억나지 않는다. 그녀는 영국 기숙학교 식으로 툭하면 우리 남매들과 나를 엎드리게 한 뒤 엉덩이를 때렸다. 놀랄 만큼 튼튼한 손바닥으로 때리는 일도 있었고, 켄트 머리빗을 쓰는 일도 있었다. 그 불같은 구타(특히 우리들 중 유일하게 금발 곱슬머리였고 제인이 단연코 선호했던 내 바로 밑의 남동생을 때린 일)를 목격한 경험이 나에게 깊은 영향을 미쳤으며, 이후 여러 해 동안 내 성적 기호를 왜곡시켰다고 확신한다. 결국 나는 성행위로서의 스팽킹spanking[15]을 주제로 〈뉴요커〉에 실려 널리 회자된 글을 쓰게 되었다. 감정적 고통이 성적 상황으로 변환할 수 있음을 탐구한 글이지만, 나 자신이 엉덩이를 얻어맞은 경험은 뺐다.

15) 엉덩이를 찰싹 때리는 것.

11.

나는 의심의 여지없이 제인과의 경험에 대한 반응으로 실제와 환상 양면에서 유모라는 존재에 사로잡히게 되었다. P. L. 트래버스Travers의 《메리 포핀스Mary Poppins》 연작을 탐독했고, 5학년 때는 학교 도서관 사서 벌 부인의 도움을 받아 4권 《공원의 메리 포핀스Mary Poppins in the Park》의 후속편을 펴낼 것인지 여부를 묻는 편지를 보내기 위해 그녀의 영국 주소를 확보하기도 했다.(회신은 받지 못했다.) 마이클과 제인, 이어서 쌍둥이, 또 이어서 애너벨까지 뱅크스 집안 아이들의 이야기가 대단히 재미있었다. 그들은 까다로운 어머니, 성마른 은행가 아버지, 요리사 브릴 부인, 일에 파묻힌 보모 케이티 나나, 그리고 다른 여러 직원들과 함께 체리 트리 레인에 산다. 그러던 어느 날, "어서 어서spit spot"를 연발하고 은근히 상냥하며 마술까지 부리는 메리 포핀스가 동풍을 타고 날아와 그들을 굳건한 사랑으로 보살펴주게 된다. 지나간 영화로운 에드워드 시대에 대한 헌정이라 할 그 집은 좀 더 반짝거리고 훨씬 아늑한 버전의 우리 집으로 보였다. 그리고 메리 포핀스에게 어떤 문제가 있건(영화 속에서 줄리 앤드루스Julie Andrews는 그지없는 달콤함을 보여주지만, 원작에는 부인할 수 없는 신경질, 심지어 냉정함도 드러나 있다), 그것은 제인의 문제 또는 단순히 제인에게 결핍된 것에 비하면 한없이 사소해 보였다.

나중에는 조너선 개손 하디Jonathan Gathorne-Hardy의《유모의 비정상적 역사The Unnatural History of the Nanny》를 읽었다. 유서 깊은 영국 상류층의 훈련된 유모 전통을 다룬 책이었는데, 더없이 훌륭한 사례들과 지독하게 나쁜 사례들이 모두 소개되어 있었다. 다시 말해 어머니의 빈자리를 채울 만한 탁월한 유모들과 반모성적인 흉악한 대역들이 고루 제시된 이 책을 통해, 나는 처칠이 사랑했고 그의 성장기의 버팀목이었던, 그리고 그의 저서《나의 젊은 시절My Early Life》에서 '가장 소중하고 가까운 친구'로 기억된 유모 에버리스트 부인Mrs. Everest에 대해 처음으로 알게 되었다. 그는 그녀를 '우머니Womany'라는 애칭으로 불렀는데, 그녀가 가장 여성적이고 자애로운 모든 것을 상징한다는 의미가 전달된다는 점에서 한없이 감동적인 호칭이라고 느꼈다. 그녀 또한 그를 '위니Winny', '나의 양', '나의 귀하고 소중한 아이' 같은 사랑이 듬뿍 담긴 애칭들로 불렀다.

임종에서조차 위니가 감기 들까봐 걱정했던 에버리스트 부인이 내 뒤에 있었다면 나는 어떤 사람이 되었을지 궁금했다. 그런가 하면 아이들을 성추행하거나 터무니없이 학대해(커즌 공 Lord Curzon과 형제들을 야만적으로 구타하고 '거짓말쟁이', '좀도둑', '비겁자' 같은 글자를 적은 원뿔 모자를 씌워 동네를 돌게 했던 패러먼 양Miss Paraman처럼) 어떻게 아무도 경찰에 신고하지 않았는지 믿기 어려운 유모들도 있었다.

***

열두 살이 되던 해 초여름의 어느 금요일 오후 우리의 두 번째 해변 별장에서 마침내 내가 제인의 전제적 지배에서 벗어나게 된 사건이 발생했다. 롱비치의 집도 좋았지만, 2년 전 기적 중의 기적으로 수영장이 딸린 애틀랜틱 비치의 집으로 옮긴 후 나는 완전히 이 집 쪽으로 마음이 기울었다. 시내에서 한 시간 남짓 떨어진 애틀랜틱 비치 대교 끝자락에 자리한 그 조그만 동네는 마피아 조직원들이며 정통파 유대 사회에서 인기를 누렸다.

부모님은 애물단지라는 악평에 시달리던 그 집을 헐값에 사들였다.(전 주인이 의사였는데, 집 일부를 낙태시술에 사용했다는 소문이 있었다. 방들에 경사로가 설치되어 있었고 화장실도 엄청나게 컸던 것을 보면 정말 그랬나 싶기도 했다.) 구역 맨 끝에 있는 집이었고 나무 울타리가 높았다. 길 건너에 바다가 있었고, 파스텔 색조의 비치 클럽들은 저마다 왕왕거리는 확성기로 미아와 잘못 세운 차들에 대한 안내방송을 내보냈다.

그날 오후 제인과 우리 육남매 중 아래 셋은 식료품들과 각종 요리가 담긴 마분지 상자들과 함께 금테 안경에 불그스름한 가발을 쓴 기사 지미가 모는 차에 올라 선발대로 애틀랜틱 비치에 도착했다. 지미의 가발이 신기했던 나는 혹시 그것이 움직이는지 주의 깊게 살펴보면서 그가 가발을 쓰는 이유가 본인의 허영심 때문인지 아니면 아내가 원해서인지 궁금해했다. 지미는 매일 아침 우리를 학교에 데려다줄 때마다 전날 저녁 식사 이야기를 해 식탐이 한창 많던 우리를 신나게 해주었다. 이야기는 항상 파이 한 쪽과 커다란 '우유 한 컵'으로 끝났는데, 아마도 틀니 때문이었겠지만, 나는 지미가 's' 발음을 'sh'를 발음할 때처럼 부드럽게 굴리는 것이 이상하게 좋았다.

지미는 우리를 내려주고 다시 돌아가 부모님과 언니들과 오빠를 태워왔고, 안식일이 시작되기 전에 다시 태우고 돌아갔다. 아직 공기가 서늘한 편이어서 우리는 물에 들어가지 않았다. 어쩌면 제인이 입수 금지령을 내렸던 것인지도 모른다. 어쨌든 제인은 주방에서 분주히 음식 상자들을 풀고 있었는데 어머니의 전화가 왔다. 내가 받아 통화 중일 때, 제인이 총애하던 바로 아래 남동생이 수화기를 빼앗아갔다. 평소라면 그냥 놔뒀을 텐데, 그날은 이상하게 마음속에서 뭔가가 불끈 솟구쳐 나는 수화기를 다시 낚아챘다. 동생은 두 살 어린데도 나보다 힘이 셌지만 상관없었다.

수화기를 놓고 옥신각신하고 있는데, 제인이 갑자기 끼어들어 새끼를 지키는 늑대처럼 사납게 나에게 덤벼들었다. 그녀는 나를 동생에게서 떼어내 아래층 층계 오른쪽에 있던 손님용 화장실까지 끌고 갔다. 전 주인이 금색 수도꼭지와 스모크 유리 거울과 대리석 세면대와 화려한 금색 벽지로 개조한 화장실이었다. 졸부 스타일의 그런 실내장식은 어머니의 취향과 정반대되는 것이었지만, 이사 전에 다 손을 본 집 안의 다른 부분과 달리 그 화장실은 그대로였다. 그곳에서 제인은 내 머리를 벽에 짓찧어댔다. 아무리 밀쳐내도 소용없었다. 내 가냘픈 저항에 더욱 화가 난 그녀는 더 세게 내 머리를 짓찧었다. 나는 정신을 잃어 나를 인근 병원으로 싣고 가는 구급차의 요란한 사이렌 소리가 금요일 오후 그 해변 마을의 고요함을 깨뜨리는 상상을 했다.

고통이나 수치심은 기억나지 않는다. 마치 내가 다른 누군가에게, 그저 희미하게 내가 깃들어 사는 것처럼 느껴질 뿐인 누군가에게 일어난 일만 같다. 그 일이 일어난 공간이며 제인이 자신의 권위를 행사할 때 스모크 유리 거울 어딘가에 까딱까딱 비치던 내 얼굴은 선연히 떠오르는데도 말이다. 가장 확실하게 기억나는 건 마치 모든 것이 거기에 달려 있는 것처럼, 세면대 한쪽에 놓여 있던 가느다란 금색 무늬가 새겨진 작은 병 두 개를 비롯해 그 화장실의 디테일들에 내가 주목하고 있었다는 사실이다. 그 병들도 전 주인이 남기고 간 것이었는데, 아마도 화장솜이나 면봉을 담아두는 데 쓰였겠지만(더 섬세한 용도로 쓰였을 수도 있다) 그때는 그냥 비어 있었다. 깨지기 쉬운 그것들이 우리 가족이 들어온 후에도 버티고 있는 것이 놀라웠다.

나는 그날 오후 도착한 어머니에게 그 사실을 알렸다. 그때 어머니가 정말로 제인을 해고하는 짜릿한 가능성을 그려보다가, 제인의 학대가 어머니에게 새로운 사실은 아닐 것임을, 제인이 어떤 사람이고 어떤 짓을 할 수 있는지 어머니도 알고 있을 것임을 떠올렸던 기억이 난다. 어쩌면 두 사람이 공모했는지도 몰랐다. 제인은 그저 어머니의 사주를 받고 움직인 것인지도 몰랐다. 나는 머리를 벽에 짓찧은 것에 대해 말하며 특히 불안한 느낌이 들었다. 혹시 어머니는 그것이 내가 한 짓에 대한 의당한 조치라고 생각하지 않을까? 그러다 중간에 울음이 터져나왔는데, 더 크게 울거나 아예 울지 말아야 한다는, 이 정도의 눈물은 적절하지 않으며 어머니의 동정심을 불러일으키지 못할 거라는 생각이 들었던 것도 기억난다.

내 이야기를 듣고도 어머니는 별로 속상해 보이지 않았다. 하지만 그 사건에 대해 자신을 방어하려는 나의 노력에 어머니 내면의 뭔가가 반응했음이 분명했다.(그 전까지는 그냥 지나간 일들이 너무 많았다.) 어머니가 제인에게 무슨 말인가를 한 것이다. 그날 이후 제인은 더이상 잔인하게 완력을 휘두르지 않았다. 계속 조심하긴 했지만, 이후 그녀에 대한 나의 두려움은 잦아들어갔다.

내가 제인을 사실상 그녀의 집이었던 아기 방 뒤의 쥐구멍만 한 방에 남겨두고 떠난 일이 있다.(고등학교 재학 중 언니 데브라와 함께 첫 유럽 여행의 일부로 제인의 아인트호번 고향집에 들렀다. 제인의 어머니는 네덜란드 남단의 그 도시에서 결혼하지 않고 늙어가는 두 딸과 함께 아직 살고 있었다. 어머니의 제안에 따른 것이었지만 제인의 근원에 호기심이 들기도 했다. 비좁은 집과 코셔 율법에 최대한 맞춰 차려졌으나 입에 맞지 않고 낯선 점심 식사에 불편했던 기억이 난다. 그때 아주 잠시나마 내 어린 시절의 가해자가 불쌍해지면서 그녀를 만들어낸 옹색한 환경이 바로 이런 것일까 궁금해졌다.)

정확히 말해 제인은 내가 자란 아파트에서 근 50년에 걸쳐 두 개의 쥐구멍에 차례로 몸을 담고 살았다. 원래 방보다 더 작은 가정부 방으로 옮겨, 그 안에서 담배를 피우고, 보잘것없는 치즈 샌드위치를 먹고, 앞으로 기울어진 특유의 필적으로 생일 카드를 썼다. 그 긴 세월 동안 그녀는 우리 가족들의 생일을 한 번도 잊지 않았다. 무려 스물한 명에 이르는 차세대, 즉 우리 부모님의 손자들 생일도 마찬가지였다. 감동할 만한 일일 것이다. 좋건 싫건 우리 가족이 자신의 본래 가족보다 그녀에게 더 가족 같다는 것이 감동할 만한 일인 것처럼.

제인은 잠시 입원한 끝에 2004년 7월의 어느 더운 날 여든여덟의 나이로 죽었다. 예전에 비해 몸이 몹시 쪼그라든 그녀는 여전히 어머니의 고용인으로 비슬거리며 여전히 침대 위에 꼿꼿이 앉아 초라한 취미생활을 계속하던 차였다. 소나무 관을 닫고 장식도 하지 않는 친숙한 정통파 유대식 전통과는 너무도 다르게 그녀가 뚜껑을 닫지 않은 관 속에 화사하게 화장한 얼굴로 누워 있는 장례식에서 나는 울었다. 장례식은 매디슨 애비뉴에 있는 프랭그 E. 캠벨 장례회관의 작은 쪽방에서 서글플 만큼 조문객이 없는 가운데 열렸다. 어머니가 비용을 지불했다.

누구를 위해서인지, 무엇 때문인지도 모르지만 내 속에서 요란스러운 흐느낌이 쏟아져나왔다. 어머니가 믿기지 않는다는 얼굴로 나를 바라보던 것이 기억난다.(형제들 대부분이 참석했지만 다들 침착하게 행동했다.) 아마도 대개 부유하고 유명한 사람들의 장례식이 열리는 캠벨 장례회관의 우아함과 제인 일생의 빈약함이 빚어낸 간극 때문이었을 것이다. 어쩌면 예배를 간소하게 인도한 장례회관 소속 성직자의 연설에 대한 반응이었을 수도 있다. 그는 산타클로스 같은 인자한 목소리로 제인이 우리를 돌보기 위해 대서양을 건너왔으며 우리 모두를 친자식처럼 사랑한 진취적 기상을 가진 인물이었다고 말했다(당치 않게 성경 속 인물 루스에 비견하기도 했다). 그의 낙관적 믿음은 그 장례식이 내 안에 불러온 상실감과 극명한 대조를 이루었다. 슬픔은 아니었다. 무엇보다 제인은 노쇠했고, 나는 중년이 되었고, 유대가 있었어야 할 자리에 공허만 남은 데 대한 어리둥절함이었다.

이따금 돌아보면 내가 기억하는 것처럼 모든 것이 황량하고 차갑기만 했을 리는 없다는 생각이 들다가도, 그런 생각을 지탱해줄 증거가 어디에도 없다. 그러니 내가 남겨진 곳은 대부분 사람들의 기준틀 바깥이자 나 자신의 것 외에는 그 어떤 분명한 맥락도 부재하는 곳일 뿐이다. 그저 지면에서 빠져나와 내 머릿속에서 파득대는 불길한 그림자가 아닌 다른 무엇이 되어 나타나는 것이 목적의 전부일지라도 제인의 윤곽이 채워지기를 기다린다. 그 또한 너무 늦었을지 모른다. 주위를 둘러보면 모든 것(어린 시절도, 에드 설리번도, 인디언 워크 신발도, 제인 본인마저도)이 과거 속으로 사라졌고, 나만 여기에 남아 망령을 불러내고 있을 뿐이다.

12.

잠을 얼마나 잤고, 얼마나 적게 먹으며, 얼마나 자주 자살을 떠올렸는지 같은 여러 질문에 대한 응답보다 훨씬 효율적이고 간단한 우울증 테스트는 해가 바뀌고 처음 맞는 화창한 날에 대한 태도이다. 도로시 파커Dorothy Parker가 "해마다, 대가리를 흔들며 찍찍거리는 불쾌한 작은 새들과 함께, 봄은 돌아온다"고 불길하게 노래한 그런 날. 노랫말의 주제가 되고, 평소에는 무관심한 세상이 끈덕진 구두 판매원처럼 옆구리를 찌르며 "나 어때? 내가 당신을 미소 짓게 할 비결을 몇 개 갖고 있거든"하고 속삭이는 것 같은 그런 상징적인 날. 초록의 새싹을 예고하고 노란 햇살을 흩뿌리는, 가을이나 겨울 따위는 멀고 멀게 느껴지는 그런 날. 그런 날은 봄이 오자마자 예정됐다는 듯 찾아올 수도 있고 불시에 찾아올 수도 있지만, 증상은 언제나 동일하다. 햇빛이 비치고, 하늘이 맑고, 대기는 행복의 가능성으로 충만하고, 갑자기 모두가 누군가의 손을 잡고 있는 것으로 보인다. 이런 날을 하루 보내면, 내가 느끼는 것(자꾸만 벽에 붙고, 살갗 속으로 숨으려 하고, 나 자신의 치명적 사고의 치명적 맥박을 놓치지 않으려 하는)이 자연스럽지 않을 뿐 아니라 불가피하지도 않다는 사실을 깨닫게 된다.

우울증의 가장 견딜 수 없는 점은 삶의 모든 영역에 침범해, 현재는 물론이고 과거와 미래까지 뒤덮으며 자신의 필연성을 주장한다는 사실이다. 심한 우울증의 고요한 공포는 한번 경험한 이상 절대 완전히 지나가지 않기 때문이다. 그것은 약물과 어떻게든 정상적으로 기능하려는 필사적 노력에 밀려 일시적으로 잠잠해진 채 배후에 숨어 재진입을 노리고, 좀 더 가벼운 사안들이 사고 전면에 나와 있을 때조차 머릿속에 도사리고 앉아 제 존재를 알리고, 의식을 끝없이 당겨댐으로써 현재 속에 안식하지 못하게 한다.

우울증에 빠지면 나는 가장 극심한 우울증도 시간이 흐르면 지나간다는, 또는 약물이나 상담치료 또는 그 둘의 조합을 통해 지나가게 할 수 있다는 사실을 인정하기 어려워진다(아니, 거의 그럴 수가 없다). 그것은 이를테면 자살은 생각해본 적도 없는 운 좋은 사람들조차 피할 수 없는, "결국 인간이 걸리고 마는 질병", 즉 죽음은 아니다. 자기혐오에 빠졌던 19세기의 예수회 신부이자 내가 좋아하는 시인인 제라드 맨리 홉킨스Gerard Manley Hopkins의 시 〈봄과 가을Spring and Fall〉에 나오는 구절이다. 나는 그를 뚱보에 안색은 창백하고 땀을 뻘뻘 흘리며 절망의 냄새를 풍겨대는 인물로 상상한다. 그의 소네트 〈나의 마음My Own Heart〉에는 이런 구절이 담겨 있다. "나의 마음이 나를 더욱 측은히 여기게 했습니다. 나의 슬픈 자아를 친절하고 자비롭게 대하며 살게 했습니다." 사실은 날씬하고 청결했을지도 모르지만, 내가 분명히 아는 사실은 그가 신과 사랑 다툼을 계속하다가 한때 제임스 소이스James Joyce의 도시 더블린의 유니버시티 칼리지에 속했던, 지금은 번드르르한 식당이 들어선 건물의 꼭대기 방에서 죽었다는 것이다.

오늘날의 시각으로 볼 때, 신의 보살핌을 향한 그의 간절한 애원("슬프게도 먼 곳에 사는 귀중한 그분께 보낸 죽은 편지와 같은 울부짖음")이 동성애적 욕구의 승화가 아니었을까 하는 추측을 피하기란 거의 불가능하다. 하지만 나에게 더 흥미롭고 훨씬 더 감동적인 것은 자신의 부인할 수 없을 만큼 우울한 천성에 대한 시인의 전前프로이트적 접근법이다. 그는 자신과 절망의 확신 사이에 스스로의 종교적 소명을 개입시키고, 자신의 상태에 관해 유전자나 유년기가 아닌 믿음의 부족을 탓한다.

홉킨스는 다른 시에 "나는 잠에서 깨어 빛이 아니라 어둠이 내려오는 것을 느낀다"고 썼다. 밤잠의 끝은 드러누운 도피의 끝이고 따라서 잠이 깬다는 것은 고통스러운 의식 상태로 다시 끌려나오는 것이라는 느낌을 친숙하게 여기지 못하는, 그

감각을 알지 못하는 우울한 사람이 거기에 살고 있다. 다시 얼굴을 묻고 이불 속으로 들어가고픈, 사라진 밤을 붙들고 싶은 깊은 갈망 말고 다른 느낌을 경험하며 잠에서 깨본 날이 내 평생 며칠이나 될까 싶다. 성인으로서 아주 약간의 기대감만이라도 가지고 눈을 뜬다는 건 어떤 느낌일까? 이미 오래전부터, 내가 밝아오는 날에 대한 최소한의 수용성을 느끼며 일어나본 시기는 활기를 촉진하는 특정 약물을 복용할 때뿐이었다.

하지만 약을 먹을 때조차 어서 일어나 하루를 시작하고 싶다는 유혹을 느껴본 일은 없다. 나를 기다리는 것이라곤 새 지저귀는 소리와 예쁘게 차려진 아침 식사뿐인 열대 휴양지에서의 나른한 아침도 결국 똑같았다. 햇볕 속에 누워 일광욕하는 것을 늘 좋아했지만 그마저도 소용이 없다. 잠과 특정 종류의 섹스 동안 일어날 수 있는 의식의 마비를 제외하면 오직 일광욕만이 어둠을 잊게 해주는 자기소멸을 제공한다. 이런 점에서 시인 실비아 플라스와 앤 섹스턴 같은 유명한 우울증 환자들이 자신의 갈색 피부를 자랑스럽게 여겼다는 사실은 의미심장해 보인다. 예민한 관찰력의 소유자인 플라스는 열일곱 살이던 1950년 여름 편지를 주고받던 한 남성에게 자기의 피부가 몹시 많이 그을려서 해변에서 여자들이 지나가면서 무슨 선탠오일을 쓰는지 물을 정도라고 말했다. 진정한 일광욕광이었던 섹스턴은 토라진을 복용할 때는 양산을 쓰고라도 햇볕 속에 앉아 있곤 했다.

한 예로 나는 푸에르토리코의 우아한 호텔 린콘에서 일어난 일을 기억한다. 화장실 세면대에 꽃잎을 띄운 물병이 놓여 있었고, 할 일이라곤 태양과 바다를 즐기는 것뿐이었음에도, 나는 낯익은 두려움과 함께 잠에서 깼다. 정확히 무엇이 두려웠는지는 모르겠다. 여기저기서 그 이유를 찾을 수 있을 것이다. 이를테면 수영복을 입고 나면 어쩔 수 없이 느껴야 하는 내 몸에 대한 날카로운 불만이었을 수도 있고, 함께 있던 남자와의 시간이 살수록 삽삽하게만 느껴지는 일종의 폐소공포증이 있을 수도 있다. 하지만 더 깊이 들여다보면 언제나 다른 이유들이 있었다. 다 좋아 보이지만 항상 그림자가 드리워 있었다. 요령은 물론 들여다보지 않는 것이다.

홉킨스의 〈봄과 가을〉에는 '한 어린아이에게'라는 헌사가 달려 있고 자아의 인식에 대한 반추로서 죽음에 대한 의식이 동반되어 있는데, 물론 이 둘은 인간에게 부여된 속성이다. 시는 이렇게 시작한다. "마거릿, 너는 황금빛 숲에 낙엽이 지는 것을 슬퍼하는가?" 언어를 다루는 독창적 재능이 있던 홉킨스는 단어들을 마구잡이로 엮고("dapple-dawn-drawn"이나 "blue-bleak"처럼 특히 하이픈 연결을 즐겨 썼다) 닥치는 대로 구두점을 찍었다. 처음 이런 구절들을 대했을 때, 나는 소리 내어 읽어보곤 했다. 그 서글픈 음률들은 마치 내가 우울증에 시달리는 모든 이름 없는 이들을 대신하여 말하고 있기라도 한 듯, 뭐랄까, 설득력 있게 슬퍼하고 있다는 느낌을 주었다. 때로는 어떨지 궁금해서 남의 외투를 한번 입어보듯 내 이름을 넣어 읽어보기도 했다. "대프니, 너는 황금빛 숲에 낙엽이 지는 것을 슬퍼하는가?"

황량함이 나를 덮쳐올 때, 이렇게 격식을 갖추고 부드럽게, 아니, 그저 '이해'라도 하며 나에게 물은 사람은 전혀 없었다. 다들 "설마 그렇게 나쁘기야 하겠어?" 같은 믿지도 않는 말들이나 "자, 그러지 말고 기운을 좀 내봐" 같은 거친 말들을 가볍게 내뱉곤 한다. 어린 시절 사람들은 낙담해 있는 나에게 한층 더 퉁명스러운 말들을 던졌다. 내가 또 한바탕 울기 시작하면, 남자 형제들 중 누군가가 "또 시작이네" 하며 눈을 굴렸다. 약 먹은 암망아지처럼 코맹맹이 소리로 시작했다가 더 요란하게 더 많은 눈물을 흘리며 우는 식이었다. 그 어둠이 왜 그렇게 일찍 시작됐으며 왜 그렇게 오래 지속됐을까 생각해볼 때, 우리 모두를 기다리는 종말을 서러워하는 마거릿으로 나 자신을 보았더라면, 그런 애수 어린 시각을 지녔더라면 도움이 되었겠다 싶다. 그러나 나는 모든 것이 무차별적으로 슬펐고, 아무도 그 이유를 알아보려 하지 않았다. 어머니는 감상이 배제된 특유의 게르만적 어조로 "넌 슬픈 걸 좋아해"라고 곧잘 말했다. 마치 그것이 나의 선택이라는 듯이. 홉킨스라면 틀림없이 이해했을 것이다.

나는 홉킨스의 복잡하게 타협된 신앙이 부럽고, 내가 받은 유대계 양육이 좀 더 굳건한 종교적 닻이 되어주었더라면 하고 종종 바란다. 신이 찬란한 목적의식을 갖고 내려오실 거라는 믿음을 상상해본다. 하지만 언제쯤인가 나는 그 대신 붙들어주고 위로해주는 예술의 힘에 보다 잠정적이고 세속적인 믿음을 갖게 되었다. 나는 언어에서 기쁨을 찾는 습성뿐 아니라, 언어 자체가 개인적 고통을 세상 속에서 삶에 수반되는 공통적 슬픔으로 변화시킬 수 있다는 근원적 확신을 홉킨스와 공유한다.

삭막하게 끝을 맺는 〈봄과 가을〉은("그것은 결국 인간이 걸리고 마는 질병이며 네가 슬퍼하는 것도 마거릿 너 자신임을") 모든 낙원은 잃어버린 낙원이며 태어난다는 것은 곧 동산으로부터 쫓겨나는 것이라는, 정신이 번쩍 들게 하는 성찰로 읽을 만한 시 같다. 우울증에 대한 시라고 말할 수는 없지만, 우울증에 빠진 사람에겐 모든 것이 우울증에 관한 것이기 마련이다. 그리고 또 하나, 행복을 빼앗긴 마거릿이라는 함축된 개념이 나의 외로움을 덜어주었다. 우울하지 않은 사람들이라고 반드시 천박하거나 진정성이 결여된(텔레비전 아침 뉴스처럼 병적으로 쾌활한) 것은 아니지만, 마음 깊은 곳에서 나는 그들이 미혹에 빠져 있다고 믿는다. 우리 중 어떤 이들에게는 표면 아래 흐르는 슬픔이 세류로 시작해 전부를 물들이는 대량출혈로 끝난다.

그때 아름다운 날이 밝아오고, 문제는 다시 우리 차지가 되고 마는 것이다.

13.

어머니는 자식인 우리와는 달리 파국적인 세계사의 피해자였기에 어려서부터 웬만한 재난쯤은 이겨낼 만큼 단련이 되어 있었다. 외할아버지의 정치적 연루와 관련된 복잡한 사정으로 팔레스타인에서 대학에 가지 못하고, 대신 1938년 유럽에 돌아가 지금의 우크라이나 영토인 체르노비츠에서 사범학교를 다니다가 간신히 팔레스타인으로 도피할 수 있었다. 하지만 외할머니와 외삼촌 둘, 외숙모와 그녀의 다섯 아이 중 넷을 비롯해 가까운 친척 여러 명이 강제수용소에서 희생되었다.

홀로코스트에 대해 처음 들었을 때 나는 너무 어렸기 때문에 그것을 나에게 겨눠진 살인적 증오라는 개인적 차원으로만 이해할 수 있었다. 나치가 기록 목적으로 찍은 사진들을 본 적이 있는데, 강제로 턱수염을 깎인 유대인들이 길거리에서 무릎을 꿇고 맨손으로 청소를 하고 있었다. 아버지와 함께 갔던 유럽 여행에서 어머니가 구해 온 사진첩이었다. 어머니는 왜 그토록 감수성 예민한 나이의 나에게, 아직 이해하지도 못했을 나에게 그런 것을 보여줄 생각을 했을까 한참 후에야 불안한 마음으로 돌아본 일이 있다.

　이와 관련해 어머니가 한 일들 중에서 또 하나 이해가 가지 않았던 것은 내가 열한 살 또는 열두 살 때쯤부터 별것 아니라는 듯 내 팔 안쪽에 볼펜으로 조그만 나치 부호를 그려주던 일이다. 어느 날 저녁 2층 복도에 있던 어머니의 책상 옆에 앉아 숙제를 점검받고 있을 때 처음 시작된 그 기괴한 의식은 소개되지도 설명되지도 않은 채 계속되다가, 시작됐을 때처럼 돌연 끝나버렸다. 어머니는 면밀하고 깔끔하게, 마치 나치 부호로 데이지 화환을 만들듯 그 부호를 연달아 그려냈다. 도대체 무슨 의도인지는 알 수가 없었지만, 심장이 마구 뛰는 가운데 홀려서 그것을 바라보던 기억이 난다. 만약 내가 물어봤다면, 으레 그랬듯 어린 나의 공포감을 건드리는 끔찍한 농담을 했으리라. "아, 내가 어렸을 때 그거였거든. 내가 비밀 나치 요원이라는 걸 모르니?" 어린 시절 어머니는 불행해하는 나에게 강제수용소를 생각해보라고, 그것에 비하면 그 무엇도 그다지 나쁘지 않을 거라고 말하곤 했다. 유용한 시각을 제시하는 대신, 이처럼 극단적인 방책을 사용해, 불행해하는 행위 자체에 대한 죄의식만 심어주었을 뿐이다.

어머니는 지금까지 기록된 바 없는 특별한 생존자 죄의식에 시달렸던 걸까? 표현되지 않았지만 분명해 보였던 건 열여섯 살의 어머니가 사랑했던 프랑크푸르트(근사한 동물원과 가족 등반을 가곤 했던 펠트베르크라고 불린 도시 외곽의 산들)를 떠나야 했던 경험은 물론 나치의 만행을 알게 되면서 정신적 외상을 겪었다는 사실이었다. 하지만 다른 차원에서 어머니는 이 모든 것에, 마치 가해자 쪽과 동일시하는 것처럼, 섬뜩할 만큼 냉정한 태도를 견지했다.

어머니가 1949년에 뉴욕에 건너와 컬럼비아에서 마사 폴리Martha Foley의 유명한 창작 과정을 수강한 뒤 쓴 단편소설들 중 한 편을 나에게 보여준 이후 그 점이 더욱 궁금해졌다. 어머니는 독일어·히브리어에 이어 제3의 언어가 된 영어로 글 쓰는 일에 매진했고, 레이 브래드버리Ray Bradbury·크레이그 클레이본Craig Claiborne 등과도 일한 에이전트 존 섀프너John Schaffner가 수락했을 정도로 재능도 인정받았다. 내가 읽은 작품은 〈그들 중의 하나로To Be One of Them〉라는 제목의, 나치 집회에 갔다가 열렬한 연설에 얼어붙은 유대인 소녀에 대한 이야기였다. 강렬하고 불온한 이 작품에는 자전적 요소도 약간 담겨 있었다. 1936년 가족과 함께 프랑크푸르트를 떠나기 전, 어머니는 실제로 그런 행사에 참가했던 것이다.

하지만 내가 깊은 인상을 받은 것은 통상적 비난을 넘어 적의 매혹을 꿰뚫어볼 수 있는 용기였다. 예상이 빗나가는 다른 입장을 취하는 것, 그것은 어머니다웠다. 어머니로서 예측불가능성은 문제가 될 수 있었으나, 전복적 상상력(느닷없이 사악한 서쪽 마녀를 자처해 나로 하여금 어머니의 나쁜 점을 지적하는 수고를 덜어준 것을 비롯하여)은 내가 가장 탄복했던 측면이다. 하지만 독일인들의 과장된 언행이며 가학성에 어머니가 묘하게 끌렸다는 사실만큼은 의심의 여지가 없다.

내가 퍽 일찍이 깨달은 사실이 또 있는데, 자신도 만만찮은 폭군이었던 제인이 어머니를 두려워하는 동시에 숭배했다는 사실이다. 나는 그것을 통해 가학피학성 애착에 대한 조기교육을 받은 셈이다. 어머니는 아주 가끔씩만 평소의 냉담하고 초연한 태도에서 벗어나 제인에게 인정의 빵 부스러기를 던져주었고, 그것이 드문 일이었던 만큼 제인은 더더욱 감지덕지했다. 더욱 우려스러운 것은 어머니의 최종 목표였다. 여러 면에서 분명 어머니의 '피조물'이자 도구였던 제인은 어머니를 대신해 폭정을 휘둘렀던 걸까? 아니면 어머니가 자신의 집안에서 자행되는 폭력(잠행적이든 실제로 발생했든)을 인정할 수 없어서 못 본 체했던 걸까?

세월이 흘러서야 어머니는 제인이 자신의 '실수들' 중 하나라고 생각한다고 시인했다. 그리고 우리의 안녕에 대한 아찔한 무관심을 드러내며, 자신이 본인과 어머니와 형제들을 돌봐준 인정 많은 여인 헬레나를 어머니보다 더 좋아했던 것처럼, 우리도 보모에게 애착을 가져 자신보다 보모를 더 좋아하게 될까봐 일부러 그럴 리 없는 사람을 선택했다고 설명했다. 처음 봤을 때 어머니가 제인을 정확히 파악한 것인지 알 수 없지만, 경쟁 상대가 되지 않을 보모를 선택해 우리의 선호도에서 우위를 지키는 데 성공한 것은 분명하다. 그래도 여전히 궁금하다. 어머니는 누구 편이었을까? 내 편이었을까, 제인 편이었을까? 유대인이었을까, 나치였을까? 왜 어머니는 자신과 타인의 잔인성에, 그 번득이는 금속성에 그토록 매료되었을까? 그리고 무엇보다, 나는 어떻게 어머니가 나를 사랑하게 만들수 있었을까?

14.

어머니가 노력 따위는 불필요한 종류의 지력을 찬탄하는 사람이어서인지 모르지만, 나는 성장기에 이른바 꾸준한 근면의 교훈(요즘 쓰이는 관용어로는 '체어 글루chair glue'[16], 신랄한 이디시어로는 싯츠플라이시sitzfleisch)을 제대로 배우지 못했다. 유대계와 아시아계 부모들이 자녀들에게 확실히 주입하는 것으로 정평이 난 이 교훈은 부단한 노력은 물론이고, 장기적 목표를 위해 즉각적 만족을 유보할 것을 요구한다. 뿐만 아니라, 지도와 재교육을 제공하는 견고한 부모의 존재도 요구되는데, 우리 육남매에게 그런 존재는 없었다. 나는 유대인 주간학교를 대강대강 마쳤다. 젬병인 것들(수학, 과학, 그리고 성경에서

---

16) 의자에 엉덩이를 붙이고 앉아 공부에 전념하기.

누가 누구한테 무슨 말을 했는지 등등)은 무시했고, 영어와 역사, 히브리어, 탈무드처럼 좋아하는 과목만 열심히 했다.(탈무드의 공중곡예 같은 논법과 교묘하게 요점으로 돌아가는 여담들이 너무 흥미로워서 고등학교를 졸업한 뒤 개인교사를 두고 계속 공부하기도 했다.)

다양한 과목들에 강렬한 흥미를 보일 수도 있었지만, 나는 어떤 한 가지에 과도하게 몰입하기를 삼가는 편이었다. 보다 통합된 자아를 위해, 파닥거리며 변화하는 본질을 놓치고 싶지 않아서였다. 몇 년씩을 파고 또 파며 법대나 의대 과정을 마치는 사람들이 나는 이해되지 않았다. 그 치열한 과정을 어떻게 무사히 빠져나오는지 신기하기만 했다. 그렇다고 내가 끈기라고는 전혀 없는 것은 아니고(나는 몇 시간이고 계속해서 책을 읽을 수 있고, 글쓰기에 빠져 있으면 시간 가는 줄도 모른다), 그것이 일정치 않고 기분에 좌우된다는 뜻이다. 내 본질적 어둠과 내일을 상상할 수 없는 것에 원인이 있겠지만, 의지나 자기절제, 또는 그것 없이는 중대한 일을 성취하기 어려운 원기랄까 하는 것의 결핍을 함께 시인해야 옳을 것이다. 따라서 내가 이십대 시절 실현되지 못한 창조적 재능에 대해 다룬 원조 격의 책인 시릴 코널리Cyril Connolly의 1938년 작《약속의 적들 Enemies of Promise》을 탐독한 것도, 좌절된 가능성에 대한 그 탐구에서 내 앞에 놓인 딜레마의 윤곽을 포착한 것도 놀랄 일이 아니다. "내가 기록한 사실들의 어디엔가 나를 불구로 만든 나태의 원인들이 도사리고 있다….”

어쨌든 나는 어려서부터 내 환경에서 달아나고 싶어서 독서에 열중했다. 애틀랜틱 비치에서 보낸 여름들은 책에 파묻혀지낸 길고 강렬한 시간들의 연속체로 돌아봐진다. 내 또래 여자애들이 해변에서 살갗이 얼마나 그을렸는지 서로 비교하고 미남 구조원들과 시시덕대며 노는 동안, 나는 정원의 누덕누덕한 야외용 의자(어머니는 그것을 교체할 생각조차 하지 않았다)에 앉아 책에 빠져들었다.

내가 읽은 책들은 모더니즘 소설(크리스티나 스테드Christina Stead, 엘리자베스 보웬, 헨리 그린Henry Green), 두꺼운 전기(리튼 스트레이치Lytton Strachey, 다이앤 아버스, 이디 세즈윅Edie Sedgwick), 그리고 블룸스버리에 대해 내가 알던 것과는 다른 시각을 제공해준 버지니아 울프의 질녀 안젤라 가넷Angela Garnett[17]의 《친절함에 기만당하다Deceived with Kindness》부터 시릴 코널리, 출판업자 조지 와이든펠드George Weidenfeld와 결혼했고 이집트 왕 파룩King Farouk을 비롯해 수많은 애인을 두었던 요부형 영국 작가 바바라 스켈턴Barbara Skelton의 《잠들기 전의 눈물Tears Before Bedtime》[18]까지 수많은 사람들의 근사한 회고록들이었다. 인물들의 내면 의식의 복잡한 움직임

17) 안젤리카Angelica가 맞는 것으로 보인다.
18) 국내에는 '불길한 징조'라는 제목으로 번역되었다.

을 정교한 플롯으로 직조해낸 헨리 제임스Henry James를 발견한 순간의 짜릿한 경이감을 나는 아직도 생생히 기억한다. 한동안 나의 삶은, 제임스의 전매특허라 할 표현 하나를 빌리자면, '중지'되었고, 화려한 미래가 눈앞에 펼쳐져 있으나 사랑해선 안 될 남자에게 빠져드는 중대한 실수를 저지르고 말 이사벨 아처가, 잘못된 길일지라도 스스로의 마음을 따르는 여자가 되는 상상을 했다.

내 성정체성은 처음부터 복잡한 문제였다. 그것은 레즈비언이라는 말을 처음 접한 열 살 때 내가 동성애자일지 모른다는 조숙한 걱정을 하면서 시작되었다. 아버지 자리에서 어머니와 나란히 자고 싶었던 데다, 남자들은 아버지처럼 접근이 불가능한 영역에 존재한다는 생각 때문이었다. 거기에 더해, 나에게 '여성성'이 부족하다는(불완전하다는) 두려움이 항상 도사리고 있었다. 반대되는 증거가 많았음에도 그랬다. 초경이 하도 늦어서(거의 열여섯 살에 시작되었다) 도대체 오기는 하는 건지 궁금했던 건 사실이다. 하지만 드디어 초경이 오면서 내 체형은 놀랄 만한 속도로 달라져, 가는 허리에 비해 두드러져 보이는 큰 가슴을 갖게 되었다.

가슴 크기는 그렇다 치고, 배꼽 주변에 돋아난 괘씸한 체모 몇 가닥이며 멋대로 가운데에서 자라는 눈썹처럼 내가 유전적 의미의 진짜 여성이 아니라는 판단을 내리기에 충분한 정황적 변화들도 있었다. 나는 보기 흉할 만큼 털이 많은 것이 아닌가 두려워 렉싱턴 애비뉴의 좁고 더운 방에서 일하는 전기분해요 법사 마담 제바를 찾아가 고통스러운 치료를 받았는데, 그 결과 미간이 지나치게 넓어지고 말았다.

그래서 나는 젠더gender[19] 문제와 퀴어queer[20] 이론이 문화적으로 유행을 타기 수십 년 전부터, 따분해하는 정신과 의사의 사무실에서 내가 남자로 태어날 운명이었다는 확신을 토로했다. 여성적 관심사들에 대한 어머니의 관심 및 함양 부족도 원인을 제공했다. 언니들과 나는 외모에 관심을 가질 나이가 되고서도 옷, 헤어스타일, 화장, 그리고 우리가 이성에게 매력적으로 보일까 하는 불안 따위에 대해 절대 이야기하지 않았다. 뭐, 사실 언니들은 나와는 달리 그런 것들을 중요하게 보지 않았는데, 나는 정통파 남녀공학 주간학교를 계속 다닌 데 반해 언니들은 유대계 여고를 다녔기 때문일 수도 있다. 나는 내가 진정한 여성인지도 확신이 없었지만, 우선 나 자신을 보호하기 위해서라도 남자아이들에게 매력적으로 보이는 것이 몹시 중대한 문제였다. 나는 집에서 여성적인 관심사들을 홀대하는 것에 대해 보상이라도 받으려는 듯 〈세븐틴Seventeen〉과 〈글래머Glamour〉의 열혈 독자가 되어, 사고 싶은 화장품 및 미용제품들을 세심히 기록했다. 절대 다 쓸 수 없을 만큼 수많은

19) 성性, 성별.
20) 동성애자.

립스틱과(엄격하게 한두 개만 썼던 어머니와 반대로) 아이섀도를 사 모으는 평생의 습관이 그렇게 시작된 것이다.

어머니의 단연코 남성적인 성향도 문제를 악화시켰다. 어머니에겐 요염함이나 부드러움 같은 전통적인 여성적 매력이 전혀 없었다. 얼굴도 아름답다기보다는 보통 '잘생겼다handsome'고 묘사되는 강인하고 단정한 얼굴이었는데, 즐겨 입었던 검은색 가죽 트렌치코트 같은 옷을 입으면 그런 특성이 더욱 도드라지며 마치 게슈타포처럼 보였다.(큰언니가 상담을 받은 적 있는 한 유명한 정신과 의사는 어머니를 '남근적phallic' 여성이라고 말했는데, 설명적이기보다는 분류적인 묘사로 들렸다.)

여성성이 부족하다는 나의 자의식에 기여한 또 하나의 보다 심리적인 실체는 내가 충분히 소녀다운 두뇌를 갖고 있지 않다는 은밀한 믿음이었다. 우선, 보통 여자아이들은 남자아이들이 재미있으라고 한 재미있지 않은 말에 예의상 웃어주었지만, 나는 절대 그러지 않았다. 또 하나, 나는 여자아이치고 지나치게 비판적인 사고구조, 달리 말해 대개 여자아이들에게 기대되는 동글동글하고 포용적인 사고구조가 아니라, 모나고 날카로운 사고구조를 갖고 있는 느낌이었다. 무엇인가에 대해 생각을 한다는 행위는 다른 누군가가 제시한 만족스럽지 못한 진술을 우아하게 받아들이기보다는 그것을 더 깊이 탐사하기 위한 것이어야 옳은 것 같았다. 심지어 내가 남녀 성기를 모두 갖고 태어난 양성인간이라는 상상도 했다. 내 생식기 속 깊숙한 곳에 조그만 음경이 사용되지 않은 힘을 과시하며 자리하고 있는지 누가 아는가? 고백건대, 지적 추구에 대한 본질적으로 공격적이고 어쩌면 남근적인 무엇인가가 나에게 존재한다는 느낌은 지금도 사라지지 않고 남아 있다.

***

그 시절을 생각하노라면, 안식일의 강요된 휴식에 이은 일요일 오후들의 쓸쓸함이 떠오른다. 언니들과 나는 이스트 60번 가의 부티크 겸 카페 세렌디피티까지 걸어가, 가끔은 영화를 보고 나서, 진짜 휘핑크림을 듬뿍 얹은 코코아를 마시곤 했는데, 그런 나들이들은 말에서 풍기는 느낌만큼 아늑하지만은 않았다. 우선 우리 자매들은 사이가 별로 좋지 않았고(적어도 나는 두 언니 중 누구하고도 잘 못 어울렸다), 책만 빼고 다른 것들은 적을수록 좋다는 어머니의 흔들림 없는 믿음 덕분에 보고 싶은 만큼 영화를 마음껏 볼 수 없었다. 그 일요일 오후들을 돌아보면 압도적인 외로움이 느껴진다. 마치 내 뼈들을 뒤덮은 것 같은, 손으로 만져질 것 같은 그런 외로움이었는데, 그러나 그것은 내가 가는 곳마다 앞으로 또는 뒤로 움직이는 그림자처럼 잡히지는 않았다.

내가 말하고 있는 그 시기, 즉 나의 십대와 이십대 시절에 그 동네는 아직 1970년대 후반부터 1980년대까지 계속되었던 이입 열기가 시작되기 전이었다. 그러니까 세렌디피티는 10년은 더 지나야 앞쪽에서 파격적이고 통통 튀는 상품들을 팔고 안쪽 또는 2층에서는 세련된 복고풍의 그리운 음식들(칠리, 풋롱 핫도그, 그리고 살찌기 쉬운 무지막지한 디저트들)을 파는, 입석밖에 없는 뉴욕의 관광명소가 될 터였다. 내가 언니들과 함께 들렀던 그때는 주로 어퍼 이스트사이드 주민들이 들렀고, 플라자 등 인근 호텔에 묵는, 정보가 밝은 외국인들이 드문드문 찾아오는 정도였다. 또 그때는 바로 길 건너편에 있는 블루밍데일스가 일요일에는 문을 닫았다. 그러므로 비교적 한산한 동네라고 할 수 있었다.

하지만 방금 내 묘사의 어떤 것도 사실이 아닐지도 모른다. 내가 기억하기로 어떤 객관적 실체가 있다고 스스로를 설득시키기 위해 힘들여 나열한 이 미묘한 사회학적 변화도 실은 미심쩍을 뿐 아니라 핵심과 무관한 것일 수도 있다. 사실에 입각해 입증할 수는 없는 진정으로 중요한 점은 세렌디피티가 있던 그곳, 60번 가의 3번과 2번 애비뉴 사이의 그 거리가 에드워드 호퍼Edward Hopper 풍의 쓸쓸함으로 내 마음속에 영원히 새겨져 있다는 것이다. 그 구역은 언제나 인적이 없고, 언제나 2월의 어느 잿빛 일요일 오후 네 시 반이나 다섯 시이다. 아니면 그런 감각-기억이 나 자신의 상태를 반영한 것뿐일까? 음울하고 버림받은 것 같았던 내 느낌이, 그 황량함이 최루탄 가스처럼 동네 전체로 번져버린 것뿐일까?

어머니가 매일 아침 나른한 아침 식사와 함께 즐기던 〈뉴욕타임스〉에서 읽고 내 생일 선물로 사준 버지니아 울프 인형이 바로 세렌디피티에서 온 것이었다. 플라스틱이 아니라 직물을 재료로 해 예술적으로 제작한 그 인형은 장난감이라기보다 공예품에 가까웠다. 회색 모직 스커트에 적갈색 니트 카디건을 입었고, 스웨터 주머니에는 진짜처럼 보이게 휘갈겨쓴 필체로 '호가스 출판사 전교'라는 글자를 박아넣은 매혹적인 모형 편시들까지 들어 있었다. 나는 그 선물을 이 작가에 대한 나의 열정적 동일시를 인정하는, 심지어는 지지하는 징표로 받아들였다. 하지만 자살에 대한 나의 격렬한 환상을 생각해볼 때, 이 선물이 어머니의 도착적 유머감각을 암시하는 것은 아닐까 해서 고개를 갸웃하게 되는 부분도 있다. 어머니는 나의 종말이 버지니아의 그것과 비슷할 거라는 말을 하고 싶었던 걸까? 나는 가끔 편지들 대신 조그만 돌 한두 개를 그 주머니에 넣고 인형을 물에 넣어보았다가 구조해주곤 했다.

***

부유층이 사는 주거지와 흰 장갑을 낀 수위 같은 허울 뒤에서 현실은 무너지고 있었다. 우선, 우리 중 아무도 집을 떠나자신의 생을 시작하지 못했다. 나중에 알고 보니 구멍이 나 있던 아이는 나 하나만이 아니었다. 정도 차이는 있지만 우리 모두 구멍이 너무 많아서 바깥세상으로의 전환을 이루어낼 수 없었다. 그저 어머니에게 착 달라붙어 있어서 자력으로 설 수가 없었다. 어머니와 떨어져 산다는 것은 예측할 수 없는 위험에 빠지는 일처럼 보였다. 나는 광부의 카나리아처럼 닥쳐올 위험을 미리 알렸을 뿐이다. 언니들과 오빠는 차례로 고등학교를 마치고 의무 과정이라도 되는 듯 이스라엘에서 한 해를 보낸 후, 차례로 일반의과 또는 정신과 치료를 요하는 심각한 문제를 안고 돌아왔다.

언니 하나는 이스라엘의 한 대학에서 한 해를 채우지 못하고 중간에 돌아온 뒤, 정신과 의사를 만나러 갈 때를 빼고는 어머니 주변에서만 맴돌았다. 다른 언니는 이스라엘에서 살다 온 후 마치 생명력이 몸에서 빠져나간 듯 손도 못쓰게 약해지고 말았고, 역시 정신과 의사를 찾아다니기 시작했다. 우리가 너무 여럿이기 때문에, 떠난다는 것은 위험하다는 걸 나는 깨달았다. 떠난 자리를 다른 누군가가 금세 채워버릴 것이므로, 내가 떠난 것에 신경 쓰기는커녕 알아차리기도 어려울 가능성이 있었다.

달리 어떻게 설명할 수 있을까? 오빠 에즈라가 이스라엘에서 치명적인 교통사고를 당했을 때도(옆자리의 친구는 사망했다) 부모님은 여러 주, 아니, 여러 달 동안 오빠를 보러 가는 것이 적절치 않다고 판단했다. 오빠는 내가 다닌 유대계 주간학교에서 고등학교 과정을 마친 뒤 컬럼비아에 가고 싶어했으나, 계율을 엄수하려는 정신이 부족하다는 어머니의 의견 때문에 하는 수 없이 예루살렘의 예시바yeshiva[21]에서 공부해야만 했다. 사고는 도착 당일에 일어났다. 타고 있던 택시가 앞에서 달려오는 트럭과 정면으로 충돌한 것이다. 오빠가 혼수상태에 빠졌고, 피부이식이 필요했고, 장기간 온갖 기계를 붙여 연명해야만 했고, 도합 다섯 차례의 수술을 받아야 했음에도, 어머니와 아버지 중 누구도 당장 다음 비행기에 올라 아들을 보러 가지 않았다. 이스라엘이라는 곳이 멀고 낯선 나라가 아니라, 가까운 가족들이 살고 있고 자주 방문하는 곳이었는데도 그랬다. 부모님은 그들을 대신해 병원을 찾은 여러 친척들과의 통화에 의존했다.

그 상황을 지켜보면서 나는 오빠가, 그리고 나 자신이 걱정되었다. 어떻게 우리 부모는 둘 중 최소한 한 명이라도 당장 아들 곁으로 달려가지 않는 것일까? 정상적인 부모라면 자식이 다쳤을 때 당연히 그래야 하는 것 아닌가? 왼손잡이였던 오빠는 왼쪽 팔에 중화상을 입어 더이상 왼손으로 글씨를 쓸 수 없게 되었다. 당장 일어나 아들을 보러 가는 대신 뜻이 있는 곳에 길이 있음을 보여주기로 작심한 어머니는 오른손잡이였지만 왼손으로 편지를 한 통 써 보냈다. 어머니는 내가 할 수 있다면 너도 할 수 있는 거라고 말했다.

---

21) 정통파 유대교도를 위한 대학.

그 모습을 지켜보면서 나는 마음이 산란해졌다. 단순한 무관심일까, 아니면 독일식의 엄격한 사랑일까? 그러니까 내 말은, 마땅한 이름이 없는 소름끼치고 설명 불가능한 무언가가 그때 일어나고 있었다는 것이다. 그 사고의 여파에 대해 형제들과 이야기를 나눈 기억은 없다. 우리를 성공적으로 분열하고 정복한 어머니 탓에 우리의 충성심은 서로에게보다는 어머니를 향해 있었기 때문이다. 아예 떠나려는 시도조차 하지 않고 집에 붙어 지내는 편이 훨씬 안전하다고, 그래야 부모님이 내 존재를 잊지 않을 거라고 나는 생각했다.

이런 면에서 언니 데브라가 스물한 살이라는 비교적 어린 나이에 결혼을 결심했을 때 어이가 없었던 것이 기억난다. 상대는 하버드 법대 과정을 마치는 중이었고, 엄정한 필체로 쓴 긴 편지들을 언니에게 보내왔다.(어머니에게서 필상학에 대한 초보적 관심을 물려받은 나는 혹시 일탈의 흔적은 없는지 그의 필체를 뜯어보았다.) 결혼식은 피에르 호텔에서 열렸고, 언니는 내가 본 가장 간소한 웨딩드레스를 입었다. 장식이 너무 없어서 그냥 흰색 잠옷 같았다.

무엇보다도 낭만적 연애의 신호라 할 만한 것을, 언니가 중대한 결심을 내리기 직전이라는 경보가 될 낯 뜨거운 사랑의 징후를 하나도 찾을 수가 없었다. 언니는 예비신랑에 대한 이야기를 좀처럼 하지 않았고, 두 사람이 보여준 가장 애정 어린 행위라야 고작 손을 잡는 것이었다. 하지만 내가 가장 난감했던 것은 언니가 어머니 아닌 다른 누군가에게 애착을 느끼고 가정을 꾸려 살 수 있다는 사실이었다. 데브라 언니는 나보다도 더 어머니로부터 분리가 안 된 것으로 보였는데 말이다. 나는 적어도 저항하는 시늉이라도 했고, 머리를 금발로 염색한다거나 레즈비언이 될까보다는 식의 위협을 던지는 등 어머니의 압도적 영향력에 반격하려는 시도라도 한 반면, 언니는 마치 인간 진흙처럼 어머니가 맘껏 주무르게 내버려두는 것 같았다. 그렇게 항상 자신 없던 언니가 짝을 골라 한쪽에 부모를 앉혀놓고 호기심에 찬 하객들을 지나서 꽃으로 화려하게 장식된 '후파chuppah'[22]를 향해 행진할 기백을, 아니, 그야말로 용기를 어떻게 갖게 된 것인지 정말이지 알 수가 없었다. 언니도 나처럼 자신감을 잃게 만드는 메시지들(넌 별로 중요하지 않아, 넌 무력하고 쓸모도 없어, 나랑 비교하지 마)을 듣고 자라며 점차 자존감을 잃어버렸는데.

알고 보니 언니는 결혼 후 전보다 더 깊이 어머니에게 연결되어 실내장식에서 포크와 나이프까지 살림에 대한 모든 것에 일일이 어머니의 의견을 구하고 순종했다. 어머니는 냄비와 프라이팬 세트에 안식일 정찬을 담아 요리사 이바를 통해 웨스트사이드의 언니 부부 아파트에 보냄으로써 우리 집과 똑같은 금요일 저녁 식사를 할 수 있게 조치했다. 다른 집에서 그

---

22) '차양'을 뜻하는 히브리어. 결혼하는 부부가 이루게 될 가정을 상징한다.

렇게 했다면 조금 심하지만 근본적으로 따뜻한 처사로 보였을
수 있다. 하지만 어머니가 한 일이어서인지, 제 집 가사도 제대
로 관리하지 못하는 언니를 강력한 자신의 부실한 복제판으로
만드는 것처럼 보일 뿐이었다.

15.

내 모호한 미래상에 관해 말하자면, 확실한 것이라곤 문학에 대한 열정뿐이었다. 열 살 때부터 시를 쓰고 읽어온 나는 누구든 들어주기만 하면 존 메이스필드John Masefield의 〈바다의 열병Sea Fever〉이나 로버트 프로스트Robert Frost의 〈가지 않은 길The Road Not Taken〉 같은 시들을 줄줄 낭송했다. 시는 언어에 대한 나의 사랑과 언어가 직접적으로 가 닿지 못하는 감정들이 있다는 나의 의식을 확인시켜주었다. 바너드 대학 재학 중에 시를 발표하기 시작해, 졸업반이 되던 해에는 대학에서 매년 주는 시문예상을 받았다. 하지만 정작 컬럼비아 대학원 MFA[23] 과정에 입학 허가를 받은 뒤에는 하루 종일 고민한

---

23) Master of Fine Arts, 예술학 석사.

끝에 내가 갈 길이 아니라는 결론에 도달했다.

대신 컬럼비아 대학원 영문학 과정에 들어가(동시 지원했었다) 새뮤얼 존슨, 트레일 부인Mrs. Thrale, 제임스 보스웰James Boswell 등에 매료되었고 19세기의 에세이 작가들을 탐독했으나 필기시험만 보고 석사 논문은 완성하지 못한 채 중퇴하고 말았다. 당초 필립 라킨이 시인으로 성장하는 데 토머스 하디Thomas Hardy가 미친 영향을 논문으로 쓸 계획이었다. 라킨을 아는 사람이 아직 많지 않은 때였는데, 나는 대학 신입생 시절 M. L. 로젠탈Rosenthal의 현대시선집에서 그의 시를 처음 접하고, 어딘가 까다로운 면과 예기치 않은 공감의 발현 등에 매혹된 바 있었다. 또 한 젊은 여인이 강간당한 사건이 불러일으킨 파장을 다룬 〈기만Deceptions〉이라는 시를 읽고 그 생생하고 돌연한 심상 활용에 즉시 깊은 인상을 받았다. 시는 "느긋한 하루 내내"로 시작된다. "너의 마음은 칼들이 담긴 서랍처럼 펼쳐져 있었지…."(라킨은 무척 존경했던 마거릿 대처를 만난 자리에서 그녀에게 자신의 시를 한 구절 암송해보라고 청했고, 그러자 그녀는 바로 이 구절을 기억해냈다.) 학술서에서 뽑은 인용문과 나 자신의 단상을 적어가며 논문 작업에 매달렸지만, 결국 그것을 써낼 만한 투지를 끌어내지 못했다.

나는 텍스트를 정밀하게 읽고 각주들을 빈틈없이 정리하는 일에 매력을 느끼는 등 본질적으로 꽤 학구적인 유형이었다. 그럼에도 한 번에 두 가지가 되는 것은 어쩐지 불가능하게 느껴졌다. 학문을 좋아하는 동시에 남자들에게 매력적인 여자 말이다. 둘 중 하나를 선택해야 할 것 같았다. 이것 아니면 저것이지, 금발에 다리도 길고 엄청난 재능까지 겸비한 실비아 플라스 같은 이른바 미모의 재원은 되지 못할 터였다. 쉽게 말해서 '남자들은 안경 낀 여자에게는 작업을 안 건다'는 통설(실제로 어머니는 언니들과 내가 안경 끼는 것을 못마땅해 했다)이 한 단계 승격된 형태의 불안이었다. 결국 중도에 대학원을 그만둔 결정은 화석에 박힌 파리처럼 영원히 책 더미에 파묻힌 샬럿 브론테Charlotte Brontë나 조지 엘리엇 유의 '수수한 여자' 이미지에서 벗어나야겠다는 충동에서 비롯되었다. 사실 그것은 나 자신의 신체적 특징과는 거리가 멀었으며, 그저 장차 어떤 사람이 될지에 대한 무력한 양가감정으로 스스로를 몰아넣기 위한 억지 논리 같기도 했다.

처음부터 내가 좋아한 것은 삽화적 속성을 가진 서평처럼 쓰는 짧은 글이었다. 그러니 〈바너드 불리틴Barnard Bulletin〉과 〈컬럼비아 데일리 스펙테이터Columbia Daily Spectator〉에 책과 영화 평론을 쓰다 〈뉴 리퍼블릭〉과 〈뉴욕 타임스 북 리뷰〉 같은 좀 더 전문적인 간행물에 글을 쓰게 된 것은 자연스러운 전개였다. 일단 그런 일들은 내가 끄집어내기 어려워하던 장기간의 노력을 요구하지 않았고, 더 중요하게는 더욱 야심찬 프로젝트가 요하는 거창한 목적의식(무엇보다도 내가 작가라는 확고한 인식)도 필요 없었다.

하지만 그 범주 안에서만큼은 나도 무척 열심이었다. 〈퍼블리셔스 위클리Publishers Weekly〉를 정기 구독했으며, 출판사 편집자들에게 지치지도 않고 편지를 보내 내가 곧 나올 신간들의 서평 적임자임을 알리려고 애썼다. 바너드 졸업 직후 나는 〈코멘터리Commentary〉에 몇 편의 서평을 실었는데, 영화 〈미스터 굿바를 찾아서Looking for Mr. Goodbar〉에 대한 비평에서 1960년대 이후 문화에 대한 비관적 견해를 충분히 피력하지 못했다는 평가를 받았던 그 초기의 경험 때문에 특정한 정치적 입장을 취하기가 조심스러웠다. 〈네이션The Nation〉에 실은 서평에서 '웨더 언더그라운드Weather Underground' 일원의 심리에 대한 내 의견이 잡지의 노선과 정면 배치되면서 겪은 끔찍한 경험도 좌익이건 우익이건 특정한 이념의 대변자가 되고 싶지 않다는 의식을 굳혀주었다. 그것 말고는 무엇에 관해서든(신간 소설·전기·문학 연구) 평론을 쓸 용의가 있었고, 설득력 있는 주장에 영향을 받고 생각을 바꿀 열린 자세를 견지했다. 그리고 〈마드무아젤Mademoiselle〉과 본래 CIA가 자금을 댄 영국 잡지 〈인카운터Encounter〉에 단편소설들을 싣기 시작했다. 맹렬히 글을 쓰고 편집자들과 친교를 맺으면서 그렇게 한 걸음씩 나아가는 중에도 내 마음 한구석은 오래전의 과거에, 어머니의 방문을 놓치지 않으려고 병원 엘리베이터 옆에서 보초를 서던 여덟 살배기 어린아이에 머물러 있었다.

이십대 초반, 나는 한 달에 두 번 〈뉴 리더The New Leader〉라는 지식인 대상의 소규모 잡지에 서평을 실었다. 그러기 위해 수많은 책들을 훑은 다음 2500단어 분량의 뭔가 있어 보이는 산뜻한 원고를 써 보내고 편당 50달러를 받았다. 그 일은 종종 번거로운데다, 보람도 없게 느껴졌다. 그 잡지를 읽는 사람을 하나도 알지 못했기에, 마치 병에 쪽지를 담아 내보내는 기분이었다. 하지만 칼럼을 쓰는 일 자체는 즐거웠다. 특히 중간쯤에 다다라 끝이 보일 때가 그랬고, 잡지사에 가서 내 칼럼이 실린 삽지를 한 권 받아오는 일도 좋았다. 마이크 콜라치Mike Kolatch는 필자들을 대충 봐주는 일이 없는 엄격한 편집자였지만, 내 글에 관심과 배려를 보여주어 나를 행복하게 해주었다.

레이놀즈 프라이스Reynolds Price, 앨리스 맥더멋Alice McDermott, 솔 벨로Saul Bellow 같은 일군의 유명 작가들을 거느린 문학 에이전트 해리엇 와서먼Harriet Wasserman이 내 서평과 단편소설들을 보고 제의를 해왔다. 아직 마지못해 컬럼비아에 적을 둔 채 106번 가의 철도변 아파트에서 룸메이트 둘과 살고 있던 8월의 어느 무더운 날, 나는 해리엇에게서 버몬트 주에 있는 벨로의 여름 별장에서 주말을 함께 보내자는 초대를 받았다. 마틴 에이미스Martin Amis나 크리스토퍼 히친스Christopher Hitchens처럼 맹목적인 벨로 팬은 아니지만《허조그Herzog》와 그의 서한체 표현들을 좋아했던 나는 그 초대를 반갑게 받아들였다.

수학자인 네 번째 아내가 스위스에 간 터라 벨로는 혼자였는데, 어쩐지 나는 〈왕과 나The King and I〉에서 왕의 바람기를 달래주기 위해 불러들여진 톱팀이 된 느낌이었다. 가장 중요한 고객의 비위를 맞추느라 눈코 뜰 새 없던 해리엇은 벨로 앞에 쪼그려 앉아 〈뉴요커〉에 먼저 실렸다가 저자 서명 한정판으로 출간된 그의 단편소설 《은 접시The Silver Dish》 양장본을 펼쳐서 보여주었다. 벨로는 케첩을 살짝 뿌려 만드는 자신만의 참치 조리법을 알려주고 나의 문화적 소양 함양을 위해 자신이 좋아하는 고전음악 음반을 틀어주는 등 상당한 매력을 발휘했다. 하지만 나는 아첨에 대한 그의 욕구랄까, 아니, 정확하게는 강요에 저항감을 느꼈고, 심리적 피로감을 주는 실내 분위기를 피해 자꾸만 혼자 나가 긴 산책을 즐겼다.

주말이 끝나갈 즈음 벨로는 어리둥절한 듯도 하고 거의 상처를 받은 듯 보였고, 나는 나대로 뭔지는 모르지만 거래에서 내가 맡은 부분을 수행하지 않은 것 같은 기분이었다. 떠날 시간을 앞두고 나와 함께 정원에 서 있던 그가 갑자기 나에게 "남성에게 좀 더 친절해져봐요"라고 말했다. 나는 그의 볼에 입을 맞춰 작별 인사를 하고 해리엇의 렌터카에 들어가 울음을 터뜨렸다. 남성으로서의 에고를 과시하던 벨로에게서 의외로 여린 마음을 읽어냈기 때문이었다. 아울러 사랑받고 싶은 그의 소망에 대한 내 소심하고 방어적인 반응이 왠지 말할 수 없이 슬프게 느껴졌다.

같은 시기에 나는 비평가 겸 교수 라이오넬 트릴링Lionel Trilling의 미망인이자 본인 자신도 만만찮은 비평가였던 다이애나 트릴링Diana Trilling으로부터도 마사스 빈야드 만찬에 초 대받아 참석한 일이 있다. 당시 칠십대 초반이던 다이애나는 원기 왕성한 여주인으로서 뛰어난 요리 실력을 자랑했다. 갑 상선 항진증으로 눈이 좀 불룩했고, 이견을 불허하는 태도로 사람들이며 사회에 대해 심판을 내리는 습관도 있었다. 그녀 는 1940년대에 〈네이션〉의 소설 부문 서평가로 활동하며 거 침없는 의견을 펼쳤는데, 솔 벨로를 가리켜 "재능 있고 영리" 하지만 그의 《매달린 남자Dangling Man》는 "내가 좋아하는 종 류의 소설이 아니다"라고 썼으며 블라디미르 나보코프Vladimir Nabokov의 《좌경선Bend Sinister》은 "세어보니… 네 개의 성공적 인 장면"이 있었다고 평한 바 있다. 이후 다이애나는 반反문화 에 관한 에세이들을 써서 모음집 《여러분, 우리는 행진해야 해 요We Must March My Darlings》로 묶어 내기도 했는데, 문화계에서 이름을 얻기 위한 그녀의 노력을 수상쩍게 여기고 숙고보다 는 요리에 매진하는 편이 나을 거라고 평가한 메리 매카시Mary McCarthy와 한나 아렌트Hannah Arendt 같은 뒤통수치기에 능하 고 자기도취에 빠진 뉴욕 지식인 족속은 늘 있었다.

그녀를 더 잘 알게 되면서 발견한 것은 그녀가 지식인으로 서의 자세를 가지면서도 다이어트·영화배우·가십 같은 생의 자잘한 측면들도 귀여울 만큼 당당하게 인정한다는 점이었다. 일명 스카스데일 다이어트 닥터로 알려진 부정한 애인 허먼 타나워Herman Tarnower를 살해한 전직 학교 교장 진 해리스Jean

Harris의 지저분한 살인사건 재판을 다룬 1981년 작《해리스 부인Mrs. Harris》에 그런 면이 잘 드러나 있다. 다이애나와 나는 차차 가깝고도 조금 복잡한 친교관계를 맺게 되었지만(그녀는 멘토 비슷한 역할을 수행했고, 우리는 추수감사절을 함께 보내고 심야에 대화를 나눴다), 처음 만난 그 자리에서는 모든 면에서 에너지가 지나쳐 보이는 그녀가 무서울 뿐이었다.

1979년의 그 여름, 나는 이십대 중반으로 날씬한 몸매에 그을린 피부, 진 시버그Jean Seberg 식 헤어스타일을 하고 있었으며, 머릿속은 롤랑 바르트Roland Barthes와 난해한 영화이론으로 가득 차 있었다. 나는 친구 레온 위젤티어Leon Wieseltier와 함께 역사학자 대니얼 벨Daniel Bell과 그의 아내 펄의 마사스 빈야드 집에서 지냈다. 혹시 남들이 레온과 내가 연인 사이인 줄 알까 봐(연인이 아니었다) 나는 각방을 고집했다. 다이애나는 특히 그것이 못마땅해, 영국식 억양이 약간 섞인 낭랑한 음성으로 레온과 나의 관계가 성적인 것이 아니라는 사실을 재미있어하는 동시에 실망감을 표했다.

다이애나의 만찬에서, 나는 지금은 존재감이 다소 미미해졌지만 20세기 중반 문화계에서 중대한 위치를 차지했던〈파티전 리뷰Partisan Review〉의 공동 편집자 윌리엄 필립스William Phillips를 만났다. 말수가 적고 예리한 지성의 소유자였던 필립스는 나를 놀랍도록 이른 나이에 작가로서 이름을 내기 시작한 가능성 넘치는 신예로 눈여겨보았던 것 같다. 그런 연고로

〈파티전 리뷰〉에 시와 두어 편의 에세이를 냈으나, 새 원고를 쓰기로 약속해놓고 사실주의나 미니멀리즘 경향의, 또는 거기서 벗어나는 소설 몇 편을 시작만 했다가 완성하겠다는 의지도 별로 없이 흐지부지 끝나는 일이 반복되었다. 그 잡지를 읽는 사람이 몇이나 될까 의심스러웠고, 원고료도 속상할 만큼 적었던 것이 사실이다. 하지만 진정으로 내 발목을 붙든 것은 무엇을 하든 다 헛되다는 느낌, 제아무리 노력을 기울여봤사 아기용 놀이울 속에서 난간을 잡고 일어섰을 때 박수쳐주는 사람 하나 없었듯 쓸데없다는 생각이었다. 이런 사정을 알 턱이 없는 필립스는 본 대로 말했다. "당신은 먼지처럼 흩어져 있어요." 애정 어린 말투였지만(그가 내 선천적 재능에 대한 믿음은 끝내 잃지 않았다는 생각이 든다), 내 귓가에서는 마치 조종弔鐘처럼 울려 퍼졌다.

16.

2012년 초겨울이다. 내가 참석한 만찬에서 항우울제가 화제로 떠오르고, 참석자 몇 명이 두세 달 전 발표된 신랄한 항우울제 비판을 인용하며 찬동한다. 그것은 〈뉴잉글랜드 의학저널New England Journal of Medicine〉 수석 편집자 출신인 마샤 에인절Marcia Angell이 〈뉴욕 리뷰 오브 북스The New York Review of Books〉에 기고한 두 페이지 분량의 공격 기사로, 1980년대 후반과 1990년대에 제약회사들이 신약 승인을 요청하며 식약청에 제출한 임상실험 증거를 바탕으로 한, 항우울제는 위약僞藥에 비해 고작 25퍼센트 더 효력이 있을 뿐이라는 주장을 비롯해 여러 증거들을 제시하고 있다.

이 대화를 들으며 나는 우울증을 심판대에 올리는 행위에 대한 암묵적 자부심을 감지한다. 마치 우울증은 여러 증상들을 묶어놓은 속임수이며, 모두 다 겪는 일인데도 방종한 소수가 나서 법석을 떨어대는 꾀병일 뿐이라는 듯. 그러고 보면 사람들이 우울증을 비밀에 부치는 것은 놀랄 일도 아니다. 특히 패션 디자이너 알렉산더 맥퀸Alexander McQueen처럼 이름이 알려져 있고,《프로작의 나라Prozac Nation》라는 책이 나왔음에도 여전히 의심스러운 질병 취급을 받고 있는 그 질환과 싸우고 있음을 밝혔을 경우 뭔가 잃을 것이 있는 사람의 경우에는 말이나. 나는 쉽게 식별뇌는 하나의 범주에 쏙 들어맞지 않는다는 것이야말로 우울증에 지속적으로 따라붙는 낙인의 원인이 아닐까 하는 생각을 자주 한다. 그리고 우울증이 진짜 질병인지 아닌지, 약이 필요한지 아닌지를 놓고 파벌이 나뉘어 저마다 강경한 입장을 펼치는 걸 보면 새삼 놀란다. 손님 하나가 팩실을 먹는다는 사실을 소심하게 밝히지만, 나는 그 판에 끼어들고 싶은 의향이 없어 아무 말도 하지 않는다.

35년간이나 항우울제를 복용했음에도 여전히 나 자신이 의학의 유행을 좇는 인간처럼 느껴지면서 방어적 자세를 취하게 된다. 연분홍색·진회색·살구색·주홍색·하늘색 등등 색색의 그 알약들을 새끼처럼 보호하는 마음이다. 세로토닌과 도파민 분비 촉진제(에펙소·웰부트린), 감각신경수용기에도 듣는 항정신병제(어빌리파이), 뇌에 도파민을 흘려보내 기분을 정상적인 방향으로 이끄는 각성제(바이반스·덱세드린). 꼬박꼬박 먹으면서도 묻지 않을 수 없다. 지금 먹은 이 약이 치료하는 것은 나의 불행한 유년기인가, 아니면 화학적 이상인가? 어쨌든 약 덕분에 소녀 시절부터 나를 찾아온 자살에 대한 생각을 떨쳐내고 계속 나아갈 수 있다면 원인이 무엇이든 상관없지 않을까?

하지만 이를테면 정신분열증과는 달리 우울증과 약물요법이 질문에 취약할 수밖에 없는 요인이 여럿 있다. 우울증은 정상적인 슬픔이나 불행감의 연속체 속에 있다고 보아지기 때문에(내가 인터뷰한 어떤 여배우는 "우린 모두 조금씩 우울하잖아요"라고 말했다), 그것을 진정한 병리학적 증세로 간주하지 않는 경우가 훨씬 더 많다. 녹색 화성인들이 보인다거나 로봇의 명령이 들린다거나 하는 증상이 없으므로, 가장하기 쉽고 타인이 알아채기 어렵다. 뿐만 아니라, 중증 우울증 환자들이 모두 지독한 고통에 빠진 모습으로 처량한 표정을 지으며 발을 질질 끌면서 걷는 것은 아니다. 말하자면 전형적인 우울증 환자처럼 보이는 건 아니다. 나만 해도 나의 우울증 경향에 온 힘을 다해 저항하기 때문에, 가까운 친구들조차 내가 지금 어떤 상태인지 잘 알아차리지 못한다. 저녁 약속에 나가기 전 고통으로 얼어붙은 긴장증에 가까운 상태였어도, 일단 약속에 나가면 나름대로 대화에 열심히 참여하는 편이다. 그러다 집에 돌아오면 내 머릿속에 파묻히면서 다시 가라앉는 것이다. 그렇게 가라앉을 때에야 내가 항우울제를 먹고 있으며, 그것이 하염없이 내려가 완전히 바닥을 치지는 않도록 막아준다는 사실을 새삼 깨닫게 된다.

나만의 이단적 진실을 하나 털어놓자면, 성년의 대부분을 항우울제를 복용하며 지내왔음에도 나는 내 뇌의 화학작용이 심각하게 망가졌다고 백 퍼센트 확신해본 적이 없다.(우울증이 통상적 의미의 '질병'이라는 확신도 해본 적이 없는데, 이 점에 대해서는 뒤에서 더 다룰 것이다.) 그 원인이 전적으로 유전이라고 믿지 않아서기도 하고(기질의 반만 유전에 기인한다), 내 만성 우울증의 많은 부분을 어린 시절의 정서적 트라우마에서 찾을 만큼 초기 경험의 영향을 믿어서이기도 하다.

하지만 정신과 의사 상담실에서 애정 어린 양육의 치명적 결핍을 기를 쓰고 토로해봤자 늘 따라다니는 내면의 어둠에는 별 효과가 없다는 사실 또한 인정한다. 그 결과 약물치료의 길을 가는 것이다. 붉은 턱수염을 기르고 강렬한 눈빛을 한 앨퍼트 박사는 이십대 초반 자살을 갈망하며 괴로워하던 나에게 내 우울증은 원인과 상관없이 그 자체로 하나의 실체이고 그렇게 다루어져야 한다고 설명했다. 본래 내 뇌의 화학작용에 문제가 없었다고 해도 어느 지점에서 환경에 의해 변화되었으며, 따라서 본래의 구조가 다시 자리 잡도록 해야 한다는 뜻이었다.

수많은 약 중에서 처음 먹은 것이 파네이트였다. 몇 차례 상담 끝에 내 비참한 어린 시절이 지금 나를 죽고 싶게 만드는 원인일지라도, 지금 느끼는 감정들은 그들 자신의 화학적 삶을 살아가기 시작했다고 나를 설득한 앨퍼트 박사의 권유에 따른 것이었다. 앨퍼트 박사는 수십 년 전에 죽었지만, 그가 약물치료를 해보기로 마음먹게 된 결정적 계기가 무엇이었는지 나는 잊어본 적이 없다. "궤양하고는 말을 할 수가 없어요." 그가 한 말이다. "논쟁이 불가능해요. 그러니 먼저 궤양을 치료해놓고, 그때 가서 어떤지 이야기해도 돼요."

그럼에도, 저 바깥 어디가 아니라 나라는 존재에 내재된 듯 보이는, 아무리 부정적이라 해도 말하자면 내가 깃들어 사는 정신 상태를 대상으로, 그것이 홍역쯤 된다는 듯 약물치료를 한다는 데 동의하기란 쉽지 않았다. 그때는 프로작이 출시되어 모든 것을 바꿔놓기 전인 1970년대였고, 기분치료약이라고 하면 따분한 가정주부와 〈인형의 계곡Valley of the Dolls〉 유의 심리극을 연상하게 했던, 정신분석이 아직 유행하던 시기였다. 하지만 나는 이미 15년가량 정신과 상담실을 출입하던 끝에 앨퍼트 박사를 만난 터라, 자살 욕구에 말도 못하게 지쳐 있었다.

대부분의 항우울제들이 기초하고 있는 우울증 이론은 생화학계에 뭔가가 잘못되어 있다는, 즉 뇌의 시냅스 부위에 어떤 종류의 신경전달물질이 불충분하게 또는 과다하게 전송된다는 이론이다. 파네이트는 마플랜·나딜과 함께 MAO[24] 억제제라 불리는 항우울제군에 속한다. 굉장하지는 않지만 탄탄한 평판을 얻고 있는 이 알약들은 적포도주·고형 치즈·파스트라

---

24) 모노아민 옥시다아제.

미[25]·다크 초콜릿·간장 따위와 함께 먹으면 안 된다는 결점이 있는데, 무시할 경우 치명적인 고혈압 반응이 뒤따를 가능성이 높다. 파네이트를 처음 먹었을 때의 경험은 제법 놀라웠다. 온몸이 침대에 들러붙어 사지가 하나씩 차례로 찢기는 것 같은 기분 없이 일어날 수 있었고, 절망의 족쇄에 붙들리지 않고 불쾌한 생각들을 대면할 수 있었다.

이후 나는 향정신성 약물에 대한 사회적 시각 변화와 보조를 맞춰가며 각종 항우울제를 계속 복용해왔다. 심지어 이십 대 어느 때인가는 파네이트가 더이상 효력을 보이지 않는 듯해서 앞서 말한 세로토닌 재흡수 억제제 프로작이 FDA 승인을 받기 전에 시험 복용을 한 일도 있다. 당시 나는 고도로 자전적인 첫 장편소설《매혹Enchantment》을 쓰고 있었고 결국 결혼하게 될 남자와 연애 중이었으니, 어느 모로 봐도 그토록 우울할 이유가 없었다. 그때 나는 80밀리그램이라는 터무니없이 높은 함량의 프로작을 복용하고 몇 주 만에 극도의 신경흥분 증세를 보여 밤잠을 잘 수 있도록 진정성 항우울제 데시렐을 함께 먹어야 했다.

그렇게 두 가지 약을 섞어 먹은 결과 심한 요폐가 왔다.(요도 괄약근 마비로 자연 배뇨가 불가능했다.) 한여름에 여섯 주 동안 하루에도 몇 차례씩 카테터를 이용해 소변을 배출해야 했

25) 향신료로 양념한 훈제 고기.

으며, 폴리 카테터에 배출된 소변을 허벅지 높이에 붙인 비닐 봉지에 받아 모아야 했다. 덕분에 수영하러 갈 때면 장관이 연출되곤 했다.(수영복 차림의 날씬하고 그을린 몸에 밝은 노란색 액체가 든 걸리적거리는 비닐봉지를 단 스냅 사진들이 남아 있다.)

한동안 상황은 호전될 것 같아 보이지 않았다. 건강 문제에 이상하게 무관심했던 어머니는 내가 평생 카테터를 차고 살아야 한대도 대수롭지 않은 일이라는 듯 행동했다. 그것을 안타까워한 자상한 내 고용주의 중재로 비뇨기과 전문의들을 만나게 되었는데, 그중 한 명은 어떻게 해야 할지 전혀 몰랐고, 다른 한 명은 아무렇지도 않게 카테터에 익숙해지도록 노력해보라고 했다. "삭스 피프스 애비뉴의 여자 화장실에 가서 그냥 집어넣어요." 그는 강한 뉴욕 억양으로 이렇게 말했다. 그러다가 찾아간 의사 하나가 다양한 약물을 써본 끝에 마침내 정상 배뇨가 가능하도록 도와주었다. 끔찍한 생각들도 많았고 전반적으로 위태로운 상황이었지만 그런 부작용마저도 약을 끊게 하지 못했으니, 다른 무엇이 그럴 수 있을지 의심스러울밖에.

긴 세월이 흐른 지금도 나는 약이 조심스럽고, 이제 거의 반사적 행동에 가까운 일상의 한 부분이 되었어야 할 그것이 여전히 불편한 양가감정의 대상이다. 복용방법을 연구하고 결과를 예측하고 시약도 한 정신약리학자를 포함하여 어느 누구도 그 약물이 어떤 식으로 효력을 발휘하며 그 과정에서 어떤 손상을 가할 수 있는지 확실하게 알지 못하는 것 같다.(내 경우 간수치가 엄청나게 높은데, 부분적으로는 향정신성 약물 때문이다.)
그 약들 중 하나라도 확실하게 효과를 발휘한다면, 파이저·릴
리·머크 등의 제약회사들이 더 효력 있고 돈이 되는 신약 개
발 노력을 멈추지 않고 하인츠 피클 57종을 만들듯 끊임없이
찍어낼 리 없을 것이다. 그러고 보면 우리는 정확한 이해 없이
고도로 정련된 어림짐작에 사로잡혀 있는 셈이다(도파민·세
로토닌 재흡수 억제제·노르에피네프린 등등 신경계 경로에 영향을
미치는 약만 서른 가시는 된다). 그리고 한때 파티용 약물로 알
려졌던 케타민 활용이나 뇌에 깊은 자극을 주는 전기 신경자
극 임플란트, DBT(변증법적 행동치료), 새로운 형태의 CBT(인
지적 행동치료) 같은 신종 우울증 치료법들이 나날이 개발되고
있다. ECT(전기충격 요법) 또는 '쇼크요법' 또한 빼놓을 수 없
는데, 나는 시도하기가 겁이 나건만, 내 정신약리사는 "현존하
는 가장 효과적인 항우울제"라는 주장과 함께 "시스템을 재가
동하는 거예요"라고 덧붙이다가, 미심쩍은 내가 자꾸 다그치
면 "어떻게 작동하는지는 잘 몰라요… 그냥 쇠망치로 뇌를 두
드리는 것과 같은 거죠"라고 시인하고 만다.

다양한 약물들의 반발과 부작용은 실제로 찾아오기 전까지
는 당분간 회피된다. 30년 넘게 그런 약들을 먹어오면서, 언젠
가 뇌 기능에 이상이 생겨 쓰러지거나 별안간 말이 제대로 나
오지 않는 것은 아닐지 늘 불안했다. 아울러 자아로부터, 이렇
게 생겨먹은 내 자아라는 짐으로부터의 측정 불가능한 휴식을

위해 자율성을 팔아먹었다는 느낌도 든다. 그럴 때면 하루나 이틀 동안 약을 아예 거르거나 하나만 먹고 다른 것은 먹지 않는 등, 내가 그 약들에 붙잡혀 있지 않은 독립인임을 증명하려는 쓸쓸한 노력으로 저항하기도 한다. 때로는 정신과 의사의 제안으로, 주로 체중 증가, 끝없는 피로감, 기억력 감퇴 등 돌이킬 수 없는 위해를 몸에 가하고 있다는 생각으로 투약을 완전히 중단한 적도 여러 번 있었다. 하지만 항상 불운한 결과가 뒤따랐다. 위태롭게 곤두박질치다가 결국 다시 약병에 손을 뻗어야 했다.

그리하여 지금 나는 온갖 약들을 복용하고 있으며(에펙소 450밀리그램, 웰부트린 300밀리그램, 어빌리파이 5밀리그램, 덱세드린 30밀리그램에다 밤에는 클로노핀과 레스토릴과 이따금 트라조돈까지), '설마 내가 영영 떠났으리라 생각한 건 아니지?' 하듯 다시 근육을 펼치며 다가오는, 어쩌면 옴짝달싹 못할 수도 있는 강력한 우울증 발작에 달리 어떻게 대처해야 할지 도무지 모르겠다. 책상 위에는 SAD(계절성 정동장애)에 맞서 기분을 밝혀주기 위해 하루 20분씩 사용해야 한다는 인공조명 상자가 놓여 있는데, 나는 매사에 그러듯 그것도 불규칙하게 사용한다. 뇌에 가짜 일광을 흘려 넣으면 혹시 내가 해변에 누워 있다고 착각하지 않을까 하는 희망으로 오늘 그것을 켜보았다. 하지만 시간이 잘못되어(아침이어야 했는데 오후였다) 빛이 희미한 것이, 전혀 태양열답지 않았다.

최근에 하나가 추가되었다. 프라다 화장품 가방만큼 매끈한 검은색 가죽 주머니에 담겨 팔리는 피셔 윌리스 자극기라는 전기장치이다. 주머니 안에 들어 있는 노란색의 둥근 스펀지 두 개를 물에 적셔 텔레비전 리모컨 비슷한 장치에 연결된 이어폰 같은 것에 집어넣은 뒤 탄력성 있는 머리띠 아래 관자놀이 근처에 밀어넣는다. 그런 다음 전원을 켜면, 작은 초록색 빛이 점멸하다가 노란색 빛이 깜박거리며 뇌에 저전류를 흘려보낸다. 20분이 지나면 조그만 펑 소리와 힘께 자동으로 꺼진다. 처음에는 모의 충격요법처럼 느껴져 찜찜했으나, 실제로 해보니 무해한 느낌이었다. 불안·기분·수면 등 온갖 문제에 도움이 된다는데, 지금 같은 순간에는 애당초 이 난관에 처하지 않게 해주었을 새로운 뇌 또는 내가 겪은 것과 다른 유년기가 아닌 그 어떤 것도 도움이 될 성싶지 않다.

일례로 오늘 나는 포기하기 시작했다. 이것이 점증적인 침식 과정의 첫 단계임을 나는 이전 경험들을 통해 알고 있다. 아침부터 정오 상담 시간이 지날 때까지 자다가, 오후 두 시에 나 자신을 혐오하며 침대에서 빠져나왔다. 아파트가 공허하고 어둑해 보이는데, 그렇게 생각하면서도 그것이 내 기분의 투사일 뿐이라는 것을, 이 아파트는 어제와 똑같은 아파트, 사람들이 밝고 쾌적하다고 평한 아파트, 내가 정성을 들여 꾸민 아파트라는 것을 잘 안다. 우울증이 시작되면 모든 것이 비뚤어져 보이고 잘못된 것만 같다. 모든 것이 희망 없어 보이고, 눈길 돌리는 곳마다 고통만 쌓여 있는 것 같아 자신을 죽이고 싶어진다. 무엇보다도 나 자신과의 싸움에 지쳤다. 내가 한 모든 선택들이 잘못되어 보이고, 그 대부분이, 아니, 그중 단 하나도 되돌리기에는 너무 늦었다.

처음에는 끝없이 반복 재생되는 영화 같은 어린 시절의 유폐가 있었다면, 이제는 또 다른 종류의 감옥처럼 보이는 성년기가 있다. 아무것도 이해가 안 된다. 페어웨이 마켓에서 카트에 식료품을 싣는 사람들부터 우편으로 받아보는 잡지들까지, 모든 것이 무의미로 점철되어 있다. 나를 계속 나아가게 해주었던 것들, 허드슨 스트리트의 멕시코 음식점에서 친구와 저녁 약속을 하고 어린애처럼 들떠 새로운 색조의 립스틱을 찾아 헤매게 하던 그런 것들을 어디선가 잃어버렸다. 더 긴 설명을 할 수도 있겠지만, 진실은 아무도 우리가 왜 자살하고 싶어하는지 관심이 없고, 정말 자살할 거라 믿지도 않고, 실제로 자살을 해야 음험한 호기심에 이끌려 옛 일을 되짚어볼 거라는 것이다. 자살 이야기를 입에 달고 살아 패션계의 멋진 동료들을 지루하게 하다가 결국 실행하여 모두를 놀라게 했다는 영국의 패션 잡지 편집자 겸 디자이너 이사벨 블로Isabel Blow가 떠오른다.

어제 상담 시간에 나는 내 삶을 '끔찍'하다고 묘사했는데, 그건 주관적이고 자기현시적인 것이었다. 내가 특권층의 삶을 살고 있다는 것을, 아이티나 콩고 등 지구촌 곳곳에는 간신히 연명하는 사람들이 있다는 것을 나는 잘 안다. 알고, 알고, 또 안다. 지진과 비행기 추락사고·기근·가뭄·테러가 도처에서 일어나고 있는 것도 맞다. 그래도 나는 나 자신에게서, 오래전 부터 겨우겨우 살아온, 너무 울어서 병원에 가야 했던 여덟 살 배기 아이에서, 현재에 만족할 줄 모르는 사람으로 사는 것에서 벗어날 수가 없다. 레너드 코엔Leonard Cohen이 지친 듯 으르렁거리는 목소리로 부르는 〈사랑에는 치료약이 없다Ain't No Cure for Love〉가 흐르고 있다. '인생에는 치료약이 없다'는 어때? 나는 이렇게 생각하고 하루를 접는다.

17.

　나는 80번 대 가에 있는 3번 애비뉴 동쪽 어디쯤, 1970년대 후반 변호사 지망생이 세를 얻어 살았음직한 상자 같은 아파트에서, 나를 기분 좋게 해주는 한 남자와 나란히 침대에 알몸으로 누워 있다. 나는 스물다섯 살, 내 큰 가슴이 몹시 신경 쓰이고 사실상 숫처녀다. 이십대 초반부터 수년간 남자들과 키스와 애무는 물론 드물게는 옷을 다 벗고 상대방과 몸을 맞대기도 하는 등 성적으로 친밀한 경험을 해오면서도 처녀성만은 무슨 일이 있어도 보존할 가치가 있는 훈장처럼(또는 전리품처럼) 지켜냈던 것이다.

　비교적 늦은 나이까지 처녀성에 집착하는 것이 정통파 유대인들의 훈육과 연관이 있다는 걸 알지만, 사실 그것은 어머니에 대한 애착, 내가 어머니에게 느끼는 불합리한 보호의식과 더 밀접한 관계가 있다. 나는 자신을 어머니의 연인으로 상상하고, 어머니를 '배반'하는 것이 두려워 다른 누군가에게 스스로를 완전히 주지 못하는 걸까? 아직 제대로 조형되지 않은 이 생각이 미숙한 채로나마 나를 압박해오며 남자들에게 저항하게 만든다. 한동안 나는 다른 수많은 영역에서와 마찬가지로 이 영역에조차 문제가 있는 건지, 여성으로서 몸 어딘가가 잘못되어 남성의 진입을 불가능하게 하는 것은 아닌지 의문을 가져왔다.

그러다 그해 늦봄, 너무 늦은 시각이라 차라리 아침이라 해야 할 어느 밤, 드디어 바로 이 남자의 신중하고도 끈덕진 구애에 굴복했고, 그리하여 일이 끝났다. 나는 녹초가 되었고 그는 더하다. 우리는 함께 에베레스트 산에 올라 지금 지저분한 홑이불 위에 의기양양 큰대자로 누운 우리 자신을 내려다보고 있다. 아침이 되어 내 아파트로 걸어가다가, 최근에 성모 마리아처럼 굴지 말라고 한마디 했던 어머니에게 공중전화로 이 소식을 전한다.

부적절하게도 나는 모든 것을, 내 성생활의 디테일들을 어머니에게 다 고해바친다. 내가 어머니에게 속해 있다는 믿음의 자연스러운 연장 차원이다. "마젤 토브!Mazel tov!"[26] 전화선 저편에서 들려오는 어머니의 말은 언제나처럼 혼란스럽다. 나

---

26) '축하합니다', '행운을 빕니다'를 뜻하는 히브리어.

는 이보다는 흥분된, 이렇게 맥없는 것이 아닌 다른 반응을 기대했었다. 왜 어머니는 더 질문을 하지도 않고 이렇게 별일 아니라는 듯 구는 걸까? 어머니는 금요일 밤마다 촛불을 밝히는 현대 정통파 유대교의 파수꾼이면서도 때로는 선택적으로 개방적인 편이다. 아니, 어쩌면 그보다는 덜 그럴듯한, 좀 더 도착적인 쪽일 수도 있다. 어머니는, 이렇게 말해도 될까, 아닌 척하지만 사실은 남자가 내 유두를 애무하다 몸을 낮추어 키스하는 장면을 열쇠 구멍을 통해 훔쳐보는 관음증 환자다. 사실상 우리는 3인조 섹스를 하는 셈이다. 나는 어머니가 혼자서는 가지 않을 곳에 데려다주고 대가로 늘 어머니를 곁에 둘 수 있다.

***

당시는 내 몸이 매력적인 시기였다. 하지만 나는 나 자신의 성적 매력에 대체로 무지했다. 아니, 더 정확히 말하면 높은 광대뼈, 긴 다리, 언젠가 누군가가 '침실의 눈'이라고 말했던 아몬드 형의 눈을 가진 매력적인 나와 받아들이기 힘든 나, 우리 중 하나가 쓰고 나면 화장실에서 악취가 난다고 제인이 한마디 하던, 똥 누는 것을 수치스러워하던 어린 시절에 영원히 사로잡힌 나를 합일시키지 못하고 스스로의 매력을 모른다는 듯 처신했다.

대학을 졸업한 해 가을, 나는 〈뉴요커〉의 타자부에서 일했다. 분당 90단어를 쳐내는 젊은 여성들로 이루어진 집단이었다. 우리는 점심시간에 교대로 18층 접수계를 맡기도 했다. 여름에도 티셔츠와 면바지를 입었을 뿐 노출이 심한 옷은 입지 않았다. 그런데 몇 년 후에 편집자 중 하나가 내게 말하기를, 자신과 동료들이 단지 나를 볼 목적으로 길을 멀리 돌아가곤 했다는 것이었다. 나 자신을 그렇게, 말하자면 여성적 섹스어필의 모델로서 생각하기란 나에겐 불가능한 일이었고, 그 방면의 내 가치를 알았다면 내가 다르게 행동했을지 궁금해지곤 한다. 친구 J가 그랬듯 잘생긴 만화가들 몇 명과 연애놀음을 했을 테고, 어쩌면 그중 한둘과 동침했다가 상심하고 말았을지도 모른다.

어쨌거나 나는 남자들 앞에서 놀란 암사슴처럼 말도 하지 못하고 수줍어하다가, 차차 신랄한 독설이며 사랑스러운 여자 친구답지 않는 행동이 편해지는 단계에 접어들었다. 수영장에서 함께 놀면서 당당하게 눈길을 던지던 어린 조카들에서 이십대 초반에 내가 수강했던 뉴 스쿨에서 문예창작 과정을 가르친 〈뉴욕 타임스〉의 도서 비평가 아나톨 브로야드Anatole Broyard에 이르기까지 남자들은 늘 내 가슴에 관심을 보였다. 헐렁한 남성용 셔츠 등의 양성 패션으로 가슴을 가리곤 했는데도, 브로야드는 수업 시간에 나를 '유대계 소피아 로렌Sophia Loren'이라고 불렀다. 풍만한 여배우에 비유되는 것이 어떤 면에서는 기뻤겠지만 한편으로는 가짜 같은 기분도 들었다.(다른 수강생들이 그랬듯이 나도 브로야드와 짧은 정사를 갖게 되는데, 그의 민활하고 냄새 없는 몸과 말 안 듣던 성기, 그가 친구에게서 빌린 어퍼 이스트사이드 아파트의 작은 침대 위에서 섹스 후에 동무처럼 이야기를 나눴던 것이 기억난다.)

사실 나는 여자처럼 느끼지를, 아니, 뭔지는 모르지만 여자들이 스스로를 어떻게 느껴야 하는지 내가 상상했던 것처럼 느끼지를 못했고, 내 가슴은 바로 그 불일치의 증상이었다. 그것은 마치 나보다 야한 다른 사람의 가슴 같았고, 한참을 망설이다가 사십대 초반에 더블 D에서 스몰 C 사이즈로 유방축소 수술을 했는데, 그 결정이 현명한 것이었는지 오늘날까지도 돌이켜보곤 한다. 어쩌면 내가 일종의 속죄 행위로, 이를테면 어머니와 언니들에서 시작해 세상의 모든 여자들과 경쟁하지 않겠다는 생각으로 그런 수술을 받은 것은 아닌가 하는 의구심도 든다.

아버지의 관심이 거의 전무했던 것도 자신감 증대에 도움이 되지 못했다. 어린 시절부터 매일같이 오가며 보면서도 결코 받아들여주지 않는 것 같은 남성. 어린 소녀였을 때 아버지의 무릎에 앉으려다 그냥 미끄러져 내려온 기억이 있다. 언제부터인가 나는 아버지에게 애착을 느끼려는 시도를 단념하고 아버지의 이상한 버릇들에 고분고분 순종하게 되었다. 일례로 아버지는 내 손가락을 자신의 콧구멍에 넣어 코딱지를 파냈다. 그것을 어떻게 해석해야 하는지, 거기에 숨겨진 의미는 무엇인지 나는 끝내 알 수 없었다. 그건 사랑의 신호였을까, 아니면 더 적절할 경멸의 신호였을까? 편안한 친밀성의 암시였을까, 아니면 나는 자신의 손가락 대역밖에 안 된다는 천박한 객관화의 암시였을까?

물론 이런 사유들은 당연히 세월이 흐른 뒤에 떠올랐고, 정밀하게 검토해보려고 노력해봤지만 아직도 완전하게 처리되지 못한 상태다.(오늘날까지도 공원이나 슈퍼마켓에서 아버지가 딸에게 다정하게 대하는 모습을 보면 몇 시간 동안이나 기분이 가라앉고, 영원히 채워지지 않을 공백을 떠올리게 된다.) 분명한 것은 내가 남자들에게 엄청난 갈망과 거의 같은 수준의 적대감을 동시에 느낀다는 사실이고, 바로 그런 까닭에 나는 성공적인 이성애 연애의 후보가 되지 못한다.

***

내가 순결을 바친 남자는 턱수염이 있고 경쾌한 유머감각도 갖춘 사람이다. 둘 다 내게는 장점이다. 그는 내가 만난 어떤 남자보다 남자친구답게 행동한다. 79번 가에서 한참 동쪽에 있는 나의 작은 지하 아파트에 와서 콘랜스에서 사온 책장 조립도 도와주는데, 그것은 의당 씩씩하고 다정한 남자의 몫으로 여겨지는 일이지만 손재주가 젬병인 나의 세 남자 형제들은 누구도 해주지 못할 일이다. 그는 우리가 침대에서 하도 정열적이라, 밤새 깨어 있지 않도록 잠옷 한 벌을 사두는 게 현명할 것 같다고 말한다.

그래봤자 우리 관계는 순항하기보다는 비척거린다. 사실을 말하자면, 나는 남자 옆에서 어떻게 행동해야 할지, 열광에 가까운 내 관심을 어떻게 처리해야 할지 모른다. 남자들과 성적 관계를 시작한 순간부터 나의 연애 방식은 강박의 방향을 향하고 있다. 만나는 사람마다 확신보다 의심이 훨씬 많지만, 역설적이게도 관계가 잘 풀리지 않을 때 정리하고 재출발하지를 못한다. 복잡한 나를 이해해주고 나의 신경증적 행동조차 포용해주는 단 한 사람을 잃어버렸다는 상실감에 한없이 짓눌린다. 사귀던 정통파 의대생(역시 턱수염을 길렀었다)이 부모님 집 거실 바닥에서 함께 옷을 벗은 날 밤 내 몸을 '아마존 여인' 같다고 찬미해놓고서 이스라엘로 떠나 사촌과 약혼해버렸을 때처럼. 그를 돌아오게 하려고 온갖 미사여구를 동원해 썼던 애원의 편지를 생각하면 아직도 몸서리가 쳐진다.

내가 알고 있는 나의 모습이 폭로될까봐 나는 항상 두렵다. 가랑이를 벌리고 기다리는 비참한 여자. 겉으로는 예리하고 영민한 척 행동하지만, 내 속을 들여다보면 〈애정과 욕망Carnal Knowledge〉에서 앤 마거릿Ann-Margaret[27]이 연기한, 상사병으로

---

27) 앤 마그렛Ann-Margret이 맞는 것으로 보인다.

연인을 갈망하는 여자 바비 같다. 어쩌면 나의 이런 경향에 대한 반응으로, 또는 내 신경세포들 속에 주종관계의 역학(어머니와 제인의 상호작용을 보며 배우고, 이집트 파라오가 이스라엘인들에게 하듯 엄격하기만 했던 어머니에게서 경험했던)이 아로새겨져 있어서 내가 자꾸만 싸움을 걸고 상황을 더 어렵게 만드는 것인지도 모른다. 나는 적대감을 표출하는 것에, 그것이 순조롭고 친밀하던 관계에 형성하는 간극에, 그것이 가져오는 극적 화해의 가능성에 흥분한다.

그런 이유로 나는 내가 아는 어떤 항우울제보다 나은 격렬한 성교 사이사이에 턱수염 기른 변호사에게 미끼를 던지고, 그의 약점을 건드리고, 내 눈에는 돌이킬 수 없어 보이는 교외 중산층의 생활방식(셔츠 밑에 금목걸이를 하고, 스키복이 세 벌이고, 동성 친구들과 미식축구를 보며 놀고)을 조롱해댄다. 미끼를 물 거라고 기대한 것(말다툼을 하다가 불같은 화해의 섹스를 하고, 다시 되돌이표를 찍는)과 달리, 그는 처음에는 어리둥절해하다가 차츰 내 책략에 짜증을 느낀다.

어느 토요일 저녁, 우리는 저녁을 먹으려고 2번 애비뉴를 달리고 있었다. 내가 무슨 일 때문에 그의 무신경을 책망하자 그는 나를 차에서 내리게 했고, 그것으로 우리 관계는 급속한 종말을 맞았다. 가장 충격적인 사건들을 떠올릴 때만 느끼는, 마치 어제 일처럼 뼈아픈 즉시성으로 나는 그 일을 기억한다. 며칠 밤을 연달아 그에게 전화를 걸어 린다 론스태트Linda

Ronstadt의 〈바퀴 같은 마음Heart Like a Wheel〉을 수화기에 대고 들려주며 노랫말이 내 말을 대신 해주리라는 생각으로 아무 말도 하지 않고 가만히 있던 일을. 심지어 남자 형제 하나를 시켜 그에게 전화를 걸어 나는 늘 독설이 문제였다고, 그것은 단순한 습관일 뿐 아무 의미가 없다고 말하게까지 한다. 이제 전 남자친구인 그는 공손하게 말을 들어주지만 마음을 돌리지는 않는다.

이후 나의 취향은 돌이킬 수 없을 정도로 어두워졌다. 여성을 경시하는 자의 유혹을 감지하고도 내치지 않고 불나방처럼 뛰어들었다. 내 몸에 끌리지만 파크 애비뉴에서 성장한 배경이나 책벌레 습성까지, 나의 것들은 모조리 불신하는 남자들을 골랐다. 그들 중 하나, 나를 숨차게 만든 한 섹스 책략 전문가는 어느 초여름날 사람이 한 명도 없는 애틀랜틱 비치로 나를 데려가더니, 그의 흔적을 남기기라도 하려는 듯 알몸으로 수영장에 들어갔다.

여러 해가 지난 후, 나는 마침내 오래도록 관심을 가져온 가학피학성 성관계를 나누게 된 남자(이번에도 변호사였다)와 만나면서 생긴 온몸의 깨문 자국이며 가슴과 팔과 배의 푸르뎅뎅한 멍을 어머니에게 보여주었다. 금요일 안식일 저녁 식사를 마친 뒤였다. 나는 반소매 면직 나이트가운 차림으로 〈뉴요커〉 최신호를 읽으며 침대에 누워 있는 어머니가 그 꼴을 보고 속상해하기를 바라지만, 어머니는 언제나처럼 내편이 되어주기를 거부한다. "즐거웠으면 좋겠구나"라고 건조한 한마디를 던질 뿐이다. 나는 보호받지 못하고 무방비 상태에 처한 느낌이다. 제인이 머리를 짓찧던 소녀는 쾌락의 이름으로 아픔을 추구하는 성인 여자가 되어버렸다. 나 스스로 끌어낸 값비싼 거래인 셈이다. 동그라미는 내 주변에서 입을 닫는다. 출구도 없고, 옆에서 경고를 외쳐주는 친절한 방관자도 없다.

18.

이십대 후반 〈매콜스McCall's〉에서 패션·미용·음식에 대한 특집기사들의 소개 문구를 쓰고 애정중독이나 목소리로 알아보는 성격 등의 기사도 가끔 쓰는 작가로 일하던 중, 갑자기 윌리엄 조바노비치William Jovanovich라는 사람한테서 전화가 왔다는 메모를 받았다. 알고 보니 다이애나 트릴링이 〈뉴 리더〉와 〈뉴 리퍼블릭〉에 실린 내 서평 한 뭉치와 기출간된 단편소설 두 편을 출판업자인 조바노비치에게 보여주었고 그가 흥미를 느낀 것이었다. 〈매콜스〉의 일은 좀 따분했고, 계속되는 절망감과 싸우지 않을 때면 정서적으로까지는 아니어도 성적 열기만큼은 뜨거웠던 연애에 에너지를 쏟아붓던 때였다. 조바노비치를 만나기로 한 날, 나는 심사가 너무 괴로워서 옷을 차려입고 화장을 조금 하는 데만도 많은 노력이 필요했다. 좋은 인상을 남겨야 한다는 걸 알았지만, 조바노비치라면 자신을 매혹시키려는 내 노력을 꿰뚫고 그 뒤에 도사린 불안까지 간파할 것 같았다.

내가 어떤 사람을 상상했었는지 모르지만, 어쨌든 조바노비치는 내 예측과 전혀 달랐다. 장신에 작은 것도 놓치지 않는 맑고 푸른 눈, 그리고 목장주 같은 걸음걸이를 가진, 지적인 윌리엄 홀든William Holden 같은 미남이었다. 전에 본 적이 없을 텐데도, 안 그러려 해도 곧바로 친밀감이 들었다.

이스트 52번 가에 있는 조바노비치가 좋아하는 프랑스 음식점 르 페리고르에서 샴페인을 곁들여 점심을 먹는 동안, 그는 나에게 어떤 종류의 장편소설을 쓸 생각인지 물었다. 그런 생각이 정말 있었는지 자신이 없었지만 나는 성적 강박에 대한 소설일 거라고 대답했다. 등장인물은 몇 명이나 될지 알고 싶어하기에 셋인데 그중 둘은 나라고 했다. 그는 내 대답을 마음에 들어했고, 우리는 계약을 맺었다. 나는 조바노비치에게서 출판 계약 선지급금 2만 달러를 받고(〈매콜스〉에서 받던 연봉보다 많은 액수였다) 〈매콜스〉에서 제목 뽑는 일을 그만둔 뒤 장편소설을 써볼 태세에 돌입했다.

3년 이상 연거푸 헛발을 짚다가, 서른한 살이 되던 해에 하코트 브레이스 조바노비치 사社를 통해 《매혹》을 발표했다. 실제로 그들이 수락하리라는 기대는 없이, 내가 존경하는 작가들에게 원고를 보내보자고 출판사에 제안했는데, 뜻밖에도 워

커 퍼시Walker Percy, 프레데릭 엑슬리Frederick Exley, 스탠리 엘
킨Stanley Elkin 같은 이들이 추천사를 써주었다. 조바노비치와
일하던 작가들 중 하나인 메리 매카시는 소설의 "수치심 결
여"에 경악한다는 한편, "솔직함이 독자를 매료시킨다"고 인
정하는 양면적 평가를 내리기도 했다. 성적 강박이라는 소설
의 주제가 후반부의 한 장면으로 귀착되고, 어머니와의 관계
그리고 어머니로부터 분리되지 못하는 한계를 중심으로 주된
플롯이 진행되고 있었다.

여러 면에서 이 책은 내 자기파괴 습성을 재현하며 사랑받
지 못한 느낌을 어머니의 무능이 아닌 내 탐욕의 탓으로 돌렸
다. 그럼에도 이 책이 정통파 유대계 사회에 작은 파문을 일으
킨 것은 우리가 상당히 알려진 집안이기 때문이기도 했고, 난
감할 만큼 솔직하게 비밀을 털어놓고 있는 것으로 보이기 때
문이기도 했다. 사실 나는 우리 가족을 폭로하는 것과 지켜주
는 것 사이에서 갈등하다 반쯤만 넣고 반쯤은 뺐다. 그렇게 보
면 의도한 바는 아닐지라도 공모 혐의가 있는 책이다. 문단에
서는 전체적으로 호평이었고《매혹》의 경쾌한 측면들을 넘어
아픈 실존에 주목하고 있었다. 가장 잊을 수 없는 것은 "육신
에서 분리된 기이한 자살"이라고 말한 일요판 〈뉴욕 타임스
북 리뷰〉의 서평이었다. 남부 출신이었던 필자에게는 내가 불
러낸 세계가 몹시 이질적으로 보였을 수 있는데, 혹시 다른 비
평가들보다 그녀가 더 잘 알고 있는 것은 아닌지, 그럴싸한 소

설적 서사를 빚어내려는 내 시도를 꿰뚫고 내면의 황량한 현실을 찾아낸 것은 아닌지 불안한 의구심이 들기도 했다.

조바노비치는 소용돌이처럼, 하늘의 선물처럼, 현자처럼, 아버지 같은 존재처럼(이 밖에 다른 여러 호칭이 다 어울린다) 내 삶에 들어왔다. 몬테네그로 출신 탄광부 아버지와 폴란드계 어머니 사이에서 태어난 이민 1세대 미국인으로서 자수성가한 그는 콜로라도 대학을 마치고 장학금으로 하버드에서 문학과 철학을 공부한 뒤, 하코트 브레이스 앤드 월드에 입사하여 교과서 판매사원으로 일하다 고속 승진을 거듭한 끝에 회사의 경영자가 되었고, 사명社名에 본인 이름을 추가했을 뿐 아니라, 지분 확장을 통해 해양 테마파크 시월드를 인수하기도 했다. 처음 만났을 때 그는 육십대 초반이었는데, 무한한 에너지에 폭넓은 호기심과 비상한 집중력을 갖고 있었다. 문학과 정치 분야를 탐독했고 한나 아렌트·메리 매카시·다이애나 트릴링 같은, 본인이 직접 작품을 편집하여 출판한 작가들 중 특별히 강력한 지성의 소유자들과 친교를 유지했다.

요즘에는 '탁월하다'는 말을 아무렇게나 대략 갖다붙이는 현실이지만, 빌 조바노비치는 내가 만난 사람들 가운데 진정 그 표현이 합당하다고 생각되는 소수의 사람들 중 하나이다. 그의 여름 별장이 있던 캐나다 라 말베에 동행하던 날, 회사 전용 항공기의 낙타가죽 좌석에 앉아 단지 그가 옆에 있다는 사실만으로 기분이 좋았던 기억이 난다. 회사의 내밀한 전

략을 설명하는 그의 담청색 눈동자가 새로운 프로젝트의 발아에 대한 기대로 타오르고 있었다. 건축가가 되고 싶었다는 말을 나에게 한 적 있지만, 그는 하나의 직종에만 만족하지 않았을 것 같다.

나는 빌에게 푹 빠졌고, 아마 빌도 그랬을 것이다. 그와 함께 있으면 내가 매혹적이고 똑똑한 여자라는 느낌이 들었고, 그 둘이 더이상 상호 모순되는 가치가 아니었다. 낭만적인 저류가 분명히 있었고—그는 인디아 잉크로 쓴 삐딱한 필체로 런던에 가면 어느 호텔에 묵어야 하는지(브라운스), 도서 출판에 어떻게 접근해야 하는지(블루밍데일스처럼 들어가서 필요로 하는 것을 얻고, 나올 것) 등을 설명하는 긴 편지들을 나에게 보냈다—그것이 출판계의 가십거리가 되기도 했지만, 우리 관계는 고결한 순정을 유지했다. 그의 캐나다 별장 수영장에서 이야기를 나누다가, 문득 그와 볼에 입을 맞추는 정도가 아니라 진짜 키스를 하면 어떤 느낌일지 궁금해졌던 기억이 난다. 하지만 나의 판타지는 그렇게 판타지로 남았다. 점차 그의 가족을 알게 되었으며, 남부 출신의 자상한 부인 마사와는 친구가 되어 크랩 케이크 조리법을 전수받았고, 런던에 갔을 때는 그들의 딸 마사 주니어의 아파트에서 묵기도 했다.

소설을 탈고한 뒤, 나는 편집자 자격으로 하코트 브레이스 조바노비치에서 근무를 시작했다. 편집 팀 또는 마케팅 팀과 상의할 필요도 없이 출판할 책들을 빌과 함께 곧바로 들여왔

다. 내가 집에서 일하는 것을 선호한다는 걸 알았던 빌은 장밋
빛 비닐 코팅이 된 내 침실 책상 위에 당시에는 나를 비롯해
대다수의 사람들이 아직 들어보지도 못한 팩스기와 왕Wang 사
의 워드프로세서를 설치해주었고, 특유의 과장된 태도로 나를
비행기에 태워 시월드에도 보내주었다. 덕분에 포획 상태에서
태어난 최초의 아기 범고래 샤무의 입맞춤을 받았다. 호기심
에 찬 군중 앞에서 조그만 사다리를 타고 올라가 샤무의 코 근
처로 향할 때, 나는 겁이 나 죽을 지경이었다. 만져보니 살갗이
자동차 보닛처럼 단단하게 느껴졌다.

　그렇게 내 인생을 통틀어 가장 생산적인 시기 중 하나가 시
작되었다. 몇 년 후, 빌은 HBJ의 뉴욕 직원들을 하루아침에 모
두 해고하고(출판계에서 이 사건은 '블랙 튜스데이'라는 명칭으로
전해져 내려온다), 회사의 출판 부문을 돌연 샌디에이고로 옮겨
버렸다. 뉴욕을 떠나 그곳에서 살기로 결정한 것이다. 그는 복
작거리는 출판 일선에서 한 걸음 물러나 지냈는데, 그로 인해
에이전트며 편집자들과 적지 않은 불화를 빚기도 했다. 오만
하고 변덕스럽다는 평가가 있었는데, 둘 다 어느 정도는 사실
이었다. 하지만 나에게 그는 대단히 자신감을 끌어내주는 인
물이었다. 여자로서의 나와 지성인으로서의 나를 모두 인정해
주었으며, 따라서 두 측면을 동시에 받아들이게 해주었다. 빠
른 응답이 필요한 제안서는 항상 다른 일을 멈추고 먼저 읽어
주려고 했고, 다른 출판사들의 내 또래 편집자들은 꿈도 못 꿔

볼 '대형' 물건들을 끌어올 수 있도록 재정적 지원도 아끼지 않았다. 이렇게 빌이 뒤에서 밀어주는 가운데, 나는 도서 출판이라는 배타적 세계에 당당히 진입해 내 자리를 구축할 수 있었다.

　나는 오래지 않아 경매에서 밀리지 않고 무리한 값을 부르지 않으면서, 흥미를 보이는 경쟁 편집자들로부터 판권을 빼앗아오는 법을 배웠다. 빌도 나도 영화를 좋아했기에 기그 영Gig Young과 캐리 그랜트Cary Grant의 전기를 따왔다. 그랜트의 전기는 특히 랜돌프 스콧Randolph Scott과의 청년기 동성애를 자세히 다루고 있었다. 또한 독립적인 성향이 강했던 빌 덕에 다른 출판사들은 민감한 주제라며 아직 머뭇거릴 때, 최초의 에이즈 관련 서적 중 하나(폴 모넷Paul Monette의 강렬한 회고록 《덤으로 사는 시간Borrowed Time》)를 계약할 수 있었다. 차츰 내 머릿속에 펴내고 싶은 책들의 그림이 그려졌다. 문학성과 상업성, 기발한 것과 대중적인 것이 조화를 이루되, 반드시 잘 쓴 글이어야만 했다. '문예'소설 범주에 들어가는 뉘앙스 강한 심리소설은 팔리지 않는다는 것을 바로 깨달았고, 내 마음에 드는 장편 및 단편 소설들을 꾸준히 들여왔지만, 나이키의 화려한 역사이건 작가 존 케네디 툴John Kennedy Toole의 전기이건 아니면 로이 래딘Roy Radin이라는 연예계 흥행주가 나오는 마약과 폭력이 버무려진 할리우드 이야기이건 점차 논픽션에 끌렸다.

일상이 날로 분주해졌다. 해외 출판업자들을 만나러 런던과 프랑크푸르트에, 모타운의 거물 고디 베리Gordy Berry를 만나러 로스앤젤레스에, 로널드 레이건 밑에서 일했던 도널드 리건Donald Regan을 만나러 워싱턴 DC에 갔다. 서너 해 전만 해도 상상할 수 없었던 여섯 자리 액수의 연봉을 받았고, 어시스턴트 둘을 두었고, 도서 출판에 대한 빌의 집중도가 미덥지 않아 망설이는 에이전트들에게 비싼 점심과 저녁을 대접하며 지칠 줄 모르고 설득했다. 실로 머리가 빙빙 돌 만한, 완전히 이해하기 어려운 변화였다. 빌이 회사 차를 보낼 때마다 어머니가 믿기지 않는다는 듯 눈썹을 치켜세우며 내 급속한 출세를 마냥 비웃은 것도 좋지 않았다. "주제파악 좀 하지!" 그러던 중 회사에 수년 만에 최초로 베스트셀러가 터졌다. 내가 따오고 편집·판촉·홍보를 총괄한 리건의 《분명히 말하건대For the Record》였다. 유능한 찰스 맥캐리Charles McCarry가 대필한 이 책은 출간 당일 〈뉴욕 타임스〉 1면 기사로 떴고, 오래지 않아 나는 회사의 부사장 겸 공동 발행인이 되었다.

그러나 빌이 좋은 부모였다 해도(어쩌면 나로서는 최초의) 그의 도착은 너무 늦었다. 나는 여전히 절망적으로 불행하고 괴로운 또 하나의 자아를 품고 살았고, 그 자아는 일하는 낮 동안은 숨어 있다가 밤과 주말에 고개를 쳐들었다. 음악계의 거물이나 전임 재무부 장관과 당당히 이야기를 나눌 만한 지력과 자세를 갖춘 듯 보였으나, 표면 아래를 들여다보면 전혀 딴판이었다. 아직도 약을 먹지 않고는 아침에 일어나지도 밤에 잠들지도 못했고, 만성 변비에 시달렸으며, 사사건건 어머니에게 의존했다.

나처럼 자신 없고 우유부단한 사람에게 완전한 성년기로 향하는 길은 겉모습이 어떻든 비틀거리는 길이 될 수밖에 없을 터였다. 언니들과 오빠가 비상하려다 오히려 더 엉망이 되어 추락하는 모습을 지켜본 나는 더 넓은 세계로의 완전한 탈출은 감행하지 말아야 한다는 것을, 그것은 실패하게 되어 있다는 것을 알고 있었다. 대학에 가고, 남자친구를 사귀고, 취직을 하고, 어쩌면 결혼해서 아이도 갖고, 독립을 향한 이런저런 몸짓은 할 수 있었다. 다만 참된 충성의 대상만은 잊어서는 안 되었다. 그것은 물론 모든 것의 시작부터 끝까지 어머니였고, 또한 영원한 고통으로 결속된 우리 가족, 우리 육남매와 부모님이었다.

물론 이런 확신은 눈에 보이는 실체는 아니었다. 족쇄를 차고 어슬렁거린다거나 했던 것은 아니고, 다른 사람들 눈에는 원하는 곳이면 어디든 가고 원하는 일이면 무엇이든 할 수 있는 자유인으로 보였을지도 모른다. 실제로 세월이 흐르면서 모르는 사람들은 나를 일종의 '반항아'로, 더이상 정통파 유대인이 아니고, 등장인물들이 누구인지 모두 알 만큼 허구를 살짝 입힌 회고록 같은 소설을 발표한, 유대적인 것에 대한 지식이 너무 얕아 이교도나 다를 바 없고 이혼경력이 있는 남자와 결혼한, 자신의 성적 방종이며 가족의 돈에 대한 태도를 가감 없이 묘사한 글들을 쓴 사람으로 보았다.

지금에 와서 돌아보면, 나는 어머니가 자신이 선택한, 결혼과 자녀와 종교적 계율을 다른 무엇보다 우선시하는 삶에 대한 내면의 갈등들을 대신 해결하게끔 지정한 아이였다는 생각이 든다. 사실은 어머니도 나름의 방식으로 반항했었다. 예루살렘의 가난뱅이 가족을 떠나 뉴욕으로 건너왔고, 외할머니가 지켰던 계율들의 일부(결혼 후에는 셰이텔sheitel이라는 가발을 쓴다거나 바지 착용을 삼간다거나)를 무시하기도 했다. 어머니는 바깥세계로의 문을 약간 열어줬지만, 논쟁도 협상도 허락되지 않는 "결코 벗어날 수는 없다"는 절대명제에 대한 나의 이해가 선행전제로 달려 있었다.

그야말로 딜레마였다. 애당초 나는 부모님의 세계에서 사는 것을 좋아한 적이 없었고, 그것이 불합리하고 숨 막히는 삶임을 알고 있었다. 하지만 정신과 의사들과의 상담들을 통해 사유되고 정련된, 내 유일한 희망은 어머니의 손아귀에서 빠져나오는 것이라는 통찰도 해방이라는 개념이 내 안에 남겨놓는 길 잃은 느낌 앞에서는 한없이 무력했다. 저 반대편에는 누가, 무엇이 나를 기다리고 있을까? 내가 보기에는 가짜 환영 팻말을 치켜든 광활하고 무관심한 우주 외에는 아무도, 아무것도 없었다. 경중의 차이가 있었을 뿐, 이런 생각은 항상 나를 따라다녔다. 때로는 지극히 사소한 일로도 바닥에 나가떨어졌다.

그 결과 급속한 직업적 성공에도 최소한의 기능은 하던 우울증에서 사실상의 마비상태로 상황이 악화되어 삼십대 초반에 뉴욕 병원의 정신병동인 페인 휘트니에 입원했다.

단 나흘 동안이었던 그 입원은 6년 동안 사귀다 말다를 반복했던 마이클과의 약혼을 일주일간의 멕시코 동반 여행 출발 몇 분 전 내가 깨뜨린 데서도 부분적으로나마 원인을 찾을 수 있었다. 어머니는 우리의 약혼을 축하하는 작은 만찬을 준비했다. 평소 스타일대로 깜박거리는 길고 흰 양초들로 식탁도 아름답게 장식했다. 하지만 약혼식 날이 며칠 앞으로 다가오자 결혼 이후에도 찾아올 똑같은 불안감이 느껴지더니, 급기야 공포상태로 부풀어오르면서 나를 때려눕힌 것이다.

열여섯 아니면 열일곱 살 때 F. 스콧 피츠제럴드Scott Fitzgerald의 《밤은 부드러워Tender Is the Night》를 읽은 뒤부터 나는 정신병원에 대한 환상을 키워왔다. 특히 취리히의 도믈러 박사와 그의 포도덩굴 무성한 '최초의 현대적 정신병원'에 매혹되었다. 다수의 외국어에 정통한 교양 있는 환자와 '푸른 바다 같은 하늘'을 향해 열린 프랑스식 창은 젊은 정신과 의사 딕 다이버와 그의 사랑스러운 젊은 환자 니콜 사이에 싹트는 로맨스에 딱 맞는 배경 같았다. 게다가 〈가라, 항해자여Now, Voyager〉와 〈데이비드와 리사David and Lisa〉 같은 영화들, 《난 당신에게 장미정원을 약속하지 않았어I Never Promised You a Rose Garden》 같은 책들의 영향까지 더해져 나는 정신병원을 세련된 치료법과 부드러운 안락이 마술처럼 융합된 평온하고 고요한 장소로 그리기 시작했다. 그곳에서는 거동이 불가능할 정도로까지 퇴행해 역설적으로 정서적 건강을 꽃피울 수 있다고 생각했다. 그리고 나처럼 유복하지만 고통받는 다른 사람과 사랑에 빠지고, 그러다가 모종의 성적 경험까지도 할 수 있을 것 같았다.

하지만 현실은 아찔할 만큼 판이했다. 페인 휘트니는 회복을 돕는 따사로운 곳이 아니라 약물중독자와 각종 범죄자들을 가둬놓는 구치소에 더 가까워 보였고, 나는 무서웠다. 퀴퀴한 지린내와 껌 냄새와 찌든 담배연기가 뒤섞인 역겨운 악취가 진동하는 병동 공중전화 박스에서 나는 미친 듯이 전화를 걸어댔다. 마음을 가라앉히려고, 보고 들은 것들을 노트에 휘갈겨 썼다. 작가는 "아무것도 놓치지 않는" 사람이어야 한다는 헨리 제임스의 충고를 따르고, 기왕지사 그곳에서의 경험을 활용하기 위한 노력이었다. 현대판 오필리어처럼 수심에 차 떠도는 애처롭게 깡마른 소녀의 "나는 각빙에 중독됐어요. 그것들을 마치 비타민처럼 자꾸 씹어야 돼요"를 비롯해 주워들은 말들을 옮겨 적었고, "병실에 압정 두 개. 압정을 박아 자살할 수 있을까?" 식의 감상도 꼼꼼하게 적었다. 잠재적 연애 대상을 하나 발견하기도 했다. 턱수염을 기른 청년이었는데, 음울하면서도 신비로운 인상이었다. 분명히 전신 깁스를 한 상태였고 창문으로 투신했다는 소문이 돌았는데, 간신히 용기를 내어 병실에 찾아가봤을 때는 이미 없었다.

일주일도 안 되어 퇴원한 다음, 빌 조바노비치와 점심을 먹었다. 정기적인 자리였지만 정신병원에서 지내다 나온 걸 그가 알아차릴지 몰라 망설여졌다. 하지만 돔 페리뇽 한 잔에 내 불안은 가셨다. 크리스털과 자기 식기들이 찰그랑거리고, 특별 주문한 수플레 디저트가 은제 손수레에 실려와 트럼펫 소리에 맞춘 듯이 식탁에 차려지는 르 페리고르의 잔잔하고 능숙한 서비스를 받으며 우리는 평소와 똑같이 열띤 대화를 나누었다. 불과 며칠 전까지만 해도 공황에 빠져 비틀거렸지만, 빌의 든든한 날개 아래 있는 그 순간만큼은 아무것도 두렵지 않았다.

19.

가죽 표지에 '○○와 ○○의 결혼식'이라는 금박 글자를 새겨 넣고 밑에 날짜를 적어 만들던(아직도 만들겠지만) 결혼 앨범을 나는 만들지 못했다. 긴 세월이 지난 지금도 결혼식 사진 한 상자가 벽장 선반에 그냥 덩그러니 놓여 있다. 어머니가 이미 앨범 값을 지불했으니 사진을 추리기만 하면 되었는데 나는 그 일을 자꾸만 미루었다. 어른 아이 할 것 없이 모두 성장을 하고 포즈를 취한 축연의 이미지들을 들여다보는 일은 생각만 해도 한없이 슬펐다. 부모님 아파트에서 열린 우아한 예식과 클라인펠즈에서 분망히 사들여온 예복 일습을 걸친 나의 혼돈된 신부 경험 사이의 모순 때문이리라. 어쨌든 결혼 앨범에 넣을 사진이 선택되기도 전에 마이클과 나는 이혼했다.

***

나는 결혼에 대해 커다란 불안감을 느꼈다. 준비가 전혀 안
됐더라도(서른넷이라는 늦은 나이에도 불구하고) 받아들여야 하
는 일임은 알고 있었다. 일단 그렇게 공식적이고 대대적으로
어머니를 떠나는 일에 준비가 되어 있지 않았고, 결혼 결정도
신랑감에게 눈이 멀 정도로 반해서 한 것이 아니라 아주 괴상
한 상황에서 내려졌다. 불과 한 달도 남겨놓지 않고. 당시 내
정신과 의사 E박사(여성이었다)가 어머니까지 불러 진행한 상
담 중에 우리 셋은 내기를 하듯 마이클과 나의 결혼 가능성을
두고 토론을 했다.

불과 몇 달 전 내가 파혼을 선언한 것만 봐도 밝은 미래를
점치기란 어려운 상황이었지만 상관없었다. 어머니는 포위 상
태에서 단합한 유대인 모녀의 상대가 못 되었던 젊고 경험 없
는 금발의 '와스프'[28] 정신분석가에게 내가 '충실하다'고 말했
다. "대프니에게 꼭 맞는 말이에요." 어머니는 심한 독일어 억
양으로 되풀이했다. "굉장히 충실해요." 말인즉슨, 지금은 아
무리 발버둥을 쳐도 한번 결혼을 하면 그 결혼을 지켜낼 거라
는 뜻이었다. 이 힘축된 논리에 E박사는 실득되있고, 새고하고
말 틈도 없이 3주 후로 날짜가 잡혀버렸다.

---

28) WASP, 앵글로색슨계 백인 신교도.

설상가상으로 나는 나의 여성성과 여자친구·아내·어머니 같은 여성으로서의 다양한 역할들에 대한 적성이 여전히 못 미더웠다. 11월 하순의 저녁 부모님 집 거실에 모인 일흔 명가량의 하객들 앞에서 흰 꽃들로 장식된 '후파' 아래 선다고 해서 달라질 것은 없을 터였다. 몸이 더 불어 보이는데다 뒤에는 토끼처럼 우스운 방울까지 달린 회색빛 도는 흰 웨딩드레스를 입고 뻣뻣하게 계단을 걸어 내려오는 나를 본 하객들 중에는 이렇게 서둘러 결혼식을 올리는 것은 필시 속도위반 때문이리라 추측한 이들도 있었을 것이다. 한편, 나는 무슨 가장무도회에 와 있는 것 같았다. 이미 돌이킬 수 없을 정도로 어머니와 엮여 있으면서 신부 복장을 하고 거기서 뭘 하고 있었던 걸까?

변화에 대한 내 최초의 반응은 언제나 쓸쓸함이었다. 부모님 집에서 몇 블록 떨어진, 벽도 침대도 베이지색인 리젠시 호텔에서 보낸 첫날밤, 옆에서 새신랑이 어안이 벙벙해진 채 바라보는 가운데 펑펑 울었던 것도 그런 연유에서다. 또 그가 그날 입으려고 검은색 실크 팬티를 장만한 것이 감동적이기도 하고 약간 진부하게 느껴지기도 하면서 더 눈물이 났다.

***

내가 소녀처럼 미래를 공상할 때면, 남편은 빠져 있으면서도 아이는 적어도 서넛 이상으로 많았다. 인형 놀이에 대한 어린 시절의 열정이 아기와 어린아이들에 대한 변함없는 관심으로 진화했고, 이십대에 이모가 되면서부터 모성 에너지의 상당 부분을 드물게 헌신적인 이모가 되는 데 투자했다.

언니 데브라와 형부 루이스의 아파트를 찾아가 조카아이들 (첫째는 남자 조카, 둘째는 여자 조카)의 목욕을 시켜주고 아이 부모가 저녁 약속을 위해 나가기 전에 잠옷까지 입혀놓으며 보살펴주는 일이 정말 좋았다. 현관문이 닫히면 비로소 중대 임무에 들어가 노아 그리고 아직 아기 침대를 쓰던 에리카와 놀아주다가 재웠다. 아이들의 침실은 빨강·파랑·노랑의 밝은 색조로 꾸며져 있었으며, 회전목마 모양의 앙증맞은 야간등이 은은한 불빛을 발했다. 나는 직접 개발한 것들 위주로 수많은 게임을 해주다가 동화 한두 편을 읽어주었는데, 주로 두 아이 모두 무척 좋아한 《잘 자요, 달님Goodnight Moon》으로 마무리를 지었다. 우리 셋은 대항해를 앞둔 한 무리의 조난자들처럼 노아의 폭이 좁은 침대에 몸을 다닥다닥 붙이고 누워 동화책을 읽고 들었다. 에리카의 눈꺼풀이 파닥이기 시작하면 안아 올려 아기 침대에 눕히고는, 다시 노아 옆에 누워 세상에 한 가지 음식밖에 없다면 뭘 먹고 싶은지, 육즙을 얹은 쌀밥이나 스파게티인지, 아니면 초콜릿인지 따위를 논하곤 했다.

두 아이 모두 잠이 들어 부드럽고 고른 숨소리만 들리는데도, 캄캄한 방에서 나와 문밖의 환한 곳으로 진입하기 싫어서 그대로 누워 온갖 상념에 잠기곤 했다. 제대로 집중하기만 하면, 나 자신을 둘로 쪼갠 뒤 한쪽의 나에게서 세월을 벗겨내어 다른 쪽 나로부터 애정 어린 보살핌을 받은 건강한 아이로 상상할 수 있었다. 훗날 존 브래드쇼John Bradshaw 등의 저술을 통해 접하게 된 방치되고 상처 입은 '내면' 아이의 치유라는 논의를 훌쩍 넘어서는 다소 초현실적인 재육아 과정인 셈이었고, 잠시나마 나 자신이 돌보아지지 않은 욕구에 주의를 기울이는 '괜찮은' 어머니처럼 느껴졌다.

어린아이들과 강하게 동일시했던 나는 그들 속에서 그들의 기쁨과 슬픔을 아플 만큼 친밀하게 이해하는 우호적인 성인 후보인 나 자신을 보았다.(수년 후 낙태관은 동일시 대상이 어머니냐 아이냐에 달려 있다는 누군가의 말을 들었을 때 수긍이 갔다. 비록 나도 이론적으로는 낙태에 대해 진보적인 의견을 갖고 있지만 그것을 살인 행위로 보는 이들도 공감이 되었고, 나 자신이 그걸 한다는 것은 상상조차 할 수 없었다.) 세월이 흘러 형제자매들이 결혼하고 저마다 아이들을 가진 후에도, 나는 애틀랜틱 비치 별장에서 가족들이 모여 보내는 여름 동안 전담 이모-고모가 되어 아이들을 돌보았다. 잔뜩 신이 난 꼬맹이들과 떼를 이루어 동네를 지나 바다에 가서 모래성을 짓고, 상상 속의 제과점에서 팔 빵을 굽고, 내 멋대로 개발한 '기숙사' 놀이를 하는 것이 정말 좋았다.

조카아이들은 《소공녀A Little Princess》와 《올리버 트위스트 Oliver Twist》, 뮤지컬 〈애니Annie〉를 자유분방하게 뒤섞은 그 괴상한 놀이에 서로 들어오려고 다퉜다. 일단 고아이거나 최소한 부모 중 하나가 신체적으로 불구여야 입학할 수 있었고, 포악한 여교장인 내가 입학을 허가하면, 어려운 공부뿐 아니라 일련의 고된 잡일까지 마다하지 않아야 했다. 내가 끊임없이 명령을 내리는 가운데, 자신이 무시되었다고 또는 역할을 잘못 받았다고 느끼는 아이가 하나는 반드시 나왔다. 하지만 그 놀이에는 나름의 비틀린 논리가 있었고, 그 감상적인 가혹함과 혹사의 어떤 면에 아이들은 이상한 만족감을 느꼈다.(훗날 〈뉴욕 타임스 매거진〉에 《레모니 스니켓Lemony Snicket》 동화 연작을 쓴 작가 대니얼 핸들러Daniel Handler의 프로필 기사를 쓰던 중 그의 책에 나오는 끔찍한 사건들에서 '기숙사' 놀이와의 유사성을 발견한 일이 있다.)

아이들과의 이 모든 교류, 어머니 노릇 대행을 통해 진짜 어머니 될 준비가 되었어야 옳았을 것이다. 어머니 되기는 아내 되기보다 훨씬 더 오래전부터 생각해온 미래였으며, 나는 아이를 허리춤에 부주의하게 그러나 자랑스럽게 안은 내 모습을 즐겨 그려보곤 했었다. 그런 환상들은 내가 별다른 고뇌 없이, 내 친숙한 망령들과의 괴로운 대면 없이 그 단계에 이를 수 있으리라 믿게 해주었다. 하지만 그것은 그 망령들, 그리고 바야흐로 출현할 적기를 노리면서 음흉하게 몸을 낮추고 줄기차게 따라붙는 검은 안개의 위력을 과소평가한 생각이었다.

***

나는 서른다섯 살에 처음으로 임신했다. 하와이 신혼여행에서 생긴 일이다. 마우이 섬의 휴양지는 정열에 불타는 연인들보다는 수천 명의 일반 대중을 수용하기 위해 지어진 듯 보였고 그래서 별로였다. 그날은 언쟁으로 점철된 신혼여행 중 마이클과 내가 한때는 열렬했던 우리의 연애관계를 합방으로 완성한 유일한 밤이었다. 나는 여러 해 동안 피임에 신경을 쓰지 않았는데, 그것은 부인과 의사가 자연 임신이 어려울 거라고 일러준 때문이기도 했고(나는 이십대 초반에 불규칙한 월경과 잠재적으로 임신에 문제가 될 수도 있는 호르몬 이상 질환인 다낭성난소 증후군 진단을 받았었다), 특정한 남자와 함께하는 것보다 아이를 갖고 싶은 욕구가 더 크므로 피임이 불필요하다는 합리화 때문이기도 했다. 그런데 내 정신은(아니, 아마도 내 호르몬은) 결혼이라는 법적 절차를 거치고 나서야 번식 과정을 승인할 수 있었던 듯하다.

결혼이라는 관문을 통과하는 그 순간부터 나는 덫에 걸린 느낌에 사로잡혔다. 작가·출판 편집자·이모-고모·친구·딸 등의 다른 모든 정체성들이 이 단일한 행위에 의해 증발되면서 내가 '남편'에 의해 한정되는 '아내'라는 인물로 축소돼버린 것만 같았다. 페미니즘의 영향으로 다른 여자들은 결혼했다는 이유 하나만으로 자신의 자율성이 침해되지는 않는다는 생각을 대체로 하고 있었지만, 나는 마이클과 맺어진 여자일 따름으로만 느껴졌다. JFK 공항으로 가는 길에서 이미 공포가 엄습했다. 내 가방을 들고는 있지만 낯선 존재에 기생하는 기분이었고, 그것을 물리치고 본래 자아를 회복할 길은 없어 보였다. 게다가 어머니를 잃어버리고 어머니의 주요 역할이 다른 사람, 웬 남자, 내 남편, 애당초 함께하고 싶은지조차 확신이 서지 않은 누군가에게 양도됐다는 느낌 때문에 나는 비탄에 빠져 있었다.

남자와 함께 살아본 지가 10년도 더 지났고 나에게는 가까운 관계를 지속적으로 유지할 심리적 장치가 없는 것이 아닐까 의문을 가져본 입장에서, 당시 남편이 겪었을 고초를 생각하면 미안해진다. 예쁘지만 개성은 없는 바닷가 방에서 잠이 깨면, 테라스로 나가 매일같이 파파야의 경이로움을 외쳐 말하는 마이클과 함께 멍하니 아침 식사를 했다. 이어서 함께 바다로 나가 마이클이 파도 속에서 껑충거리는 동안 나는 길게 뻗은 백사장 위 의자에 옹송그리고 앉아 제임스 매스터슨James Masterson이라는 정신과 의사가 쓴 자아도취적 인성에 대한 음울한 양장본 학술서를 읽었다. 마이클이 홀아비 휴양객처럼 산호초나 기타 볼거리들을 구경하러 간 동안에도 나는 책에 파묻혀 지냈다.

새신부답게 굴고 있지 않다는 걸 나도 알았지만 도저히 어쩔 수가 없었다. 나는 태양을 향해 얼굴을 들고 사랑하는 햇빛을 빨아들이며 내 어디가 잘못된 건지 다시 한 번 물었다. 어쩌면 나는 대의를 위해 문제 많은 자아를 버리고 공동체에 가서 빛바랜 수녀복 같은 옷을 입고 후끈한 주방에서 다른 여자들과 나란히 서서 일하며 살아야 하는지도 몰랐다. 어쩌면 나는 아멜리아 이어하트Amelia Earhart처럼 변경에서 혼자 힘으로 세상을 헤쳐가거나 미혼모로 아이를 낳아 기르며 급진적 선언문을 써야 하는지도 몰랐다. 또는 어쩌면 나는 처음부터 이성애에 맞지 않게 생겨먹었는지도, 늘 그런 가능성이 있었는지도 몰랐다. 나는 가족이나 친구들로부터 버림받을까 두려워 내밀한 동성애 충동을 감추고 있었을까? 어머니에게만 애착을 느끼고 부성과의 유대가 없었다는 사실을 보면 레즈비언이 될 만도 했겠으나, 단 하나, 여자에게 성욕을 느껴본 적이 없다는 중대한 사실이 있었다.

한편 마이클은 함께 고래 구경 원정을 가지 않겠느냐고 물었고, 나는 그럴 생각이 전혀 없었다. 몸을 움직여서 할 수 있을 것 같은 일은 산책을 하고 가끔 수영을 하는 정도였다. 정말로 그때 나는 심리적으로 너무 위태로운 상태에 놓여 있어서, 화장실 거울을 볼 때마다 내가 분해되는 상상을 할 정도였다. 내 눈앞에서 얼굴이 산산조각이 나는, 이를테면 나만의 공포영화와도 같았다. 티셔츠와 서핑보드가 넘쳐나는 이 한가로운 섬에서, 내 옆에 영구적으로 자리 잡은 이 남자하고 내가 뭘 하고 있는지 도대체 이해할 수가 없었다. 그렇게 거의 해리에 가까운 상태에 빠졌을 뿐 아니라, 어린 시절의 종교적 계율들을 저버린 것에 대해서도 갑자기 죄책감에 사로잡혔다. 이미 나는 10년도 넘게 제대로 된 정통파 유대교도로 살지 않고 있었다. 부모님 집의 금요일 저녁 식사에 자주 참석하고, 토요일 아침이면 가끔 교회에도 나갔지만, 언젠가 나처럼 신앙은 없지만 종교 지식은 많은 짝과 함께 완전 복귀할 상상을 하는 등 정통파 유대교의 경계를 내 멋대로 넘나들고 있었다. 그런데 유대적인 것과는 거리가 멀고(브리스킷이나 카샤 같은 민족 음식 만들기를 즐기는 어머니를 둔 것 외에는) 버리고 온 것에 대한 향수를 전혀 공유하지 않는 남자와 결혼한 처지였다.

**

열흘간의 여행을 마치고 돌아왔을 때, 나는 살갗은 그을리고 기분이 저조했으며, 그때는 몰랐지만 임신한 상태였다. 임신이 안 될 거라 생각해온 터이니 더욱 기쁜 소식이어야 옳았으나, 막무가내로 돌진해오는 미래에 붙잡혔다는 느낌이 먼저였다. 나 자신도 아직 어머니와 결전을 계속하며 사랑을 확인하고 있는 주제에 어떻게 어머니가 될 수 있을까? 여러 해 동안 주저하다 무모하게 뛰어든 결혼이라는 이 숨 막히는 제도의 일부로서 어쩌다 남편이 된 아이의 아버지는 또 어쩐단 말인가? 그의 자리는 어디일까? 내가 협조하든 안 하든 삶이 막

무가내로 달려나가고 있다는 것 외에는 모든 것이 불확실하게
만 보였다.

20.

최근 PET 스캔을 이용해 우울증 환자가 정신요법과 항우울제 중 어느 쪽에 더 잘 반응할지 예측할 수 있게 해주는 뇌 속 생체지표를 발견했다는 연구결과에 관해 읽었다. 일보진전이 틀림없고, 언젠가 뇌 스캔을 통해 우울증의 풍경을 3차원 영상으로 볼 수 있는 날도 분명히 올 것이다. 하지만 그때까지는 내 정신의 구멍들에 다량의 상담과 약물을 꽂아 넣어보며 그것들 중 어떤 것이라도 효력을 발휘하기를 기대할 수밖에 없다. 나는 전투들의 상처와 혈흔으로 가득할 내 머릿속을 그려본다. 모종의 화학작용이 일어나는 것인지, 아니면 내가 안고 다니는 해묵은 슬픔들이 현재의 자극에 꿈틀거리고 일어나 반응하는 것인지 이제 더이상 모르겠다. 진부한 선천성-후천성 수수께끼가 계속되는 셈이다. 확실한 것은 계속 나아가야 하는 상황이 고통스럽다는 사실이다.

나는 정신과 의사의 상담실에서 기억들을 끄집어내어 그것들이 내게 미치는 파괴적인 영향을 이해하려 애쓰며 40여 년이라는 시간과 거액의 돈을 아낌없이 써왔다. 쇠퇴해가는 정신치료 업계에 실로 상당한 은인이라 할 수 있을 것이다. 번번이 어머니의 관심 밖으로 밀려났던 경험 때문에 나에게 '대상항상성'이 발달되지 못한 걸까? 그래서 타인이 내 앞에 없을 때도 밀쳐내기보다는 마음에 담아 애착하는 능력이 없는 것일까? 변덕스러운 어머니 '외에는' 의지할 사람이 없었기 때문에, 친밀한 관계들의 밀고 당김이 두려운 걸까? 또 냉담하고 무섭기까지 했던 아버지와의 관계결핍 때문에, 남자들에게 끌리는 만큼이나 그들이 두려운 걸까? 철저한 확신이 없는 남자와 결혼했다가 이혼한 것도 그래서 불가피했던 걸까? 어린 시절 그토록 외로웠는데, 성인이 되었다고 어떻게 외롭지 않을 수 있을까?

아직도 나는 상담치료 전반에 대한 나의 생각을, 그 속에 뛰어들지 않는 편이 나았을지를 알지 못한다. 그렇지는 않은 것 같다. 상담치료는 여러 면에서 나 자신과 우리 가족을 이해할 수 있는 수단을 제시함으로써 나를 살려주었다는 생각이다. 재능이 있건 없건, 내가 만나온 많은 정신과 의사들 덕에 나는 시인 존 베리먼John Berryman의 〈주님께 바치는 열한 개의 말씀 Eleven Addresses to the Lord〉 첫 편에서와 같이 말할 수 있다. "저는 아직 여기에 있습니다, 크게 손상을 입었지만 기능은 하면서요." 여러 해 동안 연습해봤지만, 자기폭로란 여전히 기이하고 파악하기 어려운 것이다. 이미 손상된 품위랄까 하는 것을 조금이라도 지키기 위해서인지, 회피하고 싶은 것들, 파고 들어가기에는 너무 위태로워 보이는 수치심과 후회와 희석되지 않은 순전한 죄책감의 틈새들이 너무 많은 것이다. 오래전 세포라에서 물건을 슬쩍하곤 하던 일을 시인해, 겉으로는 도덕적인 척했지만 사실은 좀도둑이었다는 사실을 굳이 드러내야 하겠는가? 화를 참지 못하고 딸에게 퍼부은 잔인한 언사들도? 공식적으로는 심판하지 않는 분위기에서 죄를 고백하고 얻는 안도감을 위해, 그것에 뒤따를 내면의 고통과 불편을 감수할 가치가 있을까?

신기하게도 부모님이 모두 돌아가신 지금도 상담 시간에 과거 이야기를 하려면 불안감으로 숨이 차온다. 이만한 세월이 흘렀으니 이제는 이야기들이 어느 정도 아귀가 맞아 순조롭게 풀려나올 거라 짐작하기 쉽지만, 문장들을 맺지 못하거나 세부 사실을 제시하지 못하기 일쑤다. 왜 나는 가해자들에게 최종판결을 내리기를 이토록 두려워하며 아직도 지켜주려는 걸까? 그것은 지학일까, 자기보존일까, 아니면 둘 다일까? 그리고 사실 하나뿐인 우리 집안에 말할 수 없을 정도로 잘못된 뭔가가 있었다는 걸 알면 또 어쩌겠는가?

다시금 우울증을 향해 미끄러지던 이십대 중반 시절 만난 어느 유명 정신과 의사를 떠올려본다. 페인 휘트니에 사무실을 갖고 있던 그는 예리한 지성으로 정평이 나 있었다. 우리 육남매 중 하나의 문제로 예전에 부모님과 상담을 한 적도 있었다고 알고 있는데, 어쨌든 그는 상담 시간 끝 무렵 나에게 몸을 기울이고는 침착하고도 단호하게 말했다. "저기 말이에요, 당신 부모님은 둘 다 정상이 아니에요." 나는 정상이 아닌 부모와 엮인 나 자신뿐 아니라 정신의학계의 이 거성에게서 정상이 아니라고 일축되는 부모님을 향한 날카로운 슬픔을 느꼈다. 그 말을 듣는 순간, 내가 어머니에게 그 심판을 전달할 거라는 것을 깨달았다. 워낙 내가 어머니에게 모든 걸 털어놓기 때문이기도 했고, 어머니에게 전하는 순간 그 말이 힘을 잃을 것이기 때문이기도 했다. 들여다보기 싫은 것은 무조건 그랬듯이, 어머니는 '허튼소리'라는 뜻의 발음조차 괴상한 독일어 단어와 함께 그 말을 묵살할 터였다. '크바츄Quatsch!' 그렇게 종식될 터였다.

정신요법에 대한 이야기에서 간과하지 말아야 할 것이 있다. 바로 청취하는 타자인 상담치료사 본인이다. 여러 해 동안 정신치료를 받아왔지만, 나는 치과의사나 배관공을 평가하듯 상담치료사의 기술을 평가할 기준들을 개발하지 못했다. 나는 촉각을 곤두세운 왕성한 비판력을 고려할 때 이해하기 어려울 만큼 상담치료사에게 쉽게 애착을 느끼다가, 극복하기 어려운 과오가 차츰 드러나면(설교조로 말하는 습관, 내가 중대하다고 믿는 정보를 듣고 잊어버린다든가) 다른 상담치료사로 옮겨가는 경향이 있다. 세월이 흐르면서 정신요법의 잠재적 치유력에 대한 믿음에 수차례 타격을 입었지만, 그럼에도 내 무의식적 삶의 힘이 나를 오도하고 어린 시절에 묶어놓으리라는 확신과 함께 버틴다. 시인컨대 45분 또는 50분의 상담을 통해 한 인간의 내적 삶의 실타래를 풀어내려는 이 시도는 더디고 점증적인 과정인데다 비용도 많이 든다. 다른 사람들은 어리석은 짓으로, 구체적 효과가 없는 시간과 돈 낭비로 볼 수 있겠지만, 내게는 더없이 귀중했다.

21.

10월의 어느 토요일 늦은 아침이다. 나는 예전에 남동생들이 쓰던 방에 맞대어 놓인 두 개의 침대 중 하나에 누워 있다. 난폭한 생각들이 자꾸 밀려들어와 머릿속을 쾅쾅 울려대서 움직일 수가 없다. 머리도 감지 않았고 나이트가운은 제멋대로 구겨져 회복 중인 환자 꼴이다. 나는 서른다섯 살이고, 아직 아무도 그런 진단을 내리기 전이지만 산후우울증을 앓고 있다. 어머니가 교회 가기 전에 잠깐 들어와 아무 문제도 없다는 듯 일상적인 인사를 하고 나갔다. 사실은 그렇지 않다는 것, 생후 몇 주밖에 안 되는 내 딸을 제인이 입을 꾹 다물고 나를 씻기던 그 욕조에 집어넣어 익사시키는 상상을 내가 강박적으로 하고 있다는 것을 어머니도 잘 안다. 내가 다 털어놓았기 때문이다.

나의 일부는 조이를, 목욕 후에 풍기는 베이비파우더 냄새
와 기저귀 발진 치료 연고 냄새부터 기분이 좋을 때 통통한 다
리를 파닥거리는 버릇까지 그 아이의 모든 것을 사랑한다. 딸
아이는 무척 귀엽게 생겼다. 수탉의 볏처럼 일어선 붉은빛의
금발, 장미꽃 봉오리 같은 입, 성미까지 순하다. 어떤 아기들처
럼 얼굴이 빨개질 때까지 요란하게 울어대지도 않고, 울 때도
온 동네를 깨울 일은 없다는 듯 부드럽고 애교 있게 운다.

그러나 그 아이에 의해 내가 포위되는, 보살핌이 필요한 그
존재에 의해 내가 압도되는 느낌도 있다. 그리고 그 느낌 바로
아래에는 나 자신이 받지 못한 보살핌에 대한 거대한 분노, 자
신 있는 성인으로 자라는 데 꼭 필요했던 자양분을 제공받지
못했다는 박탈감이 도사리고 있다. 우리 둘 다 받아야 마땅한
것 아닌가? 나는 아직도 베고 누울 따스한 무릎이 필요한데 어
떻게 내가 이 아이를 보호할 수 있다는 거지? 아이 본인을 봐
도 차라리 태어나지 않는 것이 좋았을 거야. 조이의 조그만 몸
을 팔에 안고 욕조의 물속으로 머리를 밀어 넣는 상상을 한다.
아이는 의심 없이 몸을 내맡기겠지. 왜냐하면 나는 제가 배고
플 때 젖을 주는 바로 그 사람이니까. 그리고 아주 금방 끝날
거야. 끔찍하고 '역겨운' 일이라는 건 나도 알아. 아무도 날 동
정하지 않을 거라는 것도 알지. 그런 일을 하도록 만든 사정이
무엇이든, 세상은 나를 괴물로, 메데이아의 화신으로 여길 거
야. 감옥이나 정신병원으로 옮겨져 죽을 때까지 나오지 못하

겠지. 모든 것이 영원히, 돌이킬 수 없을 만큼 달라질 거야.

산후우울증은 다른 모든 종류의 우울증이 그렇듯 아직도 우리 문화에서 대체로 숨겨져 있으며, 오늘날까지도 진정한 임상질환으로 제대로 인정받지 못하고 있다. 최근 발표된 정부 특별 위원회의 권고사항에 따르면, 모든 임산부가 출산 전과 후에 우울증 검사를 받는 것이 좋다고 되어 있음에도 그렇다. 산후우울증에 시달리다 제 아이를 죽이는 어머니들(정신병적 산후우울증을 잇달아 겪은 끝에 2001년 6월 아침 네 아이를 물에 빠뜨려 죽인 안드레아 예이츠Andrea Yates를 비롯해)은 공감은커녕 가장 끔찍한 비난을 받아 마땅한 범죄자로만 간주되곤 한다. 티나 브라운이 〈뉴요커〉를 나와 창간한 잡지 〈토크Talk〉를 위해 안드레아 예이츠에 관한 기사를 써달라는 청탁을 받았으나, 취재만 하고 쓰지는 못한 상태에서 잡지가 폐간되고 말았다. 예이츠의 병원 기록과 기타 문서들을 보며 나는 그녀와 그 사건을 좀 더 이해할 수 있었다. 끊임없이 아이를 낳을 것을 강요하는 기괴한 종교적 신앙과 남편 탓에, 그녀는 지대한 압박감에 짓눌리며 살았다. 격심한 심적 고통과 임신이 그녀는 물론 주변 사람들에게 끼칠 위험의 증거가 자명했는데도, 그것들은 가차 없는 심판으로의 돌진 속에서 대체로 무시되었다.

출산 직후, 나는 마이클, 조이, 그리고 육아 관련 도움을 받으려고 고용한 마리아라는 보모와 함께 부모님 집으로 들어갔다. 마리아는 나이 지긋한 독일계 독신녀로 독실한 기독교 신

나의 우울증을 떠나보내며   207

자였으며, 아기가 많이 보채지 않고 잠들게 하는, 그야말로 방법론이라고 불러도 될 만한 확실한 요령들을 알고 있었다. 먼저 조이를 담요에 꽁꽁 싸서 조카들이 차례로 물려받아 쓴 흰색 고리버들 요람 구석에 엎드리게(반드시 배를 바닥에 대고 엎드리게 해야 했다) 한 다음, 등을 톡톡 치며 흔들어주는 것이었다. 또한 마리아는 아기용 놀이울이나 보행기 따위와 함께 당시 계몽된 육아법에서는 경시하던 고무젖꼭지의 절대적 신봉자였다. 고무젖꼭지를 빨면서 만족해하는 조이를 보며, 아이가 그 질기고 부서지지 않는 젖꼭지에서 스스로를 위안하는 법을 배우고 있다(유아발달 이론가들이 '자기위로'라고 부르는 심리적 과정)고 상상했다. 그런데 나는 그것을 결코 배우지 못한 것 같았다.

한편 나는 아직도 출판계에서 일했고(공동 발행인으로의 승진과 함께 책임도 많이 늘어났다), 조이가 태어난 전날까지도 병원에서 두 권의 책 계약을 성사시켰다. 우리 모두가 웨스트사이드의 내 방 한 개짜리 아파트에 살기엔 비좁기도 했지만, 당초 2주 예정으로(그러나 세 배로 늘어났다) 부모님 집으로 들어갔던 진짜 이유는 조이의 아기 방을 만들어주겠다는(따라서 나도 보살펴주겠다는) 어머니의 약속 때문이었다. 이머니는 남자 형제들 방 옆의 작은 방에 요람과 기저귀 갈이용 탁자를 들여놓았으며 동네 울워스에서 폴리에스터 재질의 카터스 '원지 onesie'[29] 몇 벌을 사오기도 했다.

그 원지들을 보고 나는 한바탕 울었다. 고마워서가 아니었다. 어머니가 갑자기 통이 커져서 내 딸을 위해 제대로 된 배내옷 일습을 장만해주기를 기대했었기 때문이다. 아기 담요와 분홍빛이 감도는 부드러운 면직 옷 같은, 그러니까 거액의 헤지펀드와 함께 1980년대 후반 어퍼 이스트사이드에 연달아 들어서기 시작한 고급 어린이 옷집에서 팔던 그런 것들 말이다. 하지만 그건 어머니를 풍족하고 아이에게 무른 할머니로 잘못 본 결과였다. 어머니는 자신을 전혀 다른 사람으로, 갓난아기를 포함해 그 누구도 지나치게 떠받들어서는 안 된다는 신념을 가진 강인한 여장부로 보았고, 따라서 좋은 날 좋은 선물을 주는 것도 끝끝내 거부했다. 세월이 흘러 조이가 바트미츠바 bat mitzvah 성인식을 치르는 열두 살이 되어, 친구들이 그들의 바트미츠바에서 받은 것과 같은 진주 목걸이나 은팔찌 등을 기대했을 때조차 어머니는 타이멕스 알람시계로 때웠다. 어머니는 사랑에든 돈에든 늘 인색했으므로, 언젠가부터 나는 그 둘이 혼동되기 시작했었다. 카터스 원지는 그야말로 치명타로 느껴졌다. 그것은 더 넓은 범위에서의 유보랄까, 나에게, 심지어 나의 아기에게도 그 무엇도 아낌없이 주기를 거부하는 태도를 암시했던 것이다.

마이클과 조이와 나는 결국 내 방 한 개짜리 아파트로 돌아

---

29) 팔다리가 드러나는 일체형 아기 옷.

왔다. 후음이 강한 억양으로 부모님 집에 '불길한 기운'이 있다고 선언한 마리아의 설득 때문이었다.(그녀는 어머니에게서 월급을 받고 있었으므로, 한층 더 자주적인 판단이라고 평가할 수 있었다.) 부모님이 젖먹이 손녀딸에게 보여주는 관심이 부족한 것에 우선 놀랐을 테지만, 그것이 전부는 아니었을 것이다. 단순한 부주의 이상의 치명적 결손, 상습적인 무관심(마음의 경화硬化? 애정과 유대감의 부전不全?) 등이 그 일을 해오면서 접한 여러 가정들과의 통상적 편차를 훌쩍 뛰어넘으면서 경보음을 울렸을 것이다. 우리 집안의 핵심에 도사린 일탈, 제대로 된 것 하나 없이 모조리 잘못 엮인 매듭들. 어린 시절의 나로 하여금 슬픔을 가눌 수 없게 했던 그것이 지금의 나에게 다시 슬픔을 가눌 수 없게 하고 있었다.

***

결혼식을 마치고 신혼여행을 가기 전, 어머니가 전화를 걸어와 아무 설명 없이 그날 저녁 마이클과 함께 집에 들르라고 했다. 우리 둘과 부모님, 이렇게 넷이 아버지의 서재에서 만났다. 공식적 절차라는 의미였다. 형식적인 잡담이 몇 분 오긴 뒤(부모님은 둘 다 부드럽게 대화를 열어가는 재능이 없었다), 아버지가 오늘 이렇게 너희를 부른 것은 이제 결혼했으니 다음 세대를 위한 준비를 시작해야 해서라고 말했다. '첫아이를 가지다'라는 표현은 쓰지 않았다. 그런 순하고 목가적인 표현은 아버지답지 않았을 것이다. 이어서 아버지는 다른 형제들에게 해준 것처럼 아파트 구매 자금을 지원해주고 싶다면서 한 가지 단서를 달았다. 새 보금자리에서 유대 율법을 지키겠다는 계약서에 서명을 해야 한다는 것이었다. 우리 육남매 중 유일하게 계율 엄수를 중단한 나를 제자리로 돌려놓겠다는(분명하게는 아닐지라도 어렴풋하게, 나를 통해 직접적으로는 아닐지라도 어머니를 통해 간접적으로) 교정책이었던 셈이다.

나는 뭐랄까 멍한 경계 상태로 아버지의 말을 들었다. 아버지의 통제 습성이 그토록 뼛속 깊어 딸의 결혼생활까지 감독하려 들 줄은 몰랐기 때문이다. 나는 평소와 달리 아무 말 없이 소파 옆자리에 앉아 있는 어머니를 바라본 다음 불도저 아래 내던져진 기분으로 1분쯤 입 다물고 앉아 있다가, 떨리는 목소리로 나는 그것을 믿지 않는다고 말했다. '그것'이란 종교 제도 전체를 뜻했지만, 아버지를 모욕하는 것으로 비칠까 두려워 구체적 언급은 피했다. 하지만 그럴 필요조차 없었다. 아버지는 내가 신앙이 있고 없고는 자신에게 아무 의미도 없거늘 웬 잔소리냐는 듯 화를 냈던 것이다. "네가 무엇을 믿든 난 눈곱만큼도 관심이 없다"고, '눈곱만큼도'를 강조하며 고함을 내질렀다. 얼굴이 벌게졌고, 입에서 침이 튀어나왔다. 그 분노의 물리적 힘만으로도 내가 산산조각 날 것 같았다. 한편 마이클은 공손히(어쩌면 겁에 질려) 침묵을 지켰다. 상황이 더 악화되기 전에 우리는 일어나서 나왔다.

둘이 파크 애비뉴를 걷는 동안, 심장이 가슴팍을 탕탕 치는 느낌이었다. 나는 부모님의 지원 없이 자립하는 것이 좋겠다고 마이클에게 제안했다. 그 순간 세상에 맞서는 대담한 젊은 연인이 된 우리 모습이 떠올랐다. 〈맨발로 공원을Barefoot in the Park〉의 로버트 레드포드Robert Redford와 제인 폰다Jane Fonda처럼, 우리는 가족과 떨어진 채 고생 속에서 웃음을 찾을 터였다. 마이클은 어물어물 그러자고 했지만, 그런 고결한 원칙을 위해 아버지의 제안을 퇴짜 놓고 싶지 않은 내심이 느껴졌다. 나 자신도 정녕 그러고 싶은지 확신할 순 없었지만, 최소한 그런 막후공작 따위에 의연한 척이라도 해야 할 것 같았다.

일주일쯤 뒤, 평소처럼 하늘색 편지지에 아버지의 방식에 동의하지 않으며 일이 그렇게 진행된 것이 유감이라고 쓴 어머니의 짧은 편지가 도착했다. 이후 계약서 서명 문제는 다시 거론되지 않았고, 조이가 태어나고 얼마 안 되어 우리는 방 한 개짜리 아파트에서 렉싱턴 애비뉴의 방 세 개짜리 아파트로 이사했다. 널찍한 내부를 예고하듯 입구가 퍽이나 거창했다. 그 점이 어머니 마음에 들었지만, 그래봤자 거실을 지나면 조그만 식사 공간에 이어 세 개의 침실이 다닥다닥 붙은 아파트였다. 나는 벽장이라고 하면 적당할 셋째 침실을 서재로 삼고 어떻게든 아파트에 정을 붙여보려고 했다. 어머니는 그 아파트에 들를 때마다 현관 입구를 둘러보며 만족스러운 얼굴로

"느낌이 참 좋아"라고 말했다. 옳은 선택이었다는 걸 본인 아니면 나에게 다짐하려는 것이었는데, 어느 쪽인지는 알 수 없었다.

22.

조이가 생후 6주쯤 되어 일상이 어느 정도 회복되었을 무렵, 내 우울증은 한결 깊어져 있었다. 공식적으로는 아직 출산휴가 중이었으므로 HBJ 사무실에 복귀하지는 않았지만, 집에서 할 수 있는 일을 했다. 당시 판권을 따내서 편집 중이던 책은 나에게 의미가 컸다. 존 레넌John Lennon과 오노 요코Ono Yoko의 섬뜩한 공생관계에 대해, 그들의 입주 어시스턴트로 일했던 사람이 쓴 책이었다. 회사에서도 기대가 커서 홍보팀장과 전화로 마케팅 계획을 자주 의논했다. 우선 초판을 대량 찍기로 했다. 이따금 집 근처 식당에서 에이전트를 만나 점심을 먹으며 이런저런 프로젝트에 대한 열의를 가장한 채 나를 움켜쥔 절망 너머로 미소를 짓고 내 눈빛이 속내처럼 슬퍼 보일지 궁금했다.

하지만 대개는 미팅 시간이 될 때까지 나이트가운 차림으로 집에서 뒹굴거나, 조이보다 9개월 일찍 태어난 딸을 둔 절친한 친구 수전을 만나 함께 유모차를 밀며 센트럴 파크를 산책하다가 종종 벤치에 주저앉아 눈물을 흘리며 더이상 나아가지 못하겠다고 하소연했다. 항우울제도 얼마 되지 않는 기운마저 몽땅 빼앗아간 듯 둔한 느낌만 줄 뿐 효과가 없어 보였다. 조이를 살해하는 상상보다 자살을 상상하는 빈도가 높아갔다. 마리아가 본래 예정보다 길게 있어주기로 하고 조이를 데리고 나가 있는 동안, 주방 서랍에서 큰 식칼을 꺼내 노려보며 냅다 가슴에 찔러넣으려 하곤 했다.

　그 무렵, 내가 정성을 들이고 있던 존 레넌 책의 출판이 아무런 협의 없이 취소되었다. 신임 발행인 직위에 오른 지 얼마 안 되었던 빌 조바노비치의 아들이 오노 요코가 변호사를 통해 보내온 경고장을 받고 결정한 일이었다. 빌의 퇴진에 대해 사전에 귀띔을 받지 못했기 때문에 나는 그 변화가 무척 갑작스럽게 느껴졌고, 아버지의 오만을 조금 물려받았을 뿐 매력은 없는 피터와의 관계가 불편했다. 한편 회사 우선의 원칙을 갖고 있던 피터는 회사에서의 위치와 아버지의 애정 양쪽에서의 내 약진에 감탄하는 동시에 분개했던 것 같다. 오노 요코의 편지 때문에 책을 포기했다는 그의 전화를 받고 나는 다짜고짜 쏘아붙였다. "나는 당신 아버지 밑에서 일하지 당신 밑에서 일하는 게 아니에요!" 물론 그것은 사실이 아니었고, 설사 사실이었다 해도 도발적이고 거친 표현이었다. 그 통화 직후 나는 HBJ에서 해고되었고, 내가 출근할 것에 대비해 경비원 두 명이 내 사무실 앞을 지켰다. 잘 나가던 경력이 그렇게 결딴났고, 나는 다시는 사무실에 발도 들이지 못했다.

아랫배를 얻어맞은 것처럼 얼얼했다. 직업적 정체성이 산산조각 나면서, 내가 상처 입은 아이에 불과할지 모른다는 여릿여릿한 의식도 증발했다. 내 능력을 깊이 신임해주었고 내가 아버지보다 더 가깝게 느꼈던 빌이 나를 구제해주지 않는 것이 한동안은 견디기 힘들었다. 그와 회사가 나에게 얼마나 중요한지를 적어서 팩스로 보냈지만 답장은 없었다.(훗날 내가 쓴 글을 칭찬하며 교류를 재개하고 싶어하는 그의 편지를 받았으나, 차일피일 답장을 미루다 안타깝게도 영영 때를 놓치고 말았다.)

***

조이가 6개월이 됐을 때, 나는 그애를 마이클과 가정부 손에 맡기고 웨스트체스터에 있는 병원에 입원했다. 어머니가 떠밀어 상담을 받은, 내 문학 이력에 관심을 보였지만 상담실에서 눈물만 흘리는 나에게 실망한 듯했던 페터 노이비우어Peter Neubauer라는 교양 있는 오스트리아인 정신과 의사의 권고에 따른 것이었다. HBJ에서 해고된 이후 내 우울증은 더욱 악화되어서, 입원 직전에는 거의 먹지도 않고 말도 하지 않을 정도였다.

당시 그 병원에는 정신병동보다는 스파를 떠올릴 만큼 기이하게 서정적인 이름이 붙어 있었다. 도심에서 북쪽으로 한 시간 거리였다. 평일 오후, 마침 이스라엘에서 돌아온 언니 데브라와 함께 아버지의 운전기사 콘래드가 운전하는 차를 타고 그곳에 갔다. 서로 말은 없었다. 나는 생각에 잠겨 있었고, 혹시 말을 빚어낼 수 있었더라도 다시 입원한다는 사실이 얼마나 나를 불안하게 만드는지 발설하고 싶지 않았다. 원장 의사는 불편할 만큼 희색이 만면한 얼굴로 나를 맞이했다. 우는소리로 언니에게 작별 인사를 하자마자 병동으로 옮겨져 손톱손질용 가위나 유리 용기 등 본인 및 타인에게 위해를 끼칠 수 있는 '날카로운 물체'를 모두 압수당했고, 간호사 사무실에 들어가 속달소포처럼 체중을 달았다. 아직도 그날의 체중이며(임신 후 체중 180파운드에서 급격히 감소한 138파운드였다) 조이와 떨어져 있다는 사실이 얼마나 이상하게 느껴졌는지가 기억난다. 나는 우울증에 시달리면서도 조이에 대한 애착이 무척 끈끈해져 있었기 때문에, 잘 자라며 입을 맞춰주고 옛날에 어머니가 나에게 불러주었던 히브리어 자장가 〈누미, 누미〉를 불러줄 내가 없는 것을 아이가 알아차릴지 어떨지 궁금했다.

처음에는 소박한 독채 병동들, 푸른 풀밭, 쾌적한 카페테리아를 갖춘 그 병원이 마치 여름 캠프 같았다. 그곳에서는 이를테면 베개를 밉거나 자신에게 상처 준 아버지, 배우자 또는 연인으로 생각하고 두들겨패는 가운데 구경꾼들은 격려의 탄성을 질러주는 사이코드라마라는 치료법을 열심히 시행하고 있었다. 하지만 그런 상호지원적인 분위기에도 그 시설이 노골적이라 할 만큼 상업적으로 운영되고 있음을, 연민만이 아니라 냉혹한 이윤추구 본능에 따라 아픈 이들을 보살피는 곳임을 금세 알아차릴 수 있었다. 헤어스프레이를 마시는 유명 정치인의 처, 메트로폴리탄 오페라 합창단에서 노래했던 남자 그리고 나를 빼면, 우리 병동의 환자들은 모두 IBM이나 콘 에디슨Con Edison처럼 정신질환에 훌륭한 건강보험 혜택을 제공하는 회사의 블루컬러 직종에 종사하고 있었다. 그 환자들은 할당된 기간 동안 입원했다가 보험 혜택이 끝나면 곧바로 퇴원 조치되는 것 같았다. 바로 전날까지 자살 이야기를 했다 해도 상관없었다.

5~6주의 입원기간 중 어머니는 아버지의 자선활동 덕분에 우리 집안의 이름이 새겨진 콘서트홀의 티셔츠를 당당히 선물로 들고 딱 한 번 찾아왔다. 그것을 들고 오기로 한 어머니의 선택에 나는 기가 막혔다. 어머니는 내가 한때 내 것이었던 고귀한 위치에서 얼마나 추락했는지 나 자신에게 상기시키기라도 하듯 정말로 '머킨 콘서트홀'이라는 글자가 박힌 티셔츠를 입고 정신병원을 활보할 거라 생각했단 말인가? 다른 사람이 가지고 왔다면 귀엽게 봐줄 수도 있었겠지만, 어머니의 손에 들린 그것은 다른 무엇보다도 징벌의 의미로 다가왔다. 어

머니는 만나서 이야기하고 싶다는 담당의의 요청도 거절했다.

한편 아버지는 병동 주방 공중전화로 매주 한 차례 전화를 걸어왔다. 통화는 짧았는데, 아버지는 그곳이 호텔이라도 되는 양 마음에 드냐고 물었다. 첫 한 주가 지나고 병원 밖에 나가도 된다고 판정받은 뒤, 나는 동료 환자들과 함께 병원 근처인 뉴욕 북부 쾌적한 동네에 흩어져 있는 제과점이나 커피숍에 들르곤 했다. 가끔은 미니밴을 타고 영화를 보러 가기도 했다. 그때마다 거울 반대편에서 '정상인'들에 구경을 당하는 기이한 '외계인' 무리의 일원이 된 기분이었다.

주말에는 마이클이 조이를 아기띠에 매달아 안고 찾아왔다. 수전도 한 살배기 에밀리를 데리고 함께 왔다. 내가 어퍼 웨스트사이드의 멍키스 앤드 베어스라는 가게에서 신중하게 고른 쫄바지·멜빵바지·스웨터 같은 사랑스러운 옷을 조이에게 간신히 입혀 오곤 했는데, 스웨터 단추가 떨어져 있거나 쫄바지 어딘가에 구멍이 나 있거나 하는 일이 잦았다. 그런 작은 것들이 나를 한없이 슬프게 했다. 마치 내가 부재하는 동안 조이의 안녕이 본질적인 면에서 방치되고 있는 것 같았다. 나는 조이를 무릎 위에 앉히고 평소보다 머뭇거리며 말을 걸었다. 따뜻하고 꼬물거리는 아이 몸의 느낌이, 섬세하게 호를 이룬 눈썹 아래 동그란 갈색 눈동자가 모든 것을 따라 움직이는 모습이 너무 좋았다. 나는 조이의 발달과정에 중대한 이 시기를 떨어져 보내고 있다는 사실 때문에 밀려오는 죄책감을 애써 떨쳐내며 "안녕, 귀염둥이야. 엄마가 너 많이 보고 싶었어, 알지?" 같은 말을 되풀이하고 아이의 정수리나 보드라운 볼에 입을 맞추었다.

그리고 면회가 끝나면 전보다 더 혼란스럽고 어두운 기분이 되어, 가정집처럼 꾸민 병동으로 돌아왔다. 어쩌다 이곳에서 잘 이해되지 않는 사유로 영구장애 혜택을 받고 나를 좋아하는 것이 분명한 뚱뚱한 레즈비언과 끝없이 카드놀이나 하고 있게 된 건지 알 수 없었다. 그녀는 나에게 레즈비언 쪽으로 방향을 틀면 스타가 될 수 있을 거라고 했다. 나는 룸메이트하고도 긴 대화를 나눴다. 장신에 민완해 보이는 그녀는 퇴원하면 이스라엘로 이주할 거라고 했다. 그다지 우울해 보이지도 않는 것이, 범속한 일상으로부터 휴식을 취하는 기분으로 세면용품 일습을 잘 정리해 넣은 가방을 들고 병원에 들어온 것 같았다.

새삼 느낀 것은 모두가 나처럼 정신병원을 다른 방법들을 다 써보았으나 전부 실패하고 수치와 자기혐오에 싸여 혹시 여기는 어떨까 하는 심정으로 기어들어오는 최후의 도피처로 여기지는 않는다는 사실이었다. 우울증이라는 용어가 널리 쓰이고 있지만 아직은 정신질환에 문화적 오명이 따라붙고, 자신이 제 구실을 못할 만큼 심각한 상태임을 시인할 경우 더욱 지독한 낙인이 찍힌다는 것을 나는 잘 알고 있었다. 입원으로 인한 사회적·직업적 폐해를 감수하기보다는 자살을 택하는 사람들이 있는 것도 이해가 되었다. 정신과 의사 케이 레드필드 제이미슨은《불온한 마음》에서 자살 충동이 최고조에 달했을 때조차 입원한다는 생각을 하면 공포감을 느꼈다면서 이렇게 술회했다. "낯익은 환경에서 멀어져 갇혀 지내고 집단치료에 참석하는, 정신병동 생활에 수반되는 온갖 모욕과 사생활 침해를 견뎌내야 한다는 생각에 소름이 끼쳤다…. 하지만 무엇보다도 내가 입원했다는 사실이 알려지면 의사라는 직업과 그 특권이 정지되는 것은 물론이고, 최악의 경우 영구적으로 의사 생활을 못 하게 될지도 모른다는 염려가 가장 컸다."

좁다란 침대에 누워 불안하게 천장을 노려보거나 사이코드라마에서 베개를 두드리지 않을 때에는, 담배연기 자욱한 '휴게실'에서 보드 게임을 하거나 다른 환자들과 그들의 삶에 관해 이야기를 나누었다. 내 담당의이기도 한 원장 의사는 성품이 따뜻한 사람이었지만, 마이클을 포함해 내 예전 삶의 흔적을 몽땅 지워 없애기로 작정한 듯 보였다. "그 사람은 당신과 맞지 않아요." 원장은 이렇게 선포했다. "당신에게는 그보다 나은 사람이 어울려요." 조이를 데리고 문병 온 마이클을 지나가다 한번 만난 것밖에 없으면서 무슨 근거로 그런 판단을 내렸는지 알 수 없는데다, 사람 자체나 의견이나(내 부모가 유독하고 인색하며, 나에게는 작가로서 화려한 미래가 예정되어 있다는 등) 전반적으로 믿음이 안 갔지만 퇴원 전까지 그냥 계속 만났다.

그곳에서 나오면서 나에게 남은 것은 퇴원 선물로 받은 동물 인형들, 뚱뚱한 레즈비언을 비롯하여 새로 사귄 친구 몇 명 (직원들은 퇴원 후 여기서 만난 사람들과 연락을 유지하지 말라고 일렀지만, 나는 그 말을 듣지 않았다), 카페테리아에서 나오던 화학성분 그득한 음료 크리스털 라이트에 대한 기호, 그리고 시설 안 세계에 대한 새삼 선명해진 감각이었다.

떠나기가 망설여졌지만, 그 기간 동안 내 속에서 나도 모르게 은밀한 재협상이 이루어졌던 것 같다. 어쩌면 구조해주겠다는 제안 따위는 없으며, 사이코드라마를 아무리 해본들 HBJ에 일자리를 되찾을 수도, 결혼생활을(부모는 말할 것도 없고) 해결할 수도 없다는 사실을 깨달았던 것인지도 모른다. 나는 집에 돌아와 점차적으로 이전 생활로 복귀했다. 조이와 놀고, 몇 달씩 연락을 끊었던 친구들과 다시 만났다. 얼마 후에는 글도 다시 쓰게 되었다. 완전히 잃어버렸다고 생각했던 열의를 되찾아 청탁 원고를 썼고, 택시에 두고 내린 스카프를 소재로 알려지거나 묻힌 크고 작은 모든 상실에 대해 〈뉴욕 타임스〉에 쓴 '그녀의 것Hers'이라는 칼럼처럼 이따금 나 자신의 경험을 소재로 한 글들을 쓰기도 했다.

23.

 가라앉지 않으려고 버둥댔지만 결국 4년 만에 다시 입원했다. 나는 프리랜서 작가로 활동하며 영화 관람 행위에 내재된 관음증적 요소와 나가기 싫은 대학 동창회 등에 대한 기사와 원고료는 한심했지만 분별력과 공평성, 박식함 그리고 반속물근성 같은 마음에 드는 나의 작가적 자질을 활용할 수 있어서 좋은 서평들을 썼다. 그러나 출근할 사무실도, 특정한 잡지와의 결연도 없는 상태라 어쩌면 부초와도 같은 신세였다. 머리가 멍해지고 입안이 마를 만큼 처방약을 한 움큼씩 먹었지만, 몇 달째 숨통을 틀어막으며 끊임 없이 나를 옥죄어오는 극심한 우울증에는 상대가 못 되는 것 같았다. 나는 실존에 불안감을 느꼈고, 다시금 해묵은 원망과 결핍감에 사로잡혔다.

 그리고 결혼을 끝장내고 싶었다. 제대로 노력해보지 않았고, 마이클을 외부의 기준(부모님에게서 물려받았으나 마이클은 물론이고 나 자신의 가치관과도 일치하지 않는 평가방법)을 통해서가 아니라 마이클 그 자체로 받아들이지도 않았다는 것을 잘 알고 있으면서도 그랬다. 그의 예술적 취향, 내가 남자다운 편안함으로 해석했던 물리적 세계와의 친화 같은, 한때 매혹적으로 느껴지던 점들이 이제는 우리의 생활과 맞지 않는 것처럼 보였다.

아직도 부모님이 마이클을 이질적인 존재로, 미지의 나라 캘리포니아에서 날아온 수다스러운 히피로 보는 것도 도움이 안 되었다. 또 본인의 직종에서 인정받지 못하고 행복하지 않은 것과 시부모들 또한 나름대로 문제가 많다는 점도 그랬다. 마이클의 아버지와 두 번 결혼했으나 마이클이 한 살 반 되었을 때 또다시 떠난 마이클의 어머니는 수완이 좋은 자수성가형 여인으로 로스앤젤레스에서 란제리 가게를 운영했다. 하지만 고집스러운데다 군림하려는 성향이 강해서 하나뿐인 자식을 있는 힘을 다해 조종하려 들었다. 한편 결혼을 밥 먹듯이 했고 월스트리트에서 그런대로 성공한 마이클의 아버지는 아들을 업계로 불러들여놓고 중개인으로 육성하기보다는 박봉을 주고 잡역부처럼 부리는 매정한 면모를 보여주었다.

게다가 마이클과 나는 조이가 출생한 순간부터 누가 아이를 잘 돌보는 요령과 정서적 수단을 갖춘 1차 부모가 될 것인지를 두고 계속 다퉜다. 첫 결혼에서 얻은 딸이 둘 있던 마이클은 조이의 식단부터(음식을 소화시킬 수 있게 되자, 매일 저녁 브로콜리를 먹으려 했다) 배변 훈련까지 양육 전반을 관리하는 적임자를 자처했다. 아버지가 그런 정도로 육아에 개입하는 데 익숙하지 않았던 나는 내 역할이 침해받는 느낌이었다. 하지만 더 중대한 진실은 내가 마이클과 함께 현재를 살지 않았다는 것, 우리 자신을 우리 사이에서 잉태되어 나온 아이의 성인 부모로 보지 않았다는 점이다. 내가 좋아하는 소설가 맬컴 라우리Malcolm Lowry의 표현을 빌리면, 나는 세월이 흘러도 "분노에 쫓기는 작은 소녀"로 남아 있었다.

입원하기 몇 주 전부터 낯익은 증상들이 덮쳐왔다. 불안에 마비되어 일어나 제대로 기능할 수가, 책을 읽거나 식사를 할 수가 없었다. 몇 번인가 딸아이를 남편과 나이 든 자메이카인 가정부 데시에게 맡겨놓고, 옷가지 서너 벌을 챙겨 부모님 집으로 들어갔다. 무엇보다도 남들에게 보이고 싶지 않아서였다. 내 급격한 퇴락을 아무도, 특히 조이는, 목격하지 않기를 바랐다. 조이는 마이클이나 데시와 함께 찾아와 평소처럼 시리얼 포장지 그림에서부터 텔레비전 드라마 〈바니와 친구들Barney & Friends〉에 등장하는 귀여운 소년까지 모든 것에 대해 조잘조잘 이야기했다. 뭔가 잘못됐음을 아이가 절대 모르게 하는 것이 중요했다. 그런데 한편으로는 내가 어떤 심정으로 살고 있는지 아이가 전혀 모른다는 생각에 마음이 아프고 아이와 멀어진 느낌도 들었다.

나는 조이를 들어올려 품에 안고 아이의 갓 감은 머리(탄 설탕 같은 색의 그 머리를 보면 미용실에서 값비싼 비용을 지불하고 그 은은한 캐러멜색으로 염색을 하는 여자들이 칭찬을 연발하곤 했다)에서 나는 샴푸 냄새를 윙윙거리는 내 머릿속 소음이 그칠 때까지 격렬하게 들이마시고 싶었다. 하지만 지칠 줄 모르는 아이의 질문에 답하거나 예전처럼 즐거운 놀이를 만들어낼 기력은 없었다. "우리 척하기 놀이 하자"라고 혀 짧은 소리로 제안하는 아이를 향해, 나는 힘없이 미소만 지었다. 그저 누워 있고만 싶은데, 모성의 열정인들 어찌 마르지 않았겠는가?

그 무렵 나는 외출이 두려웠고 대부분의 시간을 잠을 자며 보냈다. 열흘 만에 10파운드가 빠졌는데, 그런 상황이 아니라면 반가운 소식이었겠지만 다 쓸데없게 느껴졌다. 정신과 의사와의 상담을 위해 과감히 침대에서 빠져나와도 누군가가 함께 가주어야 했다. 길을 잃거나 가지 않는 경우에 대비해서였다. 또다시 강박적으로 자살 생각에 빠져들었고, 가장 좋은 방법이 무엇일지를 놓고 혼자 논쟁을 벌였다. 투신이야말로 내 분노를 가장 만족스럽게 선포할 수 있을 것 같았지만(화려하고 단호하므로), 동시에 가장 무섭고 어쩌면 아플 수도 있었다. 약은 너무 여성적이고 불확실했다. 손목 긋기는 시적이기는 했는데 역시 얼마나 확실할지 자신할 수 없었다. 그러다가 달려오는 차 앞에 뛰어드는 것이 최선이라는 결론에 이르렀다. 사고처럼 보일 수 있고, 따라서 아직 야간등을 켜고 자는 딸아이에게 자라면서 내 자살을 이해하라는 부담을 주지 않을 수도 있었다. 혼자 나가겠다고 고집을 피워 시험 삼아 빨간 신호등에서 길을 건너본 일이 한두 번 있었다. 불과 몇 센티미터 차이로 충돌을 피한 운전자가 화가 나서 소리를 질렀다. "이봐, 아줌마, 당신 미쳤어?"

탁월한 진단기술을 지녔다고 추천받은 정신과 의사와 첫 상담한 그날, 나는 맨해튼 미드타운의 병원에 입원했다. 그는 그 병원의 입원 우울증 환자 담당 과장이었다. 나를 택시에 태워 데려온 어머니가 옥색 플라스틱 의자들이 있는 볼품없는 접수계에서 기다리고 있었다. 그 의사는 내가 아는 여타 정신과 의사들과 달리 흰 가운을 입어서 어쩐지 좀 더 권위가 느껴졌다. 어쨌든 나는 논리적인 사람으로 보이는 그에게 내 시각을 이해시키려고 해보았다. 평소보다 낮은 목소리로 떠듬거리며 왜 내가 반드시 자살을 해야 하는지에 대해 주로 말했다. 내 우울증이 누구 또는 무엇 탓인지는 이제 상관없다고 했다. 자살 '외에는' 더이상 남은 것이 없다는, 나에게는 자명해 보이는 사실을 설명하려니 피로감이 몰려왔다. 나는 이제는 너무 오랫동안 무시해온 그 유혹에 귀 기울여야 할 때라고, 죽을 준비가 되었다고 건조하게 선언했다.

책상 건너편에 앉은 의사가 무엇을 성취하고 싶은지, 그리고 누구에게 앙갚음하고 싶은지 물었다. 나는 그것은 나 자신을 위한 것이라고, 그냥 떠나고 싶은 거라고 했고, 그가 딸 이야기를 꺼내자 내가 없는 편이 아이에게 이로울 거라고 했고, 그가 늘 이렇지는 않을 거라고 하자 이렇지 않은 적이 기억에 없다고 했다. 바로 그때, 그가 입원하는 것이 좋을 것 같다고 불쑥 제안해왔다. 스타이런이 썼듯이, 더이상 바깥세상에서 "고통에서 고통으로 이동하며" 버틸 수가 없어서 여기에 왔다는 걸 그가 알고 있구나 싶었다. 그날 오후, 그 병원 카페테리아에서 과연 입원하는 게 좋을지, 다른 사람들이 나를 어떻게 생각할지 물은 것 외에는 별 말도 없이 어머니와 함께 앉아 있다가 나는 의사에게 돌아가 병동으로 안내되었다.

24.

일단 입원을 하니, 이상하게 안심이 되었다. 늦은 밤 나처럼 잠 못 드는 몇몇 환자와 함께 텔레비전을 보며 무엇보다도 내 절망으로부터 보호받는 느낌이 들었던 기억이 난다. 대부분의 환자들처럼 나도 수면제 처방을 받았지만 효과가 없었고(수년 간 복용한 탓에 내성이 생긴 것이리라), 간호사 사무실의 불빛과 울긋불긋 깜박이는 텔레비전 화면 외에는 어두운 병동에서 지내는 아늑한 시간이 더 좋았다.

나는 나이트가운 차림으로 앉아, 온갖 참사와 난국들이 지금의 내 옹색한 삶에서 한참 멀리 떨어져 인류학적 차원에서 그려지는 것 같은 열한 시 뉴스를 보았다. 뉴스가 끝나면 별다른 이견 없이 영화나 토크쇼를 하나 골라서 보았다. 토크쇼 관객들이 웃으면 우리도 따라 웃었다. 마치 폐관 시간이 지난 동물원에서 기이한 동물들과 함께 우리 속에 갇혀 있을 뿐 아니라 그것을 즐기고 있다는 사실을 발견한 기분이었다. 우선 집에서와 달리 외롭지가 않았다. 딱히 친구들과 함께 산다고 할 순 없었지만, 주변에 나보다 특별히 희망에 차 있는 사람이 아무도 없다는 사실만으로도 일종의 동료 집단이 형성되었던 것이다.

웨스트 11번지의 한 층 절반쯤을 차지한 침상 20여 개짜리 개방 병동에서 보낸 그 시간을 돌아보면, 차디찬 형광등 불빛과 조무사 두어 명의 시선 아래 좁고 한적한 곳에서 끝없이 탁구공을 치고받던 광경이 가장 먼저 떠오른다. 대부분 진정제를 다량 복용한 환자들이었는데 어디서 그런 경쟁심이 나오는지 실로 놀라웠다. 나는 진정제를 맞고 반 인사불성 상태에서 몇 날며칠씩 똑같이 얼룩진 크루넥 스웨터와 바닥에 질질 끌리는 바지를 입고 다니던 삼십대 환자 브루스와 꽤 많이 쳤다. 여자 환자가 대부분이라, 몇 안 되는 남자 환자 중 한 명이었다. 남자 우울증 환자들은 다 어디에 있는지, 슬픔에 잠겨 술독에 빠져 지내는지 아니면 연쇄살인을 저지르며 기분전환을 노리는지 알 수가 없었다. 그러다 브루스가 내 어린 시절 친구의 사촌이라는 걸 알게 되었다. 힙숙 캠프에 가는 버스에서 처음 만난, 머리를 양 갈래로 느슨하게 땋아내린 아이였다. 브루스에게서 그 친구의 약간 투덜거리는 성향 비슷한 것이 엿보인다고 생각하니, 마음을 열기 힘든 남자인데도 마음이 좀 열렸다.

우리 둘은 탁구 호흡이 잘 맞아 퍽 오랫동안 랠리를 주고받았다. 둘 다 그 작은 흰색 공에 신경을 집중해 네트 너머로 쳐 넘기고, 공이 새로 회전이 걸려 되돌아오면 탁구채로 '꽉' 하는 기분 좋은 소리를 내며 또 쳐 넘겼다. 나는 그 시간을 즐겼고, 우리 둘이 미키 루니Mickey Rooney와 주디 갈런드Judy Garland처럼 남녀용 운동복을 말쑥이 맞춰 입고 전국 곳곳의 대회들에 나가는 모습을 이따금 상상했다. 탁구는 아무 때나 해도 괜찮았지만, 주로 저녁 식사 후 바깥세상 사람들이 칵테일파티에 가고, 식당에서 사람을 만나고, 아이들 숙제를 도와주는 시간에 가장 열기가 뜨거웠다.

병원의 저녁 식사 시간은 보육원처럼 다섯 시 삼십 분이었다. 식당 및 전체 회의실로 쓰이는, 벽이 유리로 된 공간 밖에 음식 쟁반들이 실린 철제 카트 두 대가 멈춰 서면, 각자 식판을 하나씩 들고(식단은 전날 아침 실제보다 맛있게 느껴지도록 적힌 얄팍한 종이 메뉴에서 선택할 수 있었다) 안으로 들어가, 수사들처럼 길고 좁은 식탁 두 개의 양쪽에 듬성듬성 앉은 사람들 틈에서 자리를 찾아 앉아서 먹었다. 식사는 길어야 15분 안에 종료되었다. 처음 며칠 동안은 왜 사람들이 그곳에서 조금 더 시간을 보내지 않는지 이해할 수 없었다. 비정상적인 환경 속에서 그나마 정상적인 사교를 할 수 있는 기회였기 때문이다. 하지만 서둘러야 한다는, 아마도 조무사들이 속히 퇴근할 수 있도록 되도록 빨리 식판을 반납해야 한다는 딱 꼬집어 말할 수 없는 묵계 같은 것이 있었다.

방 한쪽 끝에는 텔레비전이, 반대쪽 끝에는 공중전화가 있었다. 힘겹게나마 대화 비슷한 것이 시도되는 도중에 수시로 전화벨이 울려 중단되곤 했다. 누가 전화를 받건 중대한 직무 수행 중에 호출된 것처럼 성가셔하는 기색이 역력했고, 해당 전화의 수신자가 나타날 때까지 수화기는 외롭게 매달려 대롱거렸다. 때때로 10분도 넘게 시간이 흘러서야 노년층 환자들이 병실에서 불려나와 보기에도 고통스러울 만큼 느리게 공중전화에 다다르기도 했다. 하지만 주된 수신자는 십대 후반 또는 이십대의 젊은 여자 두세 명으로, 혹시 바깥세상에서 미인대회 우정상을 받고 그 매혹적인 분위기를 병원 안까지 끌고 온 건 아닐까 싶었다.

또 하나 생생하게 기억나는 것은 매일같이 바닥 청소에 사용하던 세제의 불쾌하달 수는 없는 톡 쏘는 냄새였다. 회색 제복을 입은 청소원들이 커다란 알루미늄 양동이와 축 늘어진 머리카락 같은 회색 대걸레를 들고 불쑥 들어왔다. 그들이 작업을 마치고 나가면, 베이지색 리놀륨 바닥이 어울리지 않게 윤이 났다. 휴지통도 매일 비워졌고, 공동 욕조도 비교적 청결하게 유지되었다. 가끔 시설 유지와 환자 간호 사이에 반비례적 관계가 있어 보였다. 아무도 우리에게 그다지 애정 어린 관심을 보이지 않는 것 같았다. 이론상으로는 바깥세상에서 얻을 수 없는 정서적 지원이 필요해 입원한 것이라고 할 수 있지만, 실상은 일상화된 감시 속에 방치하면서 '우리를 귀찮게만 하지 않으면 우리도 당신을 귀찮게 하지 않겠다'는 것이 전반적인 분위기였다.

가장 힘든 시간은 이른 아침이었다. 나는 단단한 베개 하나, 이상하게 촉감이 편안한 닳아빠진 면직 홑이불, 종잇장처럼 얇은 담요 두 개로 이루어진 좁은 침대에서 암담한 기분으로 잠이 깼으며, 그때마다 곧바로 다시 잠에 빠져들고 싶었다. 하지만 똑같이 암담한 기분으로 잠이 깼던 집에서와 달리, 이곳에서는 세상을 맞이할 얼굴을 하지 않아도 되었다. 명랑한 표정을 꾸며내고, 있지도 않은 진취적 기상을 과시하는 그 지긋지긋한 가면 쓰기를 포기한 이유로 나는 병원에 누워 있는 거였다. 다른 사람들은 밖에서 노력하고, 일하고, 경쟁하고, 승리하는 반면, 나는 전투에서 잠시 퇴각해 여기서 상처를 돌보고 있었다. 환자들은 옷을 갈아입고 아침 식사를 하게 되어 있었지만, 며칠 지켜보니 그러지 않아도 뭐라 하는 사람이 없어서 다른 사람들처럼 두툼한 나이트가운에 슬리퍼 차림으로 식당에 가기 시작했다.

나는 가장 나중에 카트에서 식판을 집는 편이었다. 실비아 플라스의 《벨 자》에 묘사된 안락한 서비스는 없었다. 흰 데이지로 장식한 파란 자기 접시도, 오렌지 마멀레이드가 가득 든 조개 모양의 유리그릇도 없었고, 그저 1인용 콘플레이크 한 통 또는 너무 익혀서 딱딱한 달걀 스크램블이 다였다. 나는 너무 늦게 태어난 것이다. 관리 의료 체계의 출범, 급격히 단축된 입원 기간, 상담이 아닌 약물치료의 강조로 인해, 다른 많은 것들이 그랬듯이 민간 정신병원도 옛날과는 딴판이었다. 프레데릭 로 옴스테드Frederick Law Olmsted도 아름다운 풍경에 반해 선택했다는, 유복한 환자들(시인 로버트 로웰Robert Lowell이 '출신이 좋은 정신병자'로 칭한)이 완벽하게 단장된 200에이커 경내를 거닐었던 매사추세츠 주 매클린 정신병원의 황금기는 이제 옛이야기였다.

스타이런은 《보이는 어둠》에 "병원에서는 시간이 무겁게 드리운다"고 썼다. 내게는 시간이 무겁게 드리운다기보다는 이전과 다른 덜 급박한 차원을 띠고 배경으로 물러나는 느낌이었다. 병동 생활의 신기한 점은 아침을 먹고 나도 하루가 본격적으로 시작되지 않는다는 것이다. 시간이 그냥 흘러가서 어느 지점에서 점심시간이 되고, 오후가 되고, 금세 다섯 시 반이 되었다. 물론 중간에 이런저런 사건들이 끼어들었지만(가장 중요한 것은 상담치료와 약 수령인데, 간호사 사무실 앞에 줄을 서면 개별 비닐 포장을 벗기고 조그만 종이컵에 알약을 담아서 줬다), 구석구석 기웃거리며 한가롭게 마음속을 돌아다닐 수 있었다. 앉거나 침대에 누워, 한 번도 만족스러운 대답을 할 수 없었던 원초적인 질문을 되새겨볼 수 있었다. 나는 살고 싶은가, 아니면 죽고 싶은가?

어떤 관점에서는 정신병원 입원을 현재의 상태에 대한 암묵적 도전으로, 다시 말해 어떻게든 행진을 계속 해내는 사람들의 방어책 또는 자기보호적 습관에 대한 공격으로 볼 수도 있었다. 말하자면 이런 것이다. 대체 너는 얼마나 특별하고 예민하기에 견디지를 못하는가.(제인 케니언Jane Kenyon의 시 〈우울감과의 결판Having It Out with Melancholy〉에서 어느 친구는 "신을 정말로 믿는다면 그렇게 우울하지는 않을 거야"라고 말한다. 나도 이따금 신앙과 계율을 지키는 정통파 교도로 남았다면 덜 우울했을까 하는 죄책감 속에 고민하곤 했다.)

어느 날 반들반들한 잡지 한 권을 들고 스포트라이트를 받는 누군가에 대한 숨이 찰 지경의 기사를 들춰보다가, 불과 얼마 전만 해도 내가 바로 이런 잡지들에 글을 썼고 내 글을 원하는 편집자들에게서 값비싼 점심 대접과 함께 원고 청탁을 받았다는 믿기 어려운 사실이 떠올랐다. 순간 공포감이 몰려왔다. 당대 문화계의 중심을 차지하고 있는 이들은 고사하고, 어느 누구든 내가 사라진다 해도 신경 쓰는 사람이 있을까? 내가 영원히 돌아오지 않으면, 복귀하지 않으면 사람들은 슬퍼할까? 그런가 하면, 물러나 있는 것이 고상한 선택일 듯도 했다. 내 혼이, 내 정신이, 내 몸속의 신경화학이, 또는 무엇이 됐건 무너져버린 그것이 수리를 요한다면, 야망에 눈이 멀어 계속 올라만 가는 사람들이 오히려 냉혹하고 피상적일 것이라는 생각이 위안을 주었다.

결국 나는 어느 날 오전 열 시 반 직원회의 직후, 여행가방과 쇼핑백 두 개에 거기서 생겨난 소지품들을 챙겨넣고 그곳을 떠났다. 약 3주간의 체류였는데, 극적으로 좋아져서는 아니고, 병원 생활에 자꾸 염증이 느껴진 데다 입원을 권유했던 의사가 이제 퇴원을 종용해서 내린 결정이었다. 또 노숙자 여인을 보며 그것이 내 앞날의 전조는 아닐까 두려워지듯, 계속 거기에 있다가는 무섭고도 흥미로웠던 같은 병동 환자 릴리언처럼 될 것 같았기 때문이기도 했다.

육십대 중반이나 칠십대 초반으로 보이는 릴리언은 그 병원에 들어온 지 하도 오래되어 일종의 마스코트 노릇을 했다. 입원 이틀째 날 나에게 다가와 자신을 소개한 뒤, 스파 원장쯤 되는 것처럼 병원 이곳저곳을 안내해주며 혹시 내가 놓쳤을지 모를 편의시설들을 짚어줬다. 직원들과 다른 환자들은 인내심의 한계에 다다랐다는 듯 그녀를 대하는 눈치였으나, 그 사교성을 억누르기에는 어림없었다. 그녀는 병동 내 은둔생활에서 안전감을 느끼는 것 같았고, 강제적이고 비인격적인 방식이지만 보살핌 받는 걸 좋아하는 듯했다. 그녀를 보며 불안한 의문이 솟구쳤다. 지독한 의존 성향과 자립성 결핍으로 인해 영원히 여기에 머물고 싶을 수도 있을까? 냉혹한 형광등 불빛과 반들반들 끝없이 펼쳐진 리놀륨 바닥, 아무 맛도 없는 음식과 똑같은 날들로 점철된 이곳을 집으로 삼고 싶을 수도 있을까?

알고 보니 내가 입원한 둘째 주에 릴리언의 퇴원 수속이 진행되고 있었다. 상담 의사, 병동 내 사회 복지사와 잇달아 만난 그녀는 식사 시간을 비롯해 기회만 있으면 퇴원에 대한 두려움을 우리에게 털어놓았다. 브롱크스의 복지시설로 옮겨질 거라는데, 누가 약을 챙겨줄 것이고, 그곳 수용자들과 사이가 안 좋게 되면 어쩔 것이며, 동네는 안전할지, 처음부터 끝까지 걱정이었다.

퇴원하는 날, 그녀는 본인 생각으로는 친밀한 관계였던 모든 간호사들과 조무사들을 포함하여 한 사람 한 사람과 일일이 포옹하고 입을 맞췄다. 그녀가 없는 병동은 왠지 서로 겉도는 느낌이었고, 나도 모르게 그녀의 부재가 아쉬웠다. 그녀는 병동 공중전화로 나에게 몇 차례 전화를 걸어와 마음에 들지 않는 시설에 갇힌 신세를 한탄했다. 나는 퇴원하면 찾아가겠다고 해놓고 약속을 지키지 않았다. 도움을 애원하는 누군가의 외침을 뒤로하고 혼자만 안전한 장소로 대피한 긴박한 꿈속처럼, 나는 아직도 가끔 그녀를 생각한다.

나를 데리러 온 어머니는 퇴원에 대한 내 긴가민가한 감정을 뒤집으려는 듯 과장되게 쾌활한 태도를 보였다. 사실 나는 준비가 안 된 느낌이었다. 생각해보면 정신병원에서 퇴원할 준비가 완전히 되었다는 확신을 가질 수 있기는 한 건지 잘 모르겠다. 삶을 완전히 작파하고 싶었던 것이 불과 한 달도 안 되었는데, 절망의 강도 말고는 실질적으로 변한 것이 없는 상태에서 그 삶을 다시 시작하기란 쉬운 일이 아니다. 입원 기간 중 죽음 말고 다른 선택이 있다는 것, 악령들을 제거할 수 없다면 공생하는 방법을 택할 수 있다는 깨달음을 얻는 것이 이상적이긴 하다. 결국 퇴원 결정은 의지의 행사, 또는 최소한 불신의 중단을 요구하는 것이다.

천천히 움직이는 엘리베이터 안에 어머니와 함께 서 있는데 심장이 마구 뛰었다. 한 줌의 확신도 없었지만, 다 괜찮을 거라고 스스로에게 말했다. 확실한 것은 병원이라는 환경에서 내가 찾아헤맸던 따뜻한 자궁은 없다는 사실이었다. 막연하게나마 나는 깨닫기 시작하고 있었다. 개선된 새로운 유년기를 향한 탐색은 너무나 헛되어서 죽음을 소망하는 것, 세상을 세워놓고 거기서 뛰어내리려고 하는 욕구와 동일하다는 것을. 절대적 보살핌의 시간은 지나갔고, 내가 아무리 강경히 요구해도 30년 전에 받지 못한 그것을 지금 받게 될 리는 만무하다는 것을.

25.

올 겨울 들어 두 번째 눈이다. 텔레비전 뉴스들은 잔뜩 신이 나서 주말 전까지 몇 인치 또는 몇 피트의 강설이 예측되는지를 떠벌린다. 눈은 어린아이의 그림처럼 비스듬히 쏟아져, 바닥에 닿자마자 거뭇한 반죽으로 변한다. 어릴 때 나는 목요일이 가장 좋았다. 하루만 지나면 주말이 되어서이기도 했고, 저녁 식사에 미트볼과 스파게티가 나와서이기도 했다. 그러나 지금의 나에게 목요일은 이런저런 계획들을 짜보며 우울감과 무기력을 털어내려 해봐도 주중의 기본적인 일상 구조가 없는 가운데 허우적대며 더더욱 내면으로 파고들 주말의 불길한 전령일 뿐이다. 나는 도대체 얼마나 많은 계획들(브런치, 영화, 되풀이되는 대화)을 세웠다가 무산시키는 걸까? 아니, 그보다 왜 나에겐 그런 계획들이 충분하지가 않을까? 왜 그런 기분전환

거리들이 만족스럽지 않을까? 왜 나는 이렇게 달랠 길 없을 정
도로 우울할까?

　나를 거쳐 간 많은 정신과 의사들 중 하나인 C박사는 오래
전 어린 시절이 내 안에 메울 수 없는 구멍을 남겼다고 말했
다. 사람들이 아픔을 잊으려고 마약이나 종교, 텔레비전 리얼
리티 프로그램 등을 찾는 그런 종류의 구멍 말이다. 또 그는
성장배경이 달랐다면 내가 헤로인 중독자가 되었을 거라고 말
하기도 했다. 맞는 말이라고 내 본능이 속삭인다. 대가가 무엇
이든 순간의 위안을 통해 잊고 싶은 갈망이 있어서이다. 어떤
면에서 나는 미래라는 개념이 낯설고, 계획할 줄 모르고, 자기
절제가 부족하며, 신청서를 작성해야 할 때 확신이 서지 않고,
마무리에 몹시 약하다.

　내 동년배들이 주로 택한 마리화나는 나에게 별 도움이 되
지 않았고 망상과 혼란만 불러왔다. 나는 신경을 조금 둔화시
키는 콸루드가 좋았다. 시판 중지된 것이 아쉽다. 한편 웃음가
스라고도 하는 아산화질소는, 뭐랄까, 진정을 시켜준다. 몇 번
먹어본 엑스터시는 모든 것이 다 괜찮다는, 심지어 나도 괜찮
다는 느낌을 주었다. 대체 무엇 때문에 그렇게 비참했지? 오락
용 약물들을 시험해보는 것에 비교적 관대했던 C박사가 엑스
터시는 뇌 속을 태워 구멍을 낸다며 그것만은 안 된다고 하지
만 않았어도 계속 먹었을지도 모른다.

　금요일 밤이 다가오지만, 그것은 더이상 옛날처럼 안식일의

시작을, 일의 중단과 24시간 동안의 신성한 휴식 또는 적어도 활동 중지를 알리지는 않는다. 안식일을 지키지 않은 지 수십 년이 됐지만, 세속 주간의 끝과 좀 더 높은 다른 차원의 삶을 예고하는 그 특성에는 향수가 남아 있다. 나는 특별히 영적인 편이 아닌데도(사실은 정결하고 초세속적인 것을 암시하는 '영적'이라는 단어도 싫다) 내 성장기의 삶을 지배했던 유대교 관습에서 벗어난 것에 대해 완전히 평화롭지도 않다. 관습은 저버렸으나 유대계 정체성이 여전히 강했고, 히브리인의 핏줄이 아닌 다른 무엇을 자처할 생각은 해본 적이 없다. 〈뉴요커〉 타자부에서 근무하던 1970년대 후반, 나는 유대인 직원들의 정체성을 되도록 쉬쉬하는 사내 분위기가 놀라웠다. 아직 부모님과 함께 살고 있었기에 금요일에는 일찍 퇴근해야 한다고 말하니, 생전 처음 보는 별종이나 되는 듯 사내에 대대적인 물의까지는 아니어도 한바탕 소동이 일었었다.

최근에는 어린 시절의 정통파 신앙을 포기함으로써 공동체의 위안이라는 가능성도 함께 포기한 것은 아닐까 하는 의문을 갖기 시작했다. '가능성'이라고 표현한 것은, 자라면서 그런 공동체의 느낌을 경험한 일이 없었기 때문이다. 우리 가족이 출석하던, 어퍼 이스트사이드의 요란하지 않게 부유한 신도들이 많고 격식을 중시하는 교회 '피프스 애비뉴 시나고그'가 부모님의 독무대였기 때문이기도 하고(그래도 남자 형제들은 자매들에 비해 유대감을 갖고 있었지만), 당시 어피 이스트사이드에 정통파 유대인 집안이 매우 드물었기 때문이기도 하다.

그뿐 아니라, 애당초 나는 공동체라는 것을 긍정적으로 보지 않았다. 믿음을 버린 자들을 비난하고 필립 로스 등 기질이나 특성에 있어 유대인의 모범이 되지 못한 사람들을 공격하는 집단사고의 근원으로 보일 뿐이었다. 하지만 오로지 종족적 기준에 따라 사람들과 교류하는 데서 뭔가를 얻을 수 있다는, 친구들 외에 생일과 장례식 등 경조사에 찾아와줄 사람들이 있다는 확신에서 나오는 일종의 힘 같은 것이 있다는 생각도 든다. 시간이나 장소가 불편해도 동족이라는 이유만으로 찾아와줄 사람들 말이다.

요즘에는 유대 신년제Rosh Hashanah와 속죄일Yom Kippur에만 주로 언니 부부가 나가는 어퍼 웨스트사이드의 시나고그에 간다. 이 두 축일의 전반적 엄숙함이 마음에 들고, 기도문의 순종적 태도에 이상하게 마음이 가라앉는다. 특히 노예처럼 신을 찬양하고 가능한 모든 비행에 대해 용서를 구하는 '아샴누, 바가드누Ashamnu, bagadnu'[30] 같은 기도들이 그렇다. 회개의 담론에는 뭔가 가뿐한 데가, 회색 그림자를 벗겨내는 근본적인 뭔가가 있다. 모든 것이 또렷해진다. 살거나 죽고, 구원받거나 파멸하는 것이다. 나는 바르게 살아왔거나 탈선했디(거짓말을 하고, 도둑질을 하고, 남의 험담을 하고, 누군가의 신의를 저버렸다).

---

30) 우리는 죄를 짓고 배신하였습니다.

이런 조건하에서 내 우울증은 자취를 감추고, 무슨 일을 하건 우리의 운명은 우리 손을 떠나 있다는 안도감이 그 자리를 대신하는 것이다.

심리학자 브루노 베텔하임Bruno Bettelheim이 논란을 불러온 에세이에서 강제수용소 생활은 자신을 명명백백하게 삶의 편에 서게 해준 묘한 카타르시스적 경험이었다고 쓴 것이 어떤 의미인지 이해가 된다.(그는 상황이 치명적으로 악화되기 전인 초창기에 다하우와 부헨발트에서 잠시 지냈다.) 심지어 그는 어느 프랑스인 기자에게 수용소에서 보낸 해가 자신의 일생에서 자살 생각을 하지 않은 유일한 시기였다고 털어놓기도 했다.

주중에는 일을 하게 되어 있고, 밖에서 보면 나도 뭔가 할 일이 있는 사람처럼 보인다. 나는 글을 쓰거나 글을 쓰려고 한다. 이메일에 회신을 하고, 허공을 노려보고 일어나 냉장고를 뒤진다. 비상근 어시스턴트인 제임스가 들어와 내가 정말로 생산적인 활동을 하고 있는 것 같은 모양새를 만든다. 그는 전화를 받고, 내가 쓰지도 않을 서류 정리 체계를 만들고, 내 글을 비평하고, 청구서들을 지불하고, 다른 어시스턴트들에게 전화를 걸고, 인터뷰 약속을 잡고, 서평용 책을 요청하고, 밀린 원고료를 독촉한다. 나에게 제임스는 사치지만, 이제는 그를 필수적인 존재로 보게 되었다. 그는 질서를 유지하도록 도와주는데, 내가 혼자는 잘 못하는 일이다. 나는 산만함 속에서 산다. 그것은 이를테면 메인 이벤트에서 멀어져 내 의식이 깃들어 사는, 내가 있고 싶은 곳이다. 알고 보니 제임스도 우울증이 있어서 출근해서 일은 안하고 내 침대에 누워 있기도 하고, 전날 밤 늦게까지 이어진 술자리로 기진맥진해서 오후 두 시에 간신히 나타나기도 한다. 가끔 우리는 서로의 어둠에 대해 이야기를 나누고, 슬금슬금 상대에게 다가가는 두 마리의 코끼리처럼 조심스럽게 서로를 탐색하며 경계의 눈빛으로 동병상련을 희구한다.

나는 밤늦게까지 〈찹트Chopped〉라는 심야 요리방송을 보는 일이 많다. 메추리알이며 금귤 같은 이국적 식재료들을 놓고 요리사들이 경쟁하는 프로그램이다. 내가 즐겨 보는 요리방송은 이것 말고도 여럿인데, 제일 좋아하는 것은 아무렇게나 쳐낸 염색 금발에 통통한 몸집, 그럴싸한 구변을 가진 가이 피에리Guy Fieri가 진행하는 〈다이너스, 드라이브인스, 앤드 다이브스Diners, Drive-ins, and Dives〉이다. 그는 빨간 컨버터블을 타고 전국을 누비면서 쾌활한 사람들이 모여 수북하게 쌓인 닭 날개, 두툼한 햄버거, 잘게 찢은 돼지고기가 든 타코 같은 것들을 먹어대는 수수한 식당들을 찾는다. 그런 장면을 보고 있으면 마음속에서 깊은 평정감이 샘솟으면서, 세상이 잘 돌아가고 있다는 느낌이 든다. 수없이 종종걸음을 치며 자르고 벗기고 부어가며 음식을 준비하는 모습, 한 접시의 요리가 완성되어 나오기까지의 점진적 과정을 지켜보는 것이 정말 좋다.

나는 고도로 발달된 미각을 가졌다고 할 수 있지만(요리에서 어떤 재료가 빠졌는지 또는 무엇을 첨가하면 맛이 살아나겠는지 쉽게 찍어내는 편이다) 요리라는 행위 자체는 늘 겁이 났다. 딸아이가 어렸을 때 달걀 스크램블은 현명한 우유 활용법이고, 적당량의 소금과 후추를 사용해 극소수의 사람들만 할 줄 아는 신중한 젓기를 해야 하는 고급 기술임을 설득시킨 일이 있었다. 아이는 걸상에 앉아 눈을 동그랗게 뜨고 내가 달걀 요리를 하는 모습을 주의 깊게 지켜본 다음, 언제나 아주 맛나게 먹어주었다. 나는 내 어머니와는 다르게 아이를 위해 쿠키를 구워주는 엄마(체크무늬 앞치마를 야무지게 두르고 초콜릿 칩 쿠키 반죽이 묻은 나무주걱을 손에 든 도나 리드Donna Reed 같은 어머니)가 되고 싶었지만, 그럴 운명이 아니었다. 반대로 나는 〈길모어 걸스Gilmore Girls〉의 어머니처럼 참치 샌드위치와 스파게티와 미트볼처럼 간단한 요리 몇 가지만 익혀 마치 대가의 작품인 양 내놓는, 재미있지만 겁 많은 엄마에 속했다.

시간이 흐를수록 생활의 의무를 감당하지 못할 것 같은 느낌이 커져간다. 현재는 92번 가 Y에서 진행하는 '독서의 기술' 강좌가 그것이다.(독서 목록:《등대로To the Lighthouse》《훌륭한 병사The Good Soldier》《영화 관람객The Moviegoer》《주어진 대로 살기Play It as It Lays》) 어머니와 함께 있으면 도움이 될 것 같아 수요일 저녁에는 어머니 집에 간다. 아버지가 돌아가신 뒤 어머니는 내게 좀 더 자리를 내어주고, 글을 쓰고 가르치려는 나의 노력을 전보다 눈에 띄게 지지해준다. 내가 성장했던 공간에 돌아와 있음으로써 나 자신의 상황을 조금 거리를 두고 바라볼 수 있는 점도 있다. 이제는 그곳에 갇혀 있지 않아서인지, 모든 것이 내가 살던 때 그대로라는 사실에서 까닭 모를 위안을 느낀다.

나는 사회규범에 맞서는 반항아 머라이어 와이어스Maria Wyeth(Maria지만 머라이어 캐리Mariah Carey처럼 '머라이어'로 발음한다)에 격하게 공감하며《주어진 대로 살기》를 세 번째 또는 네 번째 읽고 있다. 꼼꼼히 메모를 하고, 버릇대로 좋은 구절에는 밑줄을 치고, 수업에서 할 질문이나 단상도 적어둔다. "완전하고 치명적인 작은 책"이라고 쓴다. 이어서 "그녀(머라이어를 가리킨다)는 하나의 유형인가, 아니면 특수한 문제인가?"라고 쓰고, 또 이어서 "그녀(존 디디온Joan Didion을 가리킨다)의 어조는, 독창적으로 거리를 둔 친밀감은 가까이 다가왔다가 물러간다. 의도적으로 감정을 절제시킨 그녀의 문장은 앤 비티Ann Beattie부터 데보라 아이젠버그Deborah Eisenberg까지 수많은 작가들에게 영향을 끼쳤다. 이제 막 싹트는 특정한 감정적 고통에 적합한 글쓰기다"라고 쓴다.

고통에서 벗어나려고 로스앤젤레스의 고속도로를 달리는 말수 적은 서른한 살의 이혼녀 머라이어 와이어스와 그녀를 민완하게 관찰하는 사람이 동시에 될 수 있을까?

이것이 내 딜레마의 핵심이다.

26.

조이의 고등학교 2학년 봄방학 동안 함께 세도나에 가기로
했다. 바너드 기금 모금 행사에서 경품에 당첨되어 그곳 리조
트에 닷새 동안 머물 수 있게 되었기 때문이다. 평소 내 행동
반경을 벗어나는 어딘가에 가게 되면 미리부터 불안해지는 증
세를 고려할 때 편치 않아야 할 여행인데, 몇 달 전 어머니가
폐암 진단을 받은 터라 필사적으로 떠나고 싶었다.

암은 불시에 찾아왔다. 흡연자였던 외할아버지와 아버지와
달리 어머니는 담배를 전혀 피우지 않은데다, 문제가 있다면
오히려 심장 쪽일 거라는 생각이었다. 사실 폐암 4기 진단을
받기 두 해쯤 전에 촬영한 흉부 엑스레이 사진에 흑점이 잡혔
는데, 어머니가 신뢰한 담당의사가 그것을 일축한 바 있었다.

밀착 간병이 이미 시작된 참이었다. 언니 데브라가 이스라

엘에서 돌아왔고, 우리 육남매 중 하나가 돌아가며 매일 밤 어머니 곁을 지키기로 했으나, 으레 그렇듯 짐은 딸들에게 떨어졌다. 어머니가 특유의 도착적 방식으로 기괴하도록 명랑하게 자신의 불치병 소식을 알려왔을 때, 나는 공포에 사로잡히는 한편 어머니가 건강했을 때 결코 성취하지 못했던, 어머니 밑에서 빠져나와 이제라도 나 자신의 삶을 움켜쥐고 싶다는 욕구를 느꼈다. 그래서 애리조나 여행 강행이라는 미심쩍은 결정도 내린 것이다.

세도나에 도착한 날 밤, 호텔 세면용품의 실망스러운 수준부터, 아무리 결함 많은 어머니였다 해도 저렇게 몸이 아픈데 혼자 두고 떠나왔다는 괴로운 자책까지, 여러 이유로 기분이 곤두박질쳤다. 아니, 어머니의 임박한 죽음을 아직 받아들이기가 어려워 뉴욕에서 출발하기 전부터 위태위태한 느낌이었다고 해야 맞다. 게다가 본래 나는 보금자리를 떠나면 내가 누구인지, 낯선 환경에서 어떻게 처신해야 하는지 몰라 늘 불안한 체질이었다. 비행기 안에서 뭔가 때문에 딸아이와 말다툼을 벌이고는 서로에게 다시는 말을 걸지 않기로 작정한 듯 굴었던 것도 도움이 안 되었다. 나는 가짜 벽난로 불빛이 펄럭대는 호텔 방에서 화장실 문을 닫아걸고 절망에 압도되어 미친 듯이 울었다. 나라는 인간과 내 삶의 모든 것(재혼을 못하는 것, 운전을 못 배우는 것, 책을 더 못 쓰는 것 등등)이 잘못되어 보였다. 아직 어린 나이이고 중대한 시기를 보내고 있는 딸아이에게 내 자살 경향이 알려진 것을 포함해 어머니로서 실패했다는 자괴감도 빼놓을 수 없었다. 우울증이 홍역처럼 전염되지 않는다는 건 알지만, 아이가 나의 민감성에 '물들'지는 않을까, 삶의 불가피한 장애에 나를 따라 반응하게 되지는 않을까 늘 두려웠다.

조이가 기껏해야 예닐곱 살쯤이었을 때의 일이다. 무슨 일인가로 내가 성가셔하자, 아이는 돌연 식칼을 가지고 방에 들어가 자살하겠다고 선언했다. 자기가 가장 좋아하던 분홍색 리본들이 새겨진 잠옷을 입고 있었던 것이, 그리고 일곱 시 반이 취침 시간인 꼬마와 그 발언이 너무나 어울리지 않아 보였던 것이 기억난다. 소스라치게 놀란 나는 아이의 방에 따라 들어가 식칼을 빼앗은 뒤, 아이를 달래고 잠들 때까지 책을 읽어주었다. 그런 행동은 이후 다시 되풀이되지 않았지만, 아직도 나는 죄책감을 느낀다. 내가 어머니와 대화하던 중 자살하겠다고 협박한 것을 엿듣고 한 짓이라고밖에 추측이 안 되기 때문이다. 조이가 다 자라자, 내 우울증이 극심해지는 시기로부터 아이를 보호하기가 더욱 어려워졌다. 최악의 경우, 사실상 거동도 말도 하지 못하는 지경에 빠지는 모습을 아이가 목격하기도 했다. 친구들과는 달리, 대학 진학을 앞두고도 신나 보이지 않은 것도 어쩌면 당연했다. 제가 집을 떠나면 내가 미쳐버릴 거라고 짐작했을 것이다.

세도나 여행은 많은 비와 지독한 무기력으로 점철되었다.

얼마나 심했느냐면, 조이와 나는 호텔 방 창을 통해 장엄한 붉은 바위들을 홀끗 바라보았을 뿐, 주변의 이름난 절경을 구경조차 하지 않았다. 물론 현지 가이드를 고용해 아메리카 인디언 유적지들을 보러 가기도 했고, 딱 하루 하늘이 갠 날에는 헬리콥터를 타고 그랜드 캐니언 상공도 돌아보았다. 가파른 절벽들 아래까지 하강하면서 나를 에워싼 그 광대함에 즐거이 심취할 수 있었다. 조종사와 그가 겪어본 콜로라도 시티의 모르몬교도들에 대해 이야기한 기억이 난다. 그즈음《슬레이트 Slate》에 실을 HBO 드라마 〈빅 러브Big Love〉의 비평 기사(나는 일부다처제를 우려할 만한 문제이기보다는 지루한 일로, 이를테면 "길고 긴 하렘의 악몽"쯤으로 표현하고 있다며 그 드라마의 작가들을 비난했다) 때문에 모르몬교도들의 삶에 관한 기록을 많이 읽은 터였고, 이참에 모르몬 문화를 현장 취재해볼까 하는 생각도 하던 참이었다. 뭔가에 진정으로 몰입할 때, 짓누르는 자의식의 틈새로 잠깐 얼굴을 내밀곤 하는 나의 활기차고 긍정적인 측면이었다.

하지만 대부분의 시간에는 그곳의 유명한 스파에서 두툼한 가운을 걸치고 뚱뚱한 몸을 의식하며 예약 시간을 기다렸고, 과일 맛을 첨가한 물을 마시고 생야채를 뜯어먹었다. 한편 조이는 틈틈이 숙제를 했다. 북유럽식 마사지를 받고 나서는 아예 세도나로 이사할까, 그래서 오고가는 말들을 종합해보건대 작가 존 스타인벡John Steinbeck의 가까운 친척으로 짐작되는 아름다운 여인의 손에 내 몸을 계속 맡겨볼까 잠시나마 진지하게 고민하기도 했다. 그녀는 나에게 매우 소중한 사람이 몹시 아프며, 이제는 내가 과거의 수많은 고통스러운 경험들을 뒤로할 때라고 말해주었다. 둘 다 맞는 말이었기에, 당장 그녀를 내 삶의 중요한 위치에 끌어오고 싶었다.

그것을 빼면 시간은 더디게 흘러갔다. 저녁을 먹고 나면 기념품 가게에서 앙증맞은 물건들을 하염없이 들여다보았다. 표어가 박힌 컵과 티셔츠들, 평소 절대 듣지 않는 숲을 연상시키는 이국풍의 음악 CD들, 아메리카 인디언 부족들의 토산품인 은제 버클을 박아 넣은 근사한 가죽혁대 같은 것들이었다. 그러는 사이사이, 속에서 올라오는 지독하게 자기심판적인 생각들을 물리쳐야 했다. 왜 나는 자연의 유혹에 좀 더 열렬히 반응하지 않는지(자신에게만 골몰하느라 주위의 가공되지 않은 아름다움에 주의를 기울이지 못하는 걸까?), 그리고 왜 우리는 애당초 여기에 온 것인지.

마지막 날 밤에는 여태까지와 달리 커피숍에서 저녁을 먹지 않고, 그곳의 고급 음식점에서 먹기로 하고 예약을 했다. 화해하고 친구로 돌아온 딸아이와 나는 만면에 미소를 띤 웨이터가 내오는 식사를 풀코스로 즐겼다.(프레드 플린스톤[31]만 한 고깃덩어리가 포함되어 있었다.) 와인도 주문해 함께 마시며 텅

---

31) 영화 〈고인돌 가족 플린스톤〉의 주인공.

비다시피 한 식당에서 수십 년 지기처럼 그날은 어땠으며 이번 여행이 뭘 남겼는지 같은 이야기를 나누었다. 그곳에서 많이 접한, 뿌리 뽑힌 아메리카 인디언 부족들의 시련에 대해 열변을 토하는 조이를 고개를 끄덕이며 바라보다가 아이의 공감 능력에 새삼 감명을 받았다. 음식점을 빙 둘러 천장부터 바닥까지 통유리로 낸 창 너머의 어둠에 눈길이 맞는 순간, 내 삶의 일상적 흐름과 나를 속박하는 모든 관계들에서 끊겨 좌초했다는 유쾌한 느낌이 찾아왔다. 갑자기 궁금해졌다. 더 자주 떠나야 하는지, 시인 아르튀르 랭보Arthur Rimbaud처럼 세상을 방랑해야 하는지, 닻 내릴 곳 찾기를 그만두고 의도적으로 표류해야 옳은지….

하지만 뉴욕과 죽어가는 어머니가 나를 기다리고 있었고, 머지않아 이번 여행을 떠올리게 해줄 것은 기념품 가게에서 구입해 침실 책장에 올려놓은 작은 진흙 항아리들뿐이게 될 터였다. 각각 청록색·황갈색·암갈색이었으며 셋 다 소량의 모래가 담겨 있는데, 그 안에 말 같기도 하고 개 같기도 한 모형 동물상이 묻혀 있었다. 아메리카 인디언들의 어떤 의식에 사용된 물건이었는지는 기억이 안 나지만 망자의 추모와 관련된 것 같았다. 어쨌든 그것들이 전달하는 장난스리우면서도 구체적인 상실의 정신이 마음에 들었다. 먼 옛날의 기억들과 해묵은 갈등들에 파묻힌, 그리고 다가올 상실을 외면하고 도피하는 나 자신과는 너무 달랐다.

어머니 없이 어떻게 살 수 있을까? 나는 어머니를 많이 원망했지만, 사실 어머니는 어머니 살해를 포함해 내 머릿속의 모든 생각을 나누어온 대상이었다. 처음 어머니의 방문 밑에 쪽지를 밀어 넣은 이후로, 나는 어머니에게 그리고 어머니를 위해 글을 써왔다. 어머니는 매끄러운 표현과 적절한 어휘를 알아보리라 내가 믿어온 사람이었다. 전화 한 통 거리에 어머니가 없는 세상을 내가 어찌 살아갈 수 있을까? 발화되지 않은 이 질문은 여행 내내 나를 따라다니며 매일 저녁 어머니의 상태가 어떤지 전화를 걸어 확인하게 했고, 집에 남아 곁을 지키며 언니들과 효녀 경쟁을 하고 있는 것과 다를 바 없게 나를 어머니에게 꽁꽁 묶어놓았다.

27.

"머리 좀 어떻게 할 수 없니?"

어머니가 돌아가시던 해에 슬론 케터링 암센터에 찾아갔을 때 나를 보자마자 하시던 말이다. VIP층의 독실은 소파와 탁자가 들어갈 만큼 널찍했고, 호텔 스위트룸처럼 장식되어 있었다. 물론 하루 입원비가 엄청났다.(어머니는 남편의 재산에도 불구하고 간소하게 사는 여인으로, 동네를 출입하는 영업사원들로부터 기사 딸린 자가용을 가진 안방마님보다는 가정부로 오인되는 것을 좋아했지만, 최고에 못 미치는 시설에 가게 됐다면 틀림없이 분노했을 것이다.) 병과 목전에 닥친 죽음에 시달리고 있으니 강박적인 트집 잡기는 그만둘 만도 했다. 내 머리가 어떤 꼴이든 무슨 상관이란 말인가? 아직 남아 있는 시간을 함께하는 것이 중요한 것 아닌가?

하지만 어머니는 조이를 임신한 이후 무슨 이유에서인지 결이 바뀌어 점점 곱슬곱슬해지고 부드러움을 잃다가 습한 여름철이면 완전히 곱슬머리가 되어버리는 내 머리카락을 애당초 마뜩치 않아했다. 대부분의 여자들과 달리 나는 헤어드라이어나 헤어롤 또는 플랫 아이언으로 머리를 직접 손질하는 기술을 배우지 못했기에, 의도적으로 교묘히 헝클어놓은 스타일로 보이기를 기대하고 그냥 말린 뒤 값비싼 헤어용품을 바르곤 했다. 내 머리(젊은 시절의)는 어머니와 내가 공히 괜찮다고 평가한 나의 몇 안 되는 장점 중 하나였다. 대여섯 살 때부터는 어머니는 '커튼처럼' 늘어뜨려진 곧고 반짝거리는 내 머리카락을 짧게 치지 않고 어깨에 닿을 만큼 기르게 했다.(내 의견이 참작된 결정은 아니었다.) 제인은 뚱한 표정과 거친 몸짓으로 내 머리를 빗어 땋아주었고, 안식일을 비롯한 특별한 날에는 리본을 묶어주기도 했다.

필립 로스의 최신작과 가톨릭으로 개종하고 작가로서 높은 명성을 누렸지만 강제수용소에서 사망한 프랑스 유대인 이렌 네미로프스키Irène Némirovsky의 《프랑스 조곡Suite Française》 등 책과 비디오들을 싸들고 찾아간 길이었다. 어머니는 이른바 '슈머커스shmerkers'(독일 사투리일 수도 있고, 어머니는 히틀러가 유대인들의 본질적 이질성을 증언하기 위해 쓴 말이라고 주장했지만 어디서도 그 흔적조차 찾을 수 없었던 표현 '아트프렘트Artfremd' 처럼 이머니가 만들어낸 말일 수도 있다)라는 가벼운 작품들을 비롯해 현대소설도 열심히 읽었지만, 무엇보다도 비디오에 심취해 있었다. 입원 사이사이 집에서 머무는 동안 병세가 악화되고 기력이 쇠할수록, 어머니는 '여자아이들 방'이라고 불리던 본인의 침실 옆방으로 건너가 엷은 빛깔의 가죽 의자에 앉아 몇 시간이고 영화를 보곤(때로는 두 편 연속으로) 했다.

어느 날 저녁 바로 거기서 어머니와 함께 〈지금 쳐다보지 마Don't Look Now〉를 보았다. 집에서도 옷을 갖춰 입던 어머니가 그날은 긴 벨루어 나이트가운에 흰 가죽 슬리퍼를 신고 있었고 옆에는 찻잔이 놓여 있었다. 어머니에게서 비타바스 향이 희미하게 풍겼다. 어렸을 때 어머니는 왠지는 모르지만 내가 야생의 향취라고 생각한 '앤틸로프 바이 웨일'이라는 은은한 향수를 좋아했다. 〈지금 쳐다보지 마〉는 내가 좋아하는 영화였다. 사고로 딸을 잃고 슬픔에 잠긴 부부가 베네치아 여행을 가서 자매간인 두 여인을 만나는데, 그중 하나가 심령술사다.

20년도 더 지나 다시 본 영화인데, 처음에 봤을 때와 똑같이 관능적이고도 폭력적인 섬뜩한 분위기에 충격을 느꼈다. 어머니도 깊이 몰입한 모습이었는데 줄리 크리스티Julie Christie와 도널드 서덜랜드Donald Sutherland의 긴 섹스 신을 어떻게 생각하고 있는지 궁금하기도 했다. 두 사람이 섹스를 하는 척하는 게 아니라 실제로 '했다'는 소문이 있어서인지, 무삭제판은 정말 사실적으로 보였다. 어머니는 언제나 자신이 성 문제를 조심스럽게 다루지 않는다는 것을 자랑스러워했다. 와병 몇 년 전엔가 자위행위에 대해 대화한 적이 있는데, 그 화제를 대수롭지 않게 다루는 것을 보고 놀랐다. 자유분방한 미국에서 태어난 내가 어쩌다 구세계 유럽 출신의 어머니보다 성적으로 억제되었을까?

곁에 앉은 내가 이따금 어머니의 기미투성이 손에 내 손을 얹었을 뿐, 방 안은 고요했다. 에어컨 돌아가는 소리와 닫힌 창 너머의 어렴풋한 도시의 소음이 다였다. 종착점이 보이는 지금 어머니는 얼마나 외로울까, 나는 궁금해졌다. 무감한 아버지에게 묶여 살아온 어머니의 외로움은 내가 전부터 자주 생각해본 주제였다. 어머니는 얼음처럼 차가울 수 있지만, 짜릿할 정도로 예기치 않게 따뜻할 수도 있는 사람이었다. 드물긴 했지만 어머니의 포옹이 특히 좋았다. 내가 집에 가면 어머니는 펠로폰네소스 전쟁에서 귀환한 장군이라도 맞듯 양팔을 내밀어 나를 끌어안아주었다. 어머니에게 할 말, 아직 못다 했거나("어머니가 날 진정으로 사랑한다는 느낌을 한 번도 받지 못했어요") 효과가 극대화될 만큼 충분히 하지 못한("어머니가 더 좋은 어머니였다면 좋았을 거예요") 말이 너무 많았다. 항상 바라던 바는 모쪼록 어머니가 이 어두운 진실을 받아들이고 자신의 엄중한 실패에 사죄하여 마침내 마법과도 같은 화해가 이루어지는 것, 우리가 흐느끼며 서로의 품에 안기고, 사실은 사랑받는 딸이었음을 마침내 내가 깨닫게 되는 것이었다. 그렇게 되면 평생 이어져온 우울감도 치유되고 끝없는 당혹감도

(어머니의 무관심은 어쩌자고 다음 세대로까지 이어져 세상에서 가장 정 없는 할머니가 된 걸까?) 사라질 터였다.

하지만 어머니는 텔레비전 화면에 펼쳐지는 극에만 완강히 빠져들 뿐, 장황하고 눈물을 흘릴 정도로 깊은 차원의 대화에 참여할 의사는 전혀 없어 보였다. 사실 나란히 앉아 말없이 영화를 보는 것도 접속의 한 형태지만, 이제 남은 시간이 별로 없는데 어머니는 그 시간조차 친밀감을 나누는 데 쓰려고 하지 않는다는 사실이 아프게 느껴졌다. 어머니는 영화 속으로 도피함으로써 죽음의 현실과 그것이 자아내는 모든 감정들(틀림없이 슬픔보다는 분노였을 것이다)에서 격리된 채 위해로부터 보호받는 느낌을 누렸던 모양이다.

마치 온 우주에서 본인 한 명만 죽을 운명으로 선택된 양 하도 화가 나 있어서 무서운 순간들이 있었다. 자식들이 불공평한 우위를 차지했다고 또다시 느끼는 것 같을 정도였고, 전에는 그 대상이 돈이었다면, 이제는 목숨 자체였다. 7년 전 아버지의 죽음과 함께 부여된 새로운 출발을 부당하게 빼앗겼다는 분노도 있었을 것이다. 어머니는 아버지 없는 삶을 수십 년 노동의 대가로 얻은 은퇴생활처럼 즐기고 있었으며, 그런 시간을 오래도록 누리고 싶어했다. 온전히 자신만의 모습으로 피어나는 어머니를 보면서, 나는 어머니의 결혼생활과 그것이 요구한 타협을 생각했다. 어머니와 가장 가까웠던 친구 하나는 부모님이 서로를 매우 깊이(자식들을 포함해 모든 타인이 배제될 만큼) 사랑했다고 했다. 하지만 어머니가 지나가는 말처럼 자신이 정신과 의사의 도움을 구한 적이 있었다고, 하지만 한두 번 상담을 받고 그만뒀다고 나에게 털어놓았던 기억이 떠올랐다. 계속 상담을 받다가는 이혼하게 될 것 같았다는 것이다. 평상시 버릇처럼 별것 아니라는 투였지만, 그 일화에 내포된 암시는 충격적이었다.

어머니는 늘 자신의 금욕적 태도랄까, 법석 떨지 않고 불편과 고통에 맞서는 자세에 자긍심을 갖고 있었다. 그런 특성은 어린 시절 여름마다 사랑하는 아버지를 따라 남자 형제들과 독일의 전원에서 불평 없이 지치지도 않고 긴 하이킹을 했던 경험에서 우러나온 것이었다. 여러 해 전 언니 데브라를 도와 캐비닛을 옮기다가 캐비닛이 어머니에게 기울어져 어머니의 코에 엄청나게 큰 멍이 들었다. 코가 부러진 것 같았는데도, 그때 어머니는 아프다고만 했을 뿐 병원에 가지 않았다.

다가오는 죽음도 동일한 방식으로 맞으리라 결심한 것이 틀림없어 보였다. 알고 보니 어머니는 통증 완화 전문가인 내과의와 자신이 불치병 진단을 받을 경우 화학요법이나 실험용 약물을 통한 연명치료를 하지 않는다는 모종의 협약을 맺어두었다.(어이없게도 그 내과의는 수년 전 엑스레이 촬영에서 발견된 흑점을 간과했다고 어머니가 의심한 바로 그 의사였다.) 하지만 불치병의 현실 앞에서 그런 다짐은 오래가지 못했다. 결국 어머니는 가능한 모든 치료법을 시도하기로 했으며, 최신 의료 서

비스를 찾아 주치의가 있던 마운트 사이나이 병원을 떠나 슬론 케터링 암센터로 옮겼다. 그 와중에도 가정부를 꾸짖고 가냘픈 필체로 금요일 저녁과 안식일 점심 메뉴를 써내는 등 집안일과 일상에 대한 고삐를 단단히 쥐고 놓지 않아 우리를 성가시게 했다.

병원에서 지내는 동안 드물게나마 생각에 잠기던 어머니가 아무도 자신과 죽음의 현실을 논하고 싶어하지 않는다고 말했다. 특히 가까운 친구 하나는 어머니가 죽어간다는 눈앞의 현실에 집중하기보다는 심장병과 시력 약화 같은 자기의 우환에 대해 말하고 싶어한다며 분개하기도 했다. 내가 정면 돌파를 결심하고 죽음에 대해 어떻게 생각하느냐고 물었더니, 죽음은 자신이 태어나기 전 해인 1918년 같다는 대답이 돌아왔다.(오래 사유해온 것이 분명했다.)

깨끗한 백지 상태에 대한, 자기절멸에 대한 그 절대적 수용에 나는 깜짝 놀랐다. 누군가가 출생하기 전의 세계는 사망 후의 세계와 적어도 한 가지 측면에서는 비슷하다. 바로 그 누군가의 부재를 전제로 할 뿐 아니라, 그로 인해 동요되지 않는다는 것. 우주 전반에, 육친을 뺀 만인에게 어머니가 중요하지 않다는 생각은 나를 몹시 슬프게 했다. 저렇게 강력한 인물이 어떻게 다른 사람들과 똑같은 바닷가로 쓸려갈 수 있단 말인가? 영락하고 격노한 리어 왕이 황야에서 비틀거리는 모습을 보는 기분이었다. 어머니를, 나와 우리 남매들에게 그토록 커다란 그림자를 드리운 이 여인을 자신이 우주적 차원에서 하찮은 존재라는 인식으로부터 보호해주고 싶었지만 너무 늦었다는 걸 알 수 있었고, 지금 생각해보면 사실 어머니가 그 통렬하고도 자명한 진실에 나만큼 힘들어했을지도 의심스럽다.

어머니는 퍽 진전된 단계의 자아도취자로서 그런 성격에 수반되는 자기중심적 측면이 강했지만 동시에 놀랄 만큼 비감상적이어서, 자신 또는 자식들에 대한 뼈아픈 사실들을 감추고 얼버무리려 들지 않았다. 인간은 많은 현실을 감당할 수 없다던 T. S. 엘리엇Eliot의 유명한 선언이 어머니에게는 적용되지 않는다는 사실이, 좋은 일인지 아닌지 알 수 없지만, 놀라웠다. 일례로 평생 종교적 계율을 열심히 지켰으면서도, 추방당한 유대인들 대부분이 내세의 안녕을 위해 더욱 종교에 귀의하는 것과는 달리, 어머니는 마지막까지도 결코 경신敬神을 가장하지 않았다. 최후의 며칠 동안에도 랍비의 방문을 원치 않았으며, 병들고 죽어가는 이들이 위안을 찾곤 하는 전례용 시편 테힐림Tehillim도 집어들지 않았다. 신자가 아닌 것이 분명한데도 왜 정통파로 남았느냐고 묻자 어머니는 간단하고 당당하게 대답했다. "질서를 위해서지." 이 같은 명료함에서 단 하나 예외가 있다면 아버지였다. 확신컨대 어머니는 추한 구석이 보이지 않도록 바셀린 범벅이 된 렌즈를 통해 아버지를 보았을 것이다.

망자가 되어 정통파 전통에 따라 수수한 소나무 관에 들어가 묻힌 어머니를 생각해보려 하지만, 그런 노력 자체가 폭행처럼 느껴지면서 다리가 휘청거린다. 어머니가 없는 세상을, 나를 상상할 수가 없다. 사랑하는 어머니가 돌아가시자 잠시 자살을 고려했던 마르셀 프루스트Marcel Proust를 떠올려본다. 진정한 의미에서 나는 아직 어머니를 떠나지 않았으며, 영구적(균일하지는 않았지만)인 어머니의 존재에 대한 나의 충절이 보상받지 못할 거라는 것을 믿기가 어렵다. 어머니의 지도 없이 나 혼자서 내 삶과 씨름해야 한다는 것은 거의 상상할 수도 없다. 그런 전망이 가져다주는 쓸쓸함이 너무도 압도적이어서, 다른 시나리오들을 제시하려 해본다. 이를테면 내가 안도감 또는 해방감을 느낄 수도 있다는. 사실 우리의 관계는 사랑만큼이나 증오로 가득 차 있었고 그런 기본 색조가 내 남자관계에까지 영향을 미쳤으니, 어머니의 죽음으로부터 얻을 수 있는 심리적 이득도 분명히 있지 않을까?

그렇게 스스로에게 말해보는 것인데, 그렇다면 왜 나는 꼼짝도 못할 만큼 슬픔에 빠져 있지 않은 다른 상태의 나를 상상하지 못할까? "어머니가 없다면 누가 세상을 먹기 좋은 크기로 잘라 내 입에 넣어줄 수 있단 말인가?"라고 쓴 명백하게 자전적인 첫 소설을 낸 이후 그 긴 세월 동안 변한 것이 아무것도 없는 것일까? 대학 창작 시간에 쓴 〈자르지 않은 탯줄The Uncut Cord〉이라는 시로 거슬러 올라갈 수도 있다. "당신은 나를 덮어주었죠/나무의 껍질처럼/당신은 나를 덮어주었죠/머리끝에서 발끝까지/내가 하는 모든 일에/당신이 깃들어 있어요." 나는 어머니에게 내 최고의 인식을, 내 최고의 시구를 바쳤다.

어떻게 나는 상황(모녀간의 '미친 사랑amour fou'과도 같은 음산하게 얽히고설킨 심리적 관계)을 인식하고도, 그리고 수많은 정신과 의사들의 중재에도 불구하고, 그처럼 손도 쓰지 못했던 걸까? 그저 어머니는 불처럼 강한데 다른 사람들은 하나같이 약해서였을까? 다른 것은 몰라도, 내가 문턱이 닳도록 사무실을 드나들면서 끔찍한 이야기를 들려준 전문가들 중 한 명쯤은 분연히 나서서 거기에 맞설 만도 하지 않았을까? 대부분은 나름대로 시도했을 것이다. 다만 하나도 맞물리지 않았던 것뿐이다. 나는 부모의 대역이나 대체물을 원했던 게 아니라, 잡히지 않고 변덕스러운 모습 그대로의 내 어머니를 원했기 때문이다.

***

각종 치료를 위해 병원을 드나들던 어머니가 마지막으로 귀가했다. 복수를 뽑아내기 위해 가슴 양쪽에 튜브를 고통스럽게 꽂은 채였다. 7월 초, 나는 기사 취재차 며칠 유럽에 들렀다가 월요일 저녁에 돌아왔다. 전날 언니들과 패리스 시어터에 가서 최신 개봉 영화를 보기도 했다는데, 잘 주무시라는 인사를 하러 들어가보니 어머니의 모습은 완연하게 달라져 있었다. 정신이 있긴 했으나 저만치 멀어 보였다. 마치 우리를 뭍에 남겨놓고 혼자만 닻을 올려 출항한 것 같았다. 수요일에는 말도 섭식도 거의 끊겼고, 목요일 오후에는 따라오지 말라고 고집을 피우며 화장실에 들어가더니 얼굴을 바닥에 대고 쓰러졌다. 이후 더이상의 교류는 없었다. 금요일 저녁, 주치의가 다른 약물 투여를 중단하고 모르핀만 늘리라고, 이제 어머니는 '적극적으로' 죽어가고 있다고 말했다. 물을 주지 않는 것은 유대 율법에 어긋난다고 막내 남동생이 따졌지만, 결국 모두 마지못해 따랐다. 이튿날 오후 호스피스 간호사가 왔다.

나는 수요일 저녁부터 어머니 옆 아버지 침대에서 잤고, 돌아가신 전날 밤에는 어머니를 내 품에 안고 다 괜찮을 거라고 속삭여주었다. 체중이 많이 줄어 새털처럼 가볍게 느껴졌다. 순간, 우리의 역할이 전도되어 어머니가 아이가 되고 내가 어머니가 된 것 같았다. 나는 어머니의 볼에 입을 맞추었고, 아직 놀랄 만큼 보드라운, 기미투성이의 창백한 살갖을 들이마셨다. 아래턱이 어린 소녀처럼 탄탄했다. 토요일 밤 자정 직전, 나는 형제들과 함께 서서 어머니의 임종을 지켜보았다. 정확히 다섯 번을 헐떡거린 뒤 어머니의 턱이 열렸고, 내가 다가가 닫아드렸다.

28.

마지막에서 두 번째로 어머니를 본 것은 피프스 애비뉴 시나고그에서 추도식이 열리기 전, '체브라 카디샤Chevra Kadisha'라 불리는 유대인장례단체 소속 자원봉사자 몇 명이 시신을 씻기고 매장 준비를 마친 후였다. 체브라 카디샤의 임무 수행은 중대한 선행으로 간주되었고, 생전에 어머니가 바로 이 단체의 정선된 자원봉사자 중 한 명으로 일했다는 것은 남들이 불편하고 섬뜩하게 보는 일을 아무렇지도 않게 대하는 어머니의 성격과 잘 맞아떨어지는 사례였다.

어퍼 웨스트사이드의 리버사이드 메모리얼 채플 내 작은 방이었고, 어머니는 흰 홑이불을 덮고 들것 위에 누워 있었다. 유일하게 노출된 발이 푸르스름하고 쓸쓸해 보였다. 언니 디니와 내가 들어가 독일계 유대인의 관습대로 그 발에 아마포 신발을 신겼다. 뜻대로 되지 않는 일이었는데, 체브라 카디샤의 자원봉사자 여인은 우리의 서투른 솜씨에 짜증스러워하는 기색이 역력했다. 나는 발톱이 짧고 깔끔하게 정리된 발을 계속 바라보았다. 〈식스 핏 언더Six Feet Under〉의 환상 장면에서처럼, 그것이 꿈틀거리고 별안간 어머니가 일어나 앉아 아무 일도 없었던 것처럼 나에게 말을 걸기를 기대하기라도 한 듯.

뉴욕에서 열린 추도식 다음날 예루살렘에서 치른 실제 장례식에서 어머니를 한 번 더 보게 된다(순백의 아마포에 온통 감싸여 있었으니 다른 사람이었을 수도 있다). 피프스 애비뉴 시나고그에서 열린 추도식에는 수백 명의 조문객이 참석해 아래층 남성 좌석과 발코니의 여성 좌석을 가득 메웠다. 나는 다른 몇 명과 함께 연단에 올라 연설을 했다. 수염이 덥수룩한 랍비들이 너무 많아 약간 움찔했고, 내 솔직한 글들을 어머니가 용납했다는 언급이 담긴 송덕문이 이런 자리에 맞지 않는, 너무 노골적으로 친밀한 내용이 아닐까 염려되기도 했다. "어머니는 내가 만난 가장 강렬한 사람들 중 한 명이었습니다." 나는 긴장해서 바짝 마른 목소리로 입을 열었다. "상반되는 충동들로 가득 차 있었으며, 그 모든 것을 똑같이 단호하게 전달했는데, 바로 그런 이유로 어머니가 부재하는 오늘 어머니에 대해 말하기가 더욱 어렵습니다. 어머니의 부재는 엄연한 현실이지만 또한 몹시 낯선 것입니다. 사실을 말하자면, 어머니가 부정확한 진술이나 문법상의 오류나 잘못된 견해 따위를 찾아내려고 귀를 날카롭게 세우고 어디선가 듣고 계실 것 같습니다. '대프니, 말을 천천히 또박또박 해야지. 그리고 기억하렴, 너의 어린 시절 이야기를 듣고 싶어하는 사람은 아무도 없다는 것을.' 이런 소리가 들리는 것 같아요."

식이 끝나자마자 우리 육남매는 공항으로 달려가 이스라엘 행 엘 알EI AI 항공기에 올랐다.(어머니의 유산 덕분에 비즈니스 석에 탔는데, 어머니가 살아 계셨다면 낭비에 사치라고 일축했을 일이었다.) 예루살렘의 묘지 풍습에 따라, 어머니의 시신은 관에서 꺼내어져 아버지 묘 바로 옆자리에 그대로 놓였다. '쉬는 자들의 산'을 뜻하는 하르 하미누초트Har HaMinuchot[32] 공동묘지의 평화로운 언덕이었다. 식은 아름답고 품위 있게 진행되었으나, 대부분 생면부지인 이스라엘 친척들 사이에 둘러싸여 나는 길을 잃은 느낌이었다. 어머니를 찾아, 어머니의 장례식에 관한 소감을 논할 수 있는 사람을 찾아 주위를 둘러보았지만, 아무 데에도 보이지 않았다. 나는 어머니의 부재가 돌풍처럼 나를 꿰뚫고 지나가는 것을 느꼈다. 생전에 그토록 변덕스러운 존재였지만, 나는 나를 제자리에 붙들어줄 사람으로 어머니에게 매달렸다. 어머니가 떠나버린 그 순간, 나는 세상이 제 축에서 미끄러져나간 것처럼 근원적인 혼란을 느꼈다.

뉴욕에 돌아왔고, 7일의 복상 기간도 마쳤다. 나는 어머니의

---

32) 통상 Har HaMenuchot로 표기되는 것으로 보인다.

아파트를 장차 토머스 제퍼슨Thomas Jefferson의 생가처럼 대중에 개방할 계획이기라도 한 듯 돌아가신 시점 그대로 보존해두고 싶었지만, 형제들의 생각은 달랐다. 우리는 어머니의 유품을 어떻게 배분할 것인지를 놓고 다이닝 룸의 타원형 식탁에 둘러앉았다. 복권 추첨 비슷하게 각자가 받은 물건들을 경매 형태로 재분배하고, 원하는 사람이 복수이면 합의를 통해 임자를 가려낼 예정이었다.

어머니는 자신의 물질적 유산을 그런 유별나고 괴상한 방법을 통해 나누도록 유서에 규정해놓았는데, 여러 면에서 우리를 고기 조각을 놓고 싸우는 짐승들처럼 만들면서 마지막까지 골탕을 먹인다는 느낌이 들었다. 유일하게 배우자가 옆에 없었던 나는 슬픔과 분노가 뒤섞인 감정으로 일찍 자리를 떴다. 아파트는 모든 것이 추려지고 비워진 뒤 팔렸다. 나는 그 과정에는 거의 개입하지 않았고, 아파트에 돌아가 남겨진 책들을 살펴보고, 어머니의 이름이 적혀 있거나 어머니가 좋아했다고 기억되는 것들만 우리가 나눈 문학 사랑의 이름으로 거둬 모았다.(그리고 곧장 임대 창고에 갖다 넣었고, 이후 지금까지 매달 대여료만 내며 썩히고 있다.)

언제쯤인가 언니 디니가 어머니의 책상 서랍 정리에 나서, 버릴 것들을 골라 버렸다. 그중에 "대프니는 나와 똑같다"고 쓴 메모지가 있었다고 나중에 전해 들었는데, 딸 셋 중 어머니와 가장 소원했던 주제에 어떻게 너무 사적인 내용이라 배포하기 곤란하다고 혼자 판단을 내릴 수 있는지 기가 막히고 화가 났다.

그 메모지를 갖고 싶었다. 딱히 무엇인가를 설명하고 있어서는 아니지만(어머니가 언니들보다 나와 더 공감한다는 것은 이미 알고 있던 사실이다), 어떻게 보면 그것은 모든 것을 설명하고 있었다. 또한 내가 진실을 안다는 증거로 갖고 싶었으니, 그것은 어머니가 나를 나로 보지 못했다는 진실, 어쨌든 어머니에게 나는 자신의 야망과 꿈, 심지어 자기혐오와 비현실적인 투사에 반영된 모든 것까지 대신 지고 가는 매개물이었다는 진실이다. 그러니 어떤 일을 하고, 어떤 글을 쓰고, 상황의 유독성을 얼마나 명료하게 파악한들 소용없었다. 나는 결코 어머니로부터 떨어질 수 없었다. 우리는 침구처럼, 사랑에 눈먼 십대 연인이나 지하철 매장의 싸구려 목걸이에 박힌 두 개의 도금 하트처럼 서로 얽혀 있었다.

29.

어머니의 죽음 이후 몇 년간 그토록 염원했던 해방감은 좀처럼 찾아오지 않았고, 대신 꿈속에서 어머니를 자주 만났다. 대부분 불안하기 짝이 없는 꿈들이었다. 남성 성기를 달고 나타난 어머니와 성교하는 꿈도 있었다. 나는 완성에의 길고 긴 탐색이 마침내 끝났다는 듯 지독한 희열을 느끼며 잠에서 깼다. 물론 삶에 큰 구멍이 난 듯한 느낌은 계속되었고, 어머니를 따라갈 생각도 가끔씩 했다. 문제는 내가(어머니도 마찬가지였다) 내세를 믿지 않는다는 것이었고, 따라서 자살해도 어머니와 만나지 못할 것 같았다. 한편 나는 나이가 들었고, 조이도 자라 더이상 내 단짝이 아니었다.

직전 겨울, 나는 여행 작가 자격으로 할인을 받아 조이와 함께 터크스 케이커스 제도의 고급 리조트에 갔었다. 가장 시크

한 유의 단순함(흰 벽과 천연섬유 따위)이 강조된 곳으로, 유명인들과 사치스러운 프라이버시를 찾는 일반인 부자들이 좋아하는 곳이었다. 매일 온종일 사람 한 명 보이지 않는 찬란한 고립 상태로 그림 같은 해변에 조이와 단둘이 앉아 반짝이는 청록색 바닷물을 감상할 수 있는 프라이버시였다. 수영장 옆 식당에서 점심이나 저녁을 먹을 때도 다른 손님은 기껏해야 두셋 정도여서 거의 우리뿐이라 할 수 있었다. 다른 사람들이 없는 것이 조금 마음에 들지 않고 쓸쓸하기까지 했으며, 어디를 가나 처음에 많이 그러듯 일찍 돌아갈까 싶기도 했다. 하지만 항상 옆에 있는 조이의 존재는 물론이고, 대화하고 책을 읽고 바다에서 수영을 하고 그곳의 리미티드 메뉴 중에서 오늘 저녁에는 뭘 주문해서 먹을지 궁리하는 평화로운 무위의 나날들이 이내 즐거워졌다.

우리는 해변을 산책할 때 영국인 또는 프랑스인 관광객인 척하며 공들여 꾸민 억양으로 대화를 나누고, 스스로의 재기才氣에 만족스러워 미친 듯이 웃어대곤 했다. 산책을 마치고 돌아오면 조이는 파라솔 밑 내 옆에 앉았는데, 밀짚모자를 쓰고 흰 피부를 티셔츠와 긴 스커트로 감싼 모습이 이를테면 블룸스버리 클럽의 바네사와 버지니아의 여동생처럼 보였다. 나는 자외선 차단제도 바르지 않고 좋아하는 햇볕에 즐거이 몸을 맡겼다가, 조이가 "엄마! 지금 바삭바삭 타고 있어! 도대체 왜 그러는 거야? 그렇게 피부암에 걸리고 싶어?"라고 소리를 지르는 통에 할 수 없이 크림인지 로션인지를 치덕치덕 발랐고, 손이 닿지 않는 곳은 조이가 정성스럽게 발라줬다.

그러나 조이는 졸업이 가까웠고, 점차 나보다는 학교 친구들과 어울리는 데 관심이 많아졌다. 당연한 일이었고 당연하다는 걸 나도 알았지만, 그래도 아이를 대학으로 떠나보낼 생각만 해도 말 못할 절망감에 사로잡혔다. 그해 초부터 또다시 하강하고 있던 차였다. 늘 그래왔듯 잡다한 알약들을 삼키고, 피부를 통해 우울증 경감 효과를 제공한다는 '엠샘 패치'라는 것을 팔에 붙이기도 했지만 소용없었다. 조이와의 예정된 이별에 내가 느끼는 전도된 분리불안이 끔찍했다. 독립적 삶을 향한 아이의 불가피한 변화를, 나 자신 어머니가 돌아가시는 순간까지 노력했지만 성취하지 못했던 것을 어떻게 환영은커녕 받아들일 준비조차 되어 있지 않단 말인가? 하지만 우울증이 무시할 수 없을 만큼 악화되었다. 식욕이 전혀 없어 네댓 달 만에 30파운드가 빠졌다. 깨어 있어도(하루에 서너 시간 정도) 타르에 파묻혀 허우적거리듯 지독한 피로감에 짓눌렸다. 전화 메시지와 이메일에도 일체 응답하지 않았다.

무기력과 심적 동요가 뒤섞인 상태라 아무것도 집중해서 읽을 수가 없었고(신문 표제조차), 뭔가를 쓴다는 것은 스키 활강 경주에 출전하는 것만큼이나 낯설게 느껴졌다. 에드먼드 윌슨 Edmund Wilson이 '상처와 활'이라는 문학 영감 이론을 통해 가장 효과적으로 표현한, 고통이 창작의 밑거름이 된다는 관념은 언제나 매혹적이었지만, 당시의 말라붙은 시각에서는 현실과 동떨어진 희망사항 정도로 보였다. 오히려 "괴로워야 더 나은 결과를 내는 사람은 없다. 그것은 문학의 믿을 수 없는 자만이다"라는 제임스 볼드윈James Baldwin의 직언이 훨씬 마음에 와 닿았다.

그해 6월 조이의 졸업식 직후, 나는 뉴욕주립 정신의학원의 눈에 잘 띄지 않는 병동에 입원했다. 그곳은 리버사이드 드라이브와 178번 가가 만나는 곳에 있는 작은 건물이었다. 의사들의 입원 권고에 최대한 저항해온 터였다. 효과를 희망하며 다른 절망적인 사람들과 함께 갇혀 있기보다는, 금방 나자빠질 것 같은 기분이어도 그 자리에 남아 있는 것이 안전할 것 같았다. 게다가 나는 15년 전 〈뉴요커〉에(사십대의 나이로 티나 브라운 밑에서 전속 작가로 일하게 되었었다) 이전의 입원 경험을 바탕으로 정신병원의 지나치게 이상화되거나 사악한 이미지와 진부한 관료주의적 현실 사이의 간극에 대해 기사를 쓴 적이 있었다. 우울증을 경험하는 공표에 뒤따르는 지속적 오명에 대해 말하는 기사였지만, 환자로서보다는 내 내면의 작가가 쓴 글이었고, 입원이라는 체험은 이제는 옛일이라는 인상을 주는 글이었다. 그런데 또다시 정신병원에 입원한다는 것은 적어도 나의 문학적 페르소나에 대한 배반일 터였다.

내 발목을 붙들고 나를 집 안에 유폐시킨 또 하나의 요인은 쇼크요법, 즉 전기충격 요법의 망령이었다. 내가 수년간 상담을 받아오던 현대 프로이트 계열의 정신분석학자 K박사는 원체 내 병에 대한 약물치료의 효과에 확신이 별로 없어 보였는데(약을 끊고 경과를 지켜보자는 그의 제안을 따랐다가 상태가 형편 없이 곤두박질친 적도 있다), 갑자기 전기충격 요법을 지지하게 되었던 것이다. 그가 왜 그런 생각을 하게 되었는지, 왜 '재잘거리기'에서 '지지기'로 방향을 선회했는지 나는 모른다. 상담 중에 내가 한번 시도해보면 어떨지 언급한 적이 있을 뿐이다. 익사 직전의 사람이라면 나무토막이라도 붙잡는 법 아닌가? 뇌의 발작을 유도하는 전기충격 요법은 1960년대와 1970년대에 〈뻐꾸기 둥지 위로 날아간 새One Flew Over the Cuckoo's Nest〉의 여파로 사라진 듯했다가 다시 유행을 타고 있었다. 내가 자살 이야기를 하도 쉬지 않고 해대서 K박사도 겁을 먹은 것이 틀림없었다. 보도에 철퍼덕 하고 떨어지는 나 자신의 모습을 예고된 결말을 보듯 초연하게 지켜볼 수 있다고 내가 말했던 것이다.

그렇다 해도, 주관적인 마음에 초점을 맞추는 정신분석학의 입장에서 물리적 뇌의 가정된 활동들에 초점을 맞추는 신경생물학적 자세로 돌변한 그의 모습에 나는 두려움과 불신을 느꼈다. 전기충격 요법으로 효과를 본 사례들이 있다는 것은 의심하지 않았다.(그 효력을 증언한 두 남자를 아는데, 둘 다 성공하고 이름도 알려진 사람들이었다). 하지만 그것이 나에게 도움이 되리라는 믿음은 없었다. 갈바니 전류인지 뭔지를 뇌에 흘려보낸다는 것은 근본적으로 잘못되어 보였다. 인식론적 착오나 범주상의 혼란 같았다. 전기충격 요법의 실제 절차가 바뀌었다는 건 알고 있었다. 이제는 환자를 결박해놓고 경련성 에너지를 써서 흔들지 않고, 드문 예외를 제외하면 양쪽에서 동시에 충격을 가하지도 않았다. 그래도 전류가 유입되고 내 머리가 튀겨지면서 찌지직 소리와 함께 연기가 피어오르는 만화 같은 영상이 자꾸만 떠올랐다.

　가장 무서웠던 건 아무리 사소할지라도 불가피하게 찾아올 기억 손실이었다. 전기충격 요법을 받고 그 전과 직후의 내 삶에 대해 희미한 기억밖에 남지 않으면, 내가 나 자신에게 낯선 존재가 되어버리면 어쩌지? 근래에 있은 사건·장면·대화를 기억해내지 못한다는 것은 참을 수 없는 일이었고 나를 완전히 당혹케 했다. 그보다 더 먼 과거는 또 어떤가? 내가 내 삶을 혐오했다손 쳐도 기억만큼은 소중하고(부조리하게 들릴지 모르지만 불행한 기억조차), 내 글쓰기도 그것들을 소환해내는 능력에 달려 있다고 믿었다. 나는 디테일에 매달렸고, 작가였던 시절에 그것을 선명하게 활용할 줄 알았다. 심지어 전기충격 요법의 혼곤한 영향을 견뎌내는 시련이 어니스트 헤밍웨이Ernest Hemingway와 데이비드 포스터 월리스David Foster Wallace를 자살로 내몰았다는 나름의 이론까지 정립해두고 있었다. 물론 입증할 수는 없지만, 상상 가능한 일이다. 지독한 절망감에 더하여 치욕스러운 건망증이라니!

버티고 싶었지만 결국 어쩔 수가 없었다. 언니 디니의 아파트에서 보낸 입원 전 주말, 나는 우울증의 음산한 왕국에 사로잡혀 있었다. 지붕에서 뛰어내릴지 아니면 달려오는 차 앞에 몸을 던질지를 놓고 내 안에서 벌어지는 요란한 설전에 붙들린 채, 조카 방 침대에서 빠져나올 수가 없었다. 그런데 멀리 뒤쪽에서 다른 목소리도 들렸다. 견뎌내야 한다는, 내가 머물러 있는 것을 대신해 외치는 언니들 친구들 의사들의 소리였다. 나는 그 소리를 건성으로 흘려들었다. 나는 죽고 싶으면서 또 죽고 싶지 않았다. 아니, 적어도 꼭 죽고 싶지만은 않았다. 자살을 서두를 것 없다고 언니가 말했다. 입원을 한번 해보자고, 내 담당 의사 둘이 보살펴주겠노라 약속했다고 전해주었다. 전기충격 요법이고 뭐고 아무것도 강요하지 않을 거라고 했다. 너무 지쳐서 싸울 힘도 없었다.

월요일 아침, 나는 집에 돌아가 작은 가방 두 개를 꾸렸다. 지나치게 많은 책(책 읽기에 집중할 수 없었던 것을 고려하면 너무 많았다), 리넨 바지와 면 티셔츠 두어 벌, 좋아하는 나이트크림(손도 대지 않은 지 여러 주였지만), 그리고 마지막으로 나를 붙들어줄 거라는 생각에서 액자에 든 딸아이의 사진도 넣었다. 애당초 내가 이른바 '자살 생각'을 입 밖에 낸 것부터가 딸아이 때문이었기 때문이다. 나 없이 아이가 어떻게 살아갈지, 그리고 내 자살이 아이에게 얼마나 돌이킬 수 없는 해를 끼칠지 걱정이 되었다.(실비아 플라스와 앤 섹스턴은 죄책감을 어떻게 처리했을까? 나는 궁금해졌다. 그들은 나보다 더 무자비했던 걸까, 아니면 그냥 더 결연했던 걸까?)

연방정부가 후원하는 여러 연구들 중 하나에 참여한다고 동의만 하면(약을 바꿔보거나 전기충격 요법을 받거나 해야 했다), 필요한 동안 무료로 4센터에 머물 수 있었다. 언니가 택시를 잡아 함께 가주었는데, 가는 길 내내 구슬픈 고별의 느낌으로 지나쳐가는 어퍼 웨스트사이드의 갈색과 베이지색 빌딩들을 내다보며, 그리고 내가 삶에 너무 오래 머물렀다는, 그러므로 사실상 나는 소급된 존재라는 확신을 달래가며 울었던 것이 기억난다.

닫힌 병동 출입문 창으로 간호사의 머리가 비치고 언니가 내 이름을 말한 뒤 문이 열리는 순간, 내가 있고 싶은 곳이 아님을 직감했다. 10년도 더 전에 내가 체험했던 정신병원 환경과 별반 달라 보이지 않았다. 싸늘한 형광등 불빛 아래 전체적으로 텅 비고 조용한 느낌이었는데, 다만 티셔츠와 운동복 바지 차림의 마흔 살쯤 돼 보이는 남자 하나가 주위에 대해 아무런 의식이 없는 모습으로 복도를 왔다 갔다 하고 있었다. 기차역에서 볼 수 있는 단조로운 벽시계 아래, 형편없는 상태의 공중전화가 두 대 놓여 있었다. 병원들 또는 3번 애비뉴의 후미진 모퉁이 같은 곳들하고만 어울릴, 시대에 현저히 뒤떨어진 그 꼬락서니가 어쩐지 서글펐다. 그때, 언니가 내 느낌으로는 지나치게 빨리 다 잘될 거라며 작별 인사를 했고, 나는 그렇게 거기 혼자 남았다.

익숙한 입원 수속 절차가 이어졌다. 먼저 유리로 칸막이 된 간호사 사무실 뒤로 가방이 넘겨져 통상적인 '날카로운 물체' 검사가 실시되었다. 직원들도 명확히는 모르는 것 같은데, 사진 촬영 기능과 관련 있는 어떤 이유로 휴대전화도 금지되어 있었다. 뒤따른 접수 면담에서, 나는 합숙 캠프에 떼어놓인 비참한 어린아이처럼 눈물을 쏟으며 집에 가고 싶다는 말을 되풀이했다. 면담을 맡은 간호사는 솔직한 면을 비롯해 호감 가는 사람이었지만, 내 애달픈 처지를 한편이 되어 공감해줄 리는 없었다. 하지만 나는 거기 앉아 그녀와 계속 이야기를 하고 싶었다. 철지난 잡지 몇 권, 청록색 또는 감색 비닐을 덧댄 추한 목재 가구들, 환기가 잘 안 되는 텔레비전 시청실들(하나는 사람들로 미어터졌고, 다른 하나는 비좁고 쓸쓸했다) 따위로 이루어진 병동에 들어가기가 싫어서였는지도 모른다. 폭력적인 노출과 극도의 익명성이 최악으로 융합된 듯 보이는 곳에 내던져진 채 느끼는 마비와 절망감을 피할 수만 있다면 무엇이든 좋았다.

그날 밤, 나는 남루한 흰 담요 밑에 누워 나 자신을 진정시키려 해보았다. 간호사 사무실 건너편의 작은 병실을 미모의 중년 여인과 함께 쓰게 되었다. 저녁을 먹기 전 마치 칵테일파티에서 만나기라도 한 듯 무척 쾌활하게 스스로를 소개한(유일하게) 그녀는 '프라우니스'라는 주름 방지용 마스크를 착용하고 잤는데, 그런 행동은 결코 평범하지 않은 상황을 최대한 평범하게 손보려 몸부림치고 있다는 인상을 강화시켜줄 뿐이었다. 나와 달리, 그녀는 매혹적인 젊음의 유지를 필요로 하는 미래를 그리고 있는 것이 틀림없었다. 나로 말하면 지난 몇 달간 제대로 된 세수도 해본 적이 없었건만, 내 눈앞의 그녀는 정신병동 안에서조차 외모 관리의 중요성을 잊지 않고 있었다.

불빛이 사물을 밝혀준다기보다는 모든 것을 드러내 보여주는 것 같은 천장 형광등이 병실 밖은 물론이고 안에까지 켜져 있었다. 침대·침실용 탁자·옷장이 두 개씩 있었으며, 노아의 방주 식 디자인의 원칙인지 커다란 쓰레기통도 두 개 있었는데, 하나는 문가에서 황량한 플라스틱 그림자를 드리웠고 다른 하나는 가뜩이나 비좁은 화장실을 더 좁게 만들었다. 벽에 납작하게 붙인 장치(알고 보니 일반 샤워꼭지는 목을 매 자살하고픈 충동을 유도할 수 있다는 이유에서였다)에서 나오는 샤워 물은 수압도 시원찮았고 잘해야 미지근했다.

독서용 조명이 없어서 불안이 더 커졌다. 우울증 때문에 책에 몰입하기가 힘들기는 했지만, 소등 후 책을 읽을 불빛이 아예 없다는 것은 내가 아는 문명의 종말을 의미했다.(역시 나중에 알았는데, 건전지로 작동하는 독서등을 들여와 쓸 수는 있지만 유리 전구는 안 된다는 카프카 식 제약이 붙어 있었다.) 내 마음은 집요한 형사처럼 똑같은 질문들을 끝없이 했다. 어쩌다 여기에 오게 된 거지? 이렇게 여기까지 오도록 놓아둔 거지? 왜 끝까지 버티지 못했지? 아니, 그보다 세월이 그렇게 흘렀는데도 왜 하나도 변한 게 없지? 이십대, 삼십대의 우울증은 봐줄 수 있다. 젊음 자체가 부인할 수 없는 통렬함을, 망그러진 어떤 매력을 부여하기도 한다. 반면 인생의 내재적 결함과 스스로의 실패를 받아들여야 할 중년의 우울증은 완전히 다른 이야기이다.

나는 군대 막사용처럼 얄팍한 베개를 부풀리고 홑이불과 담요를 끌어올린 채(약간 한기가 느껴질 만큼 병원 전체에 냉방이 되어 있었다) 오그리고 잠을 청했다. "이렇게 필사적일 필요 없어." 스스로를 달래보았다. "나는 죄수가 아니야. 내일 당장 퇴원하겠다고 요청할 수도 있어." 동숙인의 잔잔하고 고른 숨소리를 들으며, 내가 저 여자라면, 누구든 좋으니 나만 아니라면, 하고 바랐다. 무엇보다 이토록 지독하게 우울하지 않은 사람이기를 바랐다.

지금쯤 집에서 잠자리에 누워 평소 즐겨 보는 개연성 없는 줄거리의 드라마를 보고 있을 조이를 생각하니, 엄청난 상실감이 몰려왔다. 지구 반대편처럼 느껴지는 저곳에 있는, 이런 나를 어머니로 둔 내 복잡하고 사랑스러운 딸. 일상적 대화도 나누기 힘들 만큼 자꾸만 가라앉는 나를 끌어올려보려고 아이가 산책을 나가자고 또는 영화를 보러 가자고 제안하던 일이 떠오르면서 가슴이 아려왔다. 집에, 내 방에 아이와 함께 있고 싶었다. 몇 시간인가 어둠을 응시하고 있다가 일어나 나이트가운을 입었다. 전시 중인 표본 같다는 느낌("12번 정신병 환자가 오고 있네.")을 극복하고 간호사 사무실에 가서 수면제를 더 달라고 청하기로 마음먹었다.

병실 바깥은 눈이 부실 만큼 환했다. 정신병동 조무사 둘이 컴퓨터로 낱말 게임인가를 하고 있다가 나른하게 눈을 들어 내 말을 기다렸다. 잠이 오지 않는다는 말이 불안에 싸인 목소리로 나왔다. 두 사람 중 하나가 일어나더니, 내 담당 레지던트가 수면제 추가를 승인했는지 확인하고 돌아와 작은 종이컵에 알약 하나를 넣어 주었다. 나는 끈끈한 손으로 그것을 받아 들고 몹시 불안하다는 의미의 말을 웅얼거렸다. "좀 자고 나면 괜찮아질 거예요." 그녀가 말했다. 내쳐지는 느낌으로 고개를 끄덕이며 "잘 자요" 하자, 그녀도 무심하기 짝이 없는 말투로 "잘 자요"라고 했다. 나는 그녀에게 아무것도 아닌 존재였으며, 나 자신에게도 마찬가지였다.

30.

 4센터에서 보낸 총 3주의 시간 중에 가장 기억에 남는 것은 그런대로 친절한 조무사의 감시 하에 하루 네 번 환자들에게 허용된 이른바 '신선한 공기' 휴식 시간이었다. 어처구니없게 흡연을 위한 휴식이기도 했던 '신선한 공기' 휴식은 웨스트사이드 고속도로와 리버사이드 드라이브 사이에 있는 콘크리트 정원에서 행해졌다. 높은 그물망 담장으로 차단된 공간에 나무와 꽃들이 듬성듬성 심어져 있었으며, 바비큐 그릴 두 개, 열어보지도 않고 그냥 놔두는 것 같은 뿌리덮개 자루들, 빈 화초 상자, 그리고 테이블과 의자들이 굴러다니고 있었다. 소풍객 없는 소풍 같다는 생각이 들고, 화려한 1960년대의 인물들이 라켓도 공도 없이 테니스 경기를 흉내 내던 영화 〈욕망Blow-Up〉의 한 장면도 떠올랐다.

퇴원이 가까울 무렵, 나는 장편소설을 쓰고 곧바로 입원한 R
이라는 작가와 조금 가까워졌다. 그는 계절에 맞지 않는 캐시
미어 폴로셔츠를 입고 벤치에 홀로 앉아 열심히 발장단을 치
며 담배를 뻐끔거리곤 했다. 그 주변에는 서로 다른 병동 환자
들이 초라한 행색으로 모여들어 있었는데, 내가 속해 있던 병
동은 우울증과 섭식장애 치료 전문이었다.(R이 '황새들'이라고
부른 거식증 여성 환자들은 저마다 별 차이 없는 미세한 회복 단계
에 있었고 주로 자기들끼리 뭉치는 편이었다.) 한편 인접한 워싱
턴 하이츠 동네 환자들을 위한 4사우스, 정신장애 및 약물남용
장애 환자들을 위한 5사우스도 그 정원을 함께 사용했다.

둘째 주 말쯤 이제 병동 안에만 갇혀 있지 않아도 되자, 조
금 친해진 남자 간호사 하나가 병원 직원들이 애용하는 6층
식당에 함께 가서 커피를 마시자고 했다. 길어야 15분을 넘기
지 않는 그 짧은 나들이는 항상 4센터와 외부세계의 경계선이
얼마나 인위적이면서도 실제적인지를 실감케 했다. 다른 것은
중요하지 않다는 듯 오직 각자의 위태로운 내면 상태에 대해
이야기하는, 건강하지 않은 것이 명백한 사람들로 가득한 격
리된 장소에서 몇 발짝만 옮기면 모두가 자유로이 오가고 뭔
가 더 큰 목적이 있어 보이는 세계로의 진입이 허용되었던 것
이다. 방심했다가는 현기증이 날 것 같았다.

나는 커피 잔을 손으로 감싼 채, 클립보드와 수첩 따위를 들
고 재빨리 드나드는 의대생들을 거의 경탄의 눈으로 바라보았

다. 저들은 그림자에 빠지지 않고 살아갈 길을 어떻게 찾아냈을까? 저 모든 에너지를 어디서 끌어왔을까? 공중전화로 전화가 걸려오기를 기다리거나, 사람들이 조광기나 천공기를 신청하고 퇴원하는 환자들이 도움을 준 병동 사람들에게 눈물 흘리며 고마움을 표하는 '공동체 회의'에 들어가 앉아 목적 없이 시간을 보내고 있는 지금의 내가 다시 이 세상에 합류할 가능성은 없어 보였다.

아무 활동도 지정되지 않은 시간(마비의 저류를 조성하는 거대한 나태의 백지 상태)이 더 많았지만, 병원은 주간 일정이라는 것을 붙여 환자 일동이 상담치료와 요가·산책·작문 등의 활동으로 사뭇 바쁘게 살아간다는 인상을 주었다. 나는 금요일 아침의 커피 간담회가 가장 마음에 들었다. 우리들이 운동이랍시고 하는 것을 보살펴주던 상냥한 헬스클럽 코치 같은 여인이 이 간담회도 맡았는데, '트리비얼 퍼수트Trivial Pursuit' 유의 보드게임을 주로 했다. 하지만 내 진짜 관심사는 막 내린 커피에 곁들여 나오는 빵과 과자였다. 식욕이 형편없이 떨어져 있었지만 여전히 단 음식을 밝혔고, 병원 식단이 아닌 다른 음식을 먹고 싶기도 했다. 여름이었는데도 가을 과일인 사과와 어쩌다 주는 바나나를 빼고는 신선한 과일을 구경하기가 어려웠다. 이따금 좀 괜찮다 싶은 순간들이 있었지만(아버지날에 슈크림이 나왔고, 어느 화요일에는 점심으로 정원 바비큐를 열어주어서 핫도그를 먹으며 '게스처스Guesstures'라는 '샤레이드

Charade' 비슷한 몸짓 게임을 한 적도 있다) 전반적으로 식사 질이 낮았다. 시간이 좀 지나자, 나는 거식증 환자들의 식단에 빠지지 않던 초콜릿과 바닐라 맛의 대용 음료인 인슈어 플러스를 요청했다. 포장만 보지 않으면 밀크셰이크로 알고 마실 만했다.

내가 탐했던 것은 거식증 환자들의 인슈어뿐만이 아니었다. 그들의 이야기와 웃음소리가 음울하고 적막한 우리 우울증 환자들의 식탁에까지 날아들어오던 첫날 저녁부터 거기 끼고 싶었다. 10분이나 15분 만에 식사를 마친 우리 쪽과 달리, 그들은 30분 동안은 꼭 앉아 있어야만 했는데, 덕분에 더 사교적인 분위기가 형성된 듯했다. 한둘이 들것에 실려 식당으로 내려오고, 또 나중에 듣기로는 죽음에 이르기도 하는 잔혹한 난치병의 피해자들이었지만, 내 눈에는 부럽게만 보였다.

가슴이 아플 만큼 앙상했지만 모두 젊었고(이십대에서 삼십대 중반 사이) 미래에 대한 기대를 갖고 있었다. 그들은 남자친구와 수심 많은 부모에 대해 이야기했고, '자존감'과 '신체 이미지' 워크숍처럼 자신들만을 위한 활동에 참가하지 않을 때는 '일기 쓰기'나 미술 작업에 굉장히 열중했다. 너무 마르지 않았다면 너무 뚱뚱한 거라고 말하는 문화의 메시지에 귀 기울이고 그대로 받아들인, 명백하고 통렬한 희생자들이었다. 아무도 그들의 증상에 대해 그들을 탓하거나 도덕적 결함으로 규정할 수 없었다. 그런데 우리 우울증 환자들에 대해서는 간호사들조차 그렇게 대하는 것 같았다. 세상의 눈으로 볼 때 그들은 질병에 시달리고 있는 반면, 우리는 달랠 길 없을 정도로 완강하게(보기에 따라 자기탐닉적으로) 우리 자신이기를 고집하고 있었다.

병동에서 친구를 사귄다는 것은 대충 이루어지기가 쉬웠다. 환자들이 들고 나게 되어 있는데다, 연결고리라고 해봐야 함께 갇혀 지낸다는 것뿐이었기 때문이다. 입장 문제도 제약이었다. 병동 생활에 쉽게 적응해 편안해하는 사람들과 나가고 싶어 안달인 사람들로 양분되었는데, 둘 다 불편한 느낌을 주었다. 유머감각이 있고, 뭐랄까, 초연하기도 했던 병실 동숙인에게 정이 들었던 나는 내 입원 기간 중간쯤에 그녀가 새로운 진단과 약을 받아들고 퇴원하자 터무니없이 슬퍼졌다.

하지만 나의 최고 관심 사안(입원 기간 전체를 장악했던 질문)은 역시 전기충격 요법을 받을 것인지 여부였다. 그것은 실로 입원 첫 순간부터 내 머릿속을 떠나지 않았으니, 병동에 들어서자마자 눈에 띈 남자, 복도를 왔다 갔다 하던 그 남자가 바로 장기 전기충격 치료를 받는 중으로, 들어줄 것 같아 보이기만 하면 누구에게든 사람들이 자기 뇌를 망가뜨리고 있다고 요란하게 주장했기 때문이다. 게다가 전기충격 치료를 빌고 돌아온 환자들은 모두 필수부품 하나가 빠져버린 것처럼 넋이 나간 듯 멍한 상태로 보이기도 했다.

첫 한 주쯤은 입원 전 먹던 약을 끊고 4센터 생활에 적응해야 했기에 이 문제가 수면 위로 올라오지 않았다. 첫날 저녁에 본 예쁘장한 젊은 레지던트를 매일 만나 왜 지금 당장 나가면 안 되는지, 어떤 약물을 써보면 좋을지를 주로 이야기했다. 그녀는 다이아몬드 약혼반지에 결혼반지도 끼고 있었고, 내 눈길은 늘 먼저 거기로 향했다. 나는 그것을 모두가 나처럼 구멍이 숭숭 나 있지는 않다는, 그녀는 훌륭한 선택들을 했고 그 결과 훌륭한 경력에 남편과 아이까지 모든 것을 갖춘 완성된 여인이 될 수 있을 거라는 뼈아픈 증표로 보았다. 30분간의 상담 동안, 나는 그녀의 억제할 수 없을 정도로 희망 찬 시각을 빌려오려고, 그 관대한 눈으로 나 자신을 바라보려고 했다. 나는 나 자신에 대한 관심을 잃어버렸지만 사람들은 아직도 나를 흥미롭게 보고 있다고, 내가 우울한 것은 내 잘못이 아니라고 되뇌어 보기도 했다. 하지만 오래 가지 않았다. 그녀가 가고 한 시간도 안 돼서 나는 망령들과의 싸움으로 돌아가야만 했다.

둘째 주 초 어느 날이었다. 상담 도중 자리를 옮겨 전기충격요법을 관장하는 의사와 만나게 되었는데, 그 짧은 만남이야말로 나를 그 요법에서 영영 멀어지게 한 결정타가 아니었나 싶다. 그녀는 대인관계 기술로 보아 교도소장에 더 적합할 듯 보였으며, 거두절미하고 내가 명백한 '자율신경실조' 증상을 보이고 있다고 선언했다. 말할 때 발음이 분명하지 않고 거동도 느릿느릿하다고 지적한 다음, 이런 상태가 지속되면 더는 글을 쓸 수 없다고 했다. 무자비한 검토였다. 공격받는 느낌이었고, 내가 가진 건 질병뿐인 것 같았다. 그녀는 따라서 전기충격 요법이 합당하다고 간단하게 결론지었다. 입을 열었다가는 저능자처럼 보이겠구나 싶어 고개를 끄덕였지만, 머릿속에서는 경보음이 울리고 있었다. '아니, 그렇지 않아.' 나는 생각했다. '아직은 아니라고. 꺼져, 아줌마. 나는 당신이 생각하듯 그렇게 고분고분한 상대가 아니야.' 실로 오랜만에 긍정적 의지의 동요를 느꼈다. 꺾이기 쉬운 가냘픈 연둣빛 봉오리였지만, 그래도 그 힘이 느껴졌다.

　전기충격 요법의 가장 강력하고도 따뜻한 지지자는 이미 30년 전 나를 치료했고(FDA 승인이 나기 전에 내게 프로작을 준 사람이었다) 이곳 4센터에 입원하기로 한 결정에도 영향을 미친 연구전문의 J박사였다. 그는 깍듯하고도 선의가 느껴지는 태도로, 내가 굳이 견딜 필요가 없는 수준의 우울증을 갖고 살아가고 있으며, 전기충격 요법은 증상의 진정한 경감을 가져다줄 수 있는 최선의 선택이라고 설명했다. 금요일 저녁, 식당에서 질긴 닭 요리를 먹는 둥 마는 둥 하고 있는데, 그가 다가와 다시 설득을 시도했다. 다른 환자들은 다 자리를 떴고, 언니 디니가 와 있었다. 평소 침착한 J박사가 거의 열정적인 태도로 내가 앓고 있는, 치료 저항도가 높은 우울증이 얼마나 끔찍한지, 전기충격 요법의 효과가 부작용을 어떻게 상쇄하고도 남는지 이야기하는 동안, 나는 언니에게 눈길을 돌렸다. 믿고 싶었지만 믿을 수가 없었다. '도와줘.' 나는 말없이 언니에게 청했다.

"나 이거 하고 싶지 않아." 말은 못해도 고통을 표현할 줄은 아는 벙어리처럼 눈물이 뺨을 타고 흘러내렸다. 침묵의 통역사가 된 듯 언니가 나를 대변해주었다. 언니는 그에게, 내가 전기충격 요법을 원하지 않는 것 같다고, 내 의사를 존중해야 한다고 말했다.

31.

병동에서 시간을 보내며 강해지기보다는 심리적 근육이 더 약화되는 느낌이었다. 입원 전 몇 달 동안 생활의 소소한 부분들(청구서, 약속, 원고 마감)이 유예되다가 결국엔 완전히 방치된 셈이었는데, 그것들을 다시 떠맡을 힘이 도저히 생길 것 같지 않았다. 새로 먹기 시작한 약 때문에 몸이 처져서, 아침을 먹고 나면 곧바로 낮잠을 잤다. 엄격히 통제되는 면회 시간(평일은 오후 다섯 시 삼십 분에서 여덟 시까지, 주말은 오후 두 시에서 여덟 시까지) 중에도, 끔찍한 휴게실에 앉아 방문객들이 가져온 초콜릿, 훈제 연어, 공중전화용 동전 따위에 감사를 표하며 대화를 나누기조차 힘들 만큼 피곤했다. 뭐랄까, 결코 출항하지 않을 배에 올라 무사한 여행을 하라는 인사를 끝없이 받는 기분이었다.

병원 측은 주저했으나, 내가 고집을 부려 예정된 퇴원일 전 주에 일종의 사회 재진입 준비 절차로 며칠간 외출 허가를 받아서 나갔다 들어왔다. 하지만 딱히 성공적인 날은 없었다. 찌는 듯한 토요일 오후, 조이가 나를 데리러 왔고, 우리는 168번 가와 브로드웨이의 교차점에 있는 스타벅스 근처를 걸었다. 진정제 때문에 머리가 멍했고, 아이에게서 훌쩍 떨어져 있는 느낌이었다. 조이가 나를 은행 앞에서 기다리게 하고 휴대전화를 사용하는 몇 분 동안, 나는 무슨 비극적 사태라도 벌어진 것처럼 울음을 터뜨렸다. 이런 내 모습을 보는 것이 조이에게 어떤 영향을 미치는지, 아니, 조이가 나의 입원에 대해 전반적으로 어떤 생각을 갖고 있는지 불안하고 궁금했다. 전에 한번 찾아왔을 때는 너무 어려서 아무것도 몰랐을 것이다. 나를 평생 지고 가야 할 짐으로 보고 있을까? 아니면 그저 '쇼'일 뿐이고 내가 마음만 먹으면 떨쳐낼 수 있다고 보고 있을까? 언제나처럼 사소하고 괴상한 것들을 보며 함께 웃는 동안, 아이에게는 내가 나 자신에게처럼 낯선 존재가 아니라는 생각이 들었다.

병원 측의 마지못한 동의를 받고(병원에서는 내가 아직 준비가 덜 되었다고 생각했지만, 퇴원을 막을 정당한 사유 또한 없었다) 입원한 지 정확히 3주째 되는 날 4센터를 떠났다. 카트에 짐을 실어 별관을 거쳐 출구까지 순조롭게 나왔다. 집에서 가져왔던 베개와 친구 데보라가 들고 왔다가 무슨 이유인지 압수당한 대나무 화분은 남겨두고 왔다. 입원한 날과 비슷하게 차창에 열기가 쏟아지는 뜨거운 6월의 어느 날이었다. 모든 것이 요란하고 커다랗게 보였다. 바깥 세상에 나왔다고, 이번에는 외출 허가가 아니라 영영 병동으로 돌아가지 않는다고 생각하니 충격적으로 느껴졌다.

병원에서는 내가 오랫동안 먹어온 항불안제 클로노핀에 두가지 약(레메론과 에펙소)을 추가해주었다. 흥분 효과가 있어서 '캘리포니아 로켓 대포'라고 불린 그 조합은 나에게는 그런 효과를 발휘하지 못했다. 집에 돌아온 나는 또다시 자살 생각에 사로잡혔고, 딸아이와 하는 동네 산책도 두려워 침대에만 붙어 지냈다. 자고 있지 않으면 과거의 공포가 현재의 공포로 변해 엄습해와서, 어쩔 줄을 모르고 허공을 노려보았다. 제인이, 그녀의 험악한 존재가 느껴졌다. 나를 혼자 놔두면 안 되겠다는 판단에 따라 언니와 친구 수전이 번갈아 내 곁을 지켰다. 하지만 그것은 단기적 조치였고, 여러 의사들과의 통화 결과 주말 막바지쯤 월요일에 병원에 가서 전기충격 요법을 받기로 결정을 내렸다.

그런데 4센터로 복귀하기로 한 전날인 일요일, 내 마음속에서 무엇인가가 미묘한 변화를 일으켰다. 원인이 정확히 무엇이었는지는 아직도 모르겠다. 전기충격 요법에 대한 두려움이 었을 수도, 마침내 우울증이 수명을 다하고 사라지기 시작한 것일 수도, 다른 무엇이었을 수도, 아니면 이 모든 것의 조합이었을 수도 있다. 달라진 점이라면, 우선 레메론을 끊고 소량 복용 시 항우울제의 효력을 촉진시킨다고 알려진 항정신병제 어빌리파이를 먹기 시작했다는 것이다. 또 하나, 나는 절망 상태에 빠져, 조이가 어렸을 때 나에게 입원을 설득했던 예전 정신과 의사 C박사를 찾아갔었다. 난치성 우울증 치료법을 연구 중이던 그는 남몰래 옥시콘틴을 조금 주었다.

옥시콘틴은 중독성이 있고 남용이 심하다는 평판이 있었고, 우울증 치료에 아편제를 사용해도 된다는 공식 규약이 없었기 때문에 거래는 은밀성을 띨 수밖에 없었다. C박사가 위험을 무릅쓰고 약을 주었을 때, 나는 처참한 상태였음에도 감동을 느꼈다. 뇌의 송과선(편도선인지도 모른다)에 어떤 작용을 한다는 이론적 배경을 들은 기억은 있다. 하지만 왜 옥시콘틴이 효과를 발휘할 수 있는지에 대한 C박사의 설명을 나는 조금도 이해하지 못했다. 내가 이해한 것은 육체적 고통을 경감시키는 약이라면 감정적 고통도 녹여줄지 모른다는 가정에 일리가 있다는 것이었다. 그것은 우울증을 해체하려는, 또는 그 해독제로 가짜 '황홀경'을 제공하지 않으려는 일념 아래 간과된 지점 같았다.

C박사는 아스피린처럼 옥시콘틴도 아침에 두 알, 저녁에 두 알 먹으라고 일렀다. 일요일 이른 오후, 좀 더 안정되는 느낌이 들었고, 내 방이 더이상 낯선 장소로 보이지 않았다. 제인의 망령도 사라졌다. 집에 아무도 없는 틈을 타 침대에서 일어나 나

가보기로 했다. 푸드 엠포리엄에 들어가 시리얼 구역을 둘러보며, 방금 수용소에서 풀려난 사람처럼 그 다양한 구색에 경탄했다. 주방용 페이퍼 타월과 딸기를 좀 사서 집에 돌아와 다시 침대에 누웠다. 유카탄 반도에라도 다녀온 건 아니지만, 시작이었다. 이튿날 나는 입원하지 않았다. 그 다음날도 마찬가지였다.

스스로를 달래어 내 삶으로 천천히 재진입하며 남은 여름을 보냈다. 솔직히 다시 입원했으면 싶은 때도 있었다. 새로운, 아직 발견되지 않은 병원에. 혹시 내가 실수한 것이 아닌지, 남편을 잘못 선택했듯이 병원도 잘못 고른 것은 아닌지, 어딘가에서 나를 기다리고 있으나 여태껏 찾아내지 못한 '최적의' 병원이 있는 것은 아닌지 의문이 솟아오르곤 했다. 병원이 내가 찾고 있던, 말하자면 영혼의 관장제처럼 내면의 노폐물과 오물을 전부 씻어내주는 정신적 정화를 제공하지 못하는 건 틀림없었지만, 정식 치료(조용하고 정결한 장소에서 행해지는)에 대한 환상은 현실의 교정책에도 불구하고 사라지지 않는 끈질긴 심리적 바이러스와도 같았다.

기분이 가라앉을 때마다 이론적 피난처로서 병원이라는 개념으로 돌아가곤 했지만, 나는 그 여름을 견뎌냈다. 8월 말이 가까워올 무렵에는 친구 엘리자베스가 세들어 살던 사우샘프턴 집에 며칠 다녀오기도 했다. 그녀와 나, 그리고 그녀의 성가신 닥스훈트 세 마리가 다였다. 앤 엔라이트Anne Enright의 소설

《개더링The Gathering》을 가지고 갔었다. 내가 늘 좋아하던 불완전한 사람들, 불행한 가족들에 대한 이야기였는데, 입원 이후 처음으로 몰입한, 아니, 처음으로 읽어낸 책이었다. 그곳에 간지 사흘째 되던 날 오후에 마지막 페이지를 펼쳤다. 네 시 삼십 분, 8월 중반이니 여름의 끝이 훅 감지되는 시간이었다. 놀랄 만큼 파란 하늘을 올려다보았다. 개 하나가 제 따뜻한 몸을 내 다리에 기대고 앉아 조금 전 수영으로 젖은 내 몸을 말려주고 있었다. 저 모퉁이를 돌아 다가오는 가을이 보이는 것 같았다. 읽을 새 책들, 보아야 할 새 영화들, 친구들과 함께 가볼 새 음식점들이 있을 터였다. 다시 글을 쓰는 내 모습을 상상해보았다. 완전히 터무니없는 생각은 아닌 듯했다. 나는 하고 싶은 말들이 있었다.

32.

과거에 집착하는 성격에 어울리게, 나는 연말이 되면 다가
오는 새해를 위한 찬란한 목표를 세우기보다 지나간 날들을
향수에 찬 눈길로 돌아보는 경우가 더 많다. 이런 습관은 〈뉴
욕 타임스〉가 매년 내는 '그들이 산 삶The Lives They Lived' 특
집호(사내에서는 '죽음 호Death Issue'라고 불리기도 한다)의 한 꼭
지를 맡아 그해에 사망한 유명인사 한 명에 대한 글을 쓰는 일
로 정당화되어왔다. 그동안 내가 써온 사망한 인물들의 공통
점이 있다면, 모두 각자의 방식으로 우울증에 시달렸다는 사
실일 것이다. 약물과 음식, 술, 그리고 명성이라는 진통제로도
성공적으로 막아내지 못하는 우울증. 어머니가 돌아가신 해에
는 퍼트리샤 로포드Patricia Lawford였다. 그 전 해에는 샌드라 디
Sandra Dee였고, 그 전 해에는 말론 브랜도Marlon Brando, 또 그

전 해에는 린다 러블리스Linda Lovelace였다.

상처 입은 모든 새들에게 약한 나 같은 사람에게 딱 맞는 일 (오해받고 매도된 인물들을 건져내어 세상으로부터 보다 넓은 공감을 얻게 해줄 최후의 기회)인데다, 800에서 1000단어 분량이면 되니 금상첨화였다. 나는 앞뒤 재지 않는 열의로 이 돈키호테 같은 과업에 뛰어들었다. 수십 편의 기사와 책을 훑으며 퍼트리샤 로포드에 관한 논문을 써도 좋을 만한 정보를 모았고, 딱히 비극적이라고 할 수는 없으나 원대하지도 않아 더 거대한 인물들의 날개 주변을 맴돌았던, 폐색되었다고 할 삶의 궤적을 헤아리려 했다. 나는 "유력한 가문이 대개 그렇듯 케네디Kennedy 가도 호화롭지만 답답한 감옥이나 다름없었다…. 실로 던져볼 만한 질문은 귀족적인 미모는 물론 상당한 재능에 케네디 전설에 대한 헌신까지 지녔던 퍼트리샤가 만약 여자에게도 생식과 내조 외의 다른 능력을 가치 있게 인정하는 가정에 태어났다면 그녀만의 좀 더 확실한 정체성을 확립할 수 있지 않았을까 하는 것이다"라고 썼는데, 이는 퍼트리샤 로포드가 하지 못한 말을 대변하는 동시에, 우리 어머니를 비롯한 다른 여성들도 염두에 둔 표현이었다.

하지만 어머니가 떠나고 몇 년이 지난 지금 이 12월에는 어떤 주제로든 얼마만한 분량으로든 뭔가를 쓴다는 것 자체가 불가능하다. 모든 것이 맹렬한 속도로 돌아왔다. 마침내 자유로워졌나 싶을 때 갑작스레 찾아온 어두운 계절, 그 지독한 어둠. 그것이야말로 최악이다. 온갖 자책들이 앞 다투어 몰려들어 서로를 밀쳐내며 잔혹하고 집요하게 공격한다. "넌 실패자야. 짐 덩이일 뿐이고, 쓸모없고, 혐오스럽기까지 해. 똥냄새조차 다른 사람들보다 더 지독해!" 자기절멸. 우울증의 터널 끝에 비치는 검은 빛, 제이 개츠비의 부두 끝 초록색 불빛처럼 매혹적으로 반짝이는 유령 같은 빛. "이리 와서 나랑 잠깐 쉬어." 그것이 속삭인다. "이제 몸부림은 그만둬."

나는 늘 이 질문에 다다른다. 우울증에 빠졌을 땐 어디로 가지? 이것이야말로 문제의 핵심 아닌가? 그럴 수만 있다면 이상적이겠지만 내면으로 숨어들 수도, 헨리 제임스의 여동생 앨리스처럼 평생 방 안에 틀어박혀 지낼 수도 없는 노릇이다. 옛 사람들은 바로 그런 이유로 몇 달씩 바다 여행을 갔다지만 (적어도 영화나 소설 속에서는 그렇다), 오늘날 가능한 정식 요양법은 정신병원 입원뿐인데, 내가 경험으로 배웠듯 그나마도 나름의 참상과 한계로 가득한 것이 현실이다. 안식을 찾아 침대로 향하지만 거기서도 헤맬 뿐이다. 그래서 아이 여럿을 거느리고 외국으로 이주해 실생활에서 손도 대본 적 없는 원예를 하며 여가를 보내는 동경에 찬 꿈을 꾸기도 하고, 때로는 엄청난 충격에서 회복 중인 사람처럼 눈을 감고 그냥 누워 있기도 한다.

새해 전날, 오후 네 시까지가 아니라 두 시까지 잔다. 금세 날이 어두워지고, 나도 모르게 화장을 조금 하고, 옷을 걸쳐입고, 진주 귀고리를 걸고, 늘 꿰차는 닳아빠진 운동화나 로퍼 대신 야회용 펌프스를 신는다. 조금 전에는 다시 책을 펼치고 기사 작업을 시작하자는, 보다 결연하고 견고한 의지를 지닌 누군가의 별을 향해 내 비틀거리는 마차를 잡아타고 가보자는, 내 솜씨로 다른 누군가의 존재에 형태를 부여해주자는 생각도 잠시 해보았다. 다만, 이제 나조차 내 솜씨라는 것을 매우 이론적인 차원에서만 믿고 있기는 했다. 실제로 자판을 두들기지 않으면, 작가로서의 나는 쉽사리 사라진다. 그것은 내 글이 얼마나 발표되는지와는 무관하게(요즘 같아서는 전무하다), 기분이 괜찮을 때만 아주 희미하게 깃드는 직업적 정체성일 뿐이다.

A의 초청으로 72번 가 근처의 센트럴 파크에서 불꽃놀이를 구경한다. 교양 있는 옛날 뉴욕 식 만찬에서 잘 알지도 못하는 사람들과 교양 있는 대화(아이들, 학교, 꼭 보아야 할 연극)에 참여한 뒤다. 죽어야 할 이유가 아닌, 살아야 할 이유들. 자정이 조금 지난 지금, 나는 다채로운 색조의 폭발을 바라본다. 빨간색-흰색-파란색, 꿈틀거리며 올라오는 초록색, 몇 가닥의 보라색 줄기, 은색의 뭉텅이들, 샴페인 빛의 불똥들. 조이와 친구 B가 가까이 서 있는 가운데, 나는 불꽃 송이들을 올려다보며 간절히 애원한다. "나를 낫게 해줘요. 불꽃놀이에, 사물의 에너지에 몰입해 있는 이 순간을 기억하게 해줘요. 예고의 북소리에 귀 기울이시 않게 해줘요. 전남편, 형제자매, 마음 써주는

친구들이 걸어오는 평범한 전화들과 자동응답기에 남기는 기운 내라는, 상황이 그리 나쁘지는 않다는 메시지들에 주의를 기울이게 해줘요. 앞으로 나아가게 해줘요."

33.

이 글을 쓰는 지금은 2011년, 어머니가 돌아가신 지 5년이 되었다. 지구는 계속 돌고, 쓰나미가 일본을 덮쳤고, 먼 곳의 정부들이 전복되었고, 어디선가는 선거를 하고 있다. 섬세하고도 치열한 소설들을 쓴 칠십대의 여성 작가가 센트럴 파크 웨스트의 한 거실에 CNN 또는 알자지라 방송을 켜놓고 꼼짝도 않고 꼿꼿이 앉아 있다. 평생을 함께해온 남편이 긴 투병 끝에 1년여 전에 죽었으나 그가 없는 삶을 상상조차 못하고 있다. 내 좋은 벗인 그녀의 슬픔 속으로 나는 기꺼이 들어간다. "그이가 여기 없다는 게 믿어지지가 않아." 그녀가 말한다. 죽음의 절대성 앞에서, 망자의 되돌릴 수 없는 부재 앞에서 그녀가 겪고 있는 혼란을 나는 동정한다.

애도는 얼마 동안만 해야 한다고 누가 말할 수 있겠는가?

비록 초고속 시대지만, 감정이 살고 있는 우리의 변연계는 늘 그래왔듯 날, 달, 심지어 해의 경과에도 크게 영향 받지 않는다. 어머니의 육신은 이제 흙이 되었지만 어머니 없이는 못 살겠다고 생각하지 않을 때면, 나는 여전히 비판과 날카로운 감시의 눈을 피하며 머릿속에서 어머니와 한판 붙는다.

15년쯤 전의 5월을 떠올린다. 당시 사십대 초반이던 나는 또 한 차례의 힘든 시기에 돌입하고 있었다. 아버지가 돌아가시자 어머니는 예루살렘의 아파트에서 여러 달씩 지내기 시작했는데, 나는 또다시 태풍의 눈에 사로잡히지 않으려고 어머니를 찾아, 내 어머니가 아닌 다른 어머니를 찾아 나의 도시를 떠나 어머니의 도시로 향했다. 이번에는 또 무엇이 촉발점이었을까? 분노와 외로움이 뒤범벅되었을 테고, 내부와 외부 세계 양쪽에 뭔가가 잘못되었을 것이다. 나는 식사를 하지 않았고 말도 거의 하지 않았다. 그럴 때 나타나 자살하라고 꼬드기는 내면의 목소리가 다시 최고 음량으로 작동하고 있었다.

전남편과 헌신적인 가정부에게 딸아이를 맡기고, 뭔가에 떠밀리듯 비행기에 올랐다. 나는 몰라도 엘 알은 최소한 일시적으로나마 나를 안전하게 지켜줄 거라고 믿었다. 도착하자마자 창밖으로(킹 조지 스트리트의 아파트 겸 호텔 건물 고층에 있고, 발코니에서 구시가가 내려다보이는 어머니의 아파트의 창) 뛰어내리거나 어머니의 위로를 받을 거라고 마음먹었다. 회개에 서툴렀지만 어머니가 자신의 잘못을 시인만 해도, 또는 더이상

302

아이가 아닌데도 그냥 어머니가 곁에 있어주기만 해도 기분이 나아지는 경우가 있었다.

저녁에 이스라엘에 도착해 며칠 동안 기절할 만한 다량의 수면제를 삼켰음에도, 그날 밤 한두 시간밖에 자지 못했다. 새벽 다섯 시, 아직 해가 뜨기 전, 나는 깨어서 침대 위의 어머니를 내려다보고 서 있다.

도대체 이 여자는 누구일까? 그녀의 지극히 자기모순적인 인성을 파악하려 애쓰며 수십 년을 보냈지만, 본질적으로 짚어내기 어려운 뭔가가 있다. 그토록 뒷바라지를 필요로 하는 남편이 있으면서 아이는 왜 그리 많이 낳았을까? 왜 보통 어머니들과는 달리 우리 중 누구에게도 관심이 없었을까? 어머니는 이를테면 우리가 옷을 따뜻하게 입었는지 학교생활은 어떤지 따위를 절대 염려하지 않았다. 왜 누군가가 제때 나서서 그녀가 자신의 약탈적 본능으로부터 지켜내지 못한 우리에게서 강제로라도 그녀를 떼어놓지 않았을까? 그녀가 내게 불어넣은 나 자신을 향한 흉포성은 그 어떤 외부 요인과도 비교할 수 없을 정도였다.

"당신은 내 인생을 고갈시켰어. 내겐 기회가 주어지지 않았어." 나는 어머니에게 말한다. 나를 집어삼키는 고통에, 속에서 나를 향해 짖어대는 성난 개들에 정신이 나가 최소한의 품위도 지키지 못한 채 악을 쓰고 울어젖힌다. "당신 때문에 내 인생이 말라붙었단 말이야."

최근에 5중 혈관우회로술을 받았지만, 강건한 독일계 유대인 혈통으로 보아 어머니는 분명히 나보다 오래 살 것이다. 어머니를 '남근적'이라고 묘사한 정신분석학자는 제 새끼를 잡아먹는 전설 속 새에 어머니를 비견하기도 했지만, 항상 그렇듯 어머니의 격심한 파괴성에 대한 타인의 인정이 특히 사후에 무슨 도움이 될지 나는 확신할 수가 없다. 어머니는 너무 강인하고(언제나 너무 강인했다), 반대로 나는 등뼈도 내적 자원도 없는 동물처럼 너무 여리다.

"당신은 나를, 우리 모두를 망가뜨렸어."옛날에 어머니와 아버지가 그랬듯이 우리가 트윈베드에 나란히 누워 자고 있는 어머니의 방 어둠속에서, 이제 나는 어머니를 향해 비명을 질러댄다. 서서히 해가 나기 시작하면서, 가차 없이 화창한 예루살렘의 하루가 또 열리고 있다.

모든 걸 잃어버린 느낌이다. 이만큼 끌고 왔는데, 이제 결국 끝이다. 지금 너머의 미래는 없고, 영원한 지금 속에서 나는 쓸모없다. 아니, 그 정도가 아니다. 무가치하다. 억눌린 비탄과 분노로 어머니를 마주한다. 왜 어린 시절부터 이처럼 오래도록 이 어둠과, 보이지 않게 달려들어 나를 마비시키는 이 용과 함께 살아야만 했을까? 이렇게 만든 것은, 나를 고갈시킨 것은 바로 그녀다.

칠십대 중반인 어머니는 무릎께까지 내려오는 꽃무늬가 살짝 들어간 면직 나이트가운을 입고 있다. 침대에서 내려와 차 한 잔을 들고 내 앞에 서서, 다 괜찮을 거라고, 전에도 이랬지만 항상 빠져나왔다고 말한다. 내가 내뱉는 비난에도 어머니가 전혀 동요하지 않고 나를 휘젓는 감정들을 인정하는 데서 나는 묘한 위안을 느낀다. 아마 나는 달래기 매우 쉬운 사람일지도 모른다. 하지만 확실한 사실은 어머니는 겉보기만큼 또는 내가 생각하는 만큼 내가 겪는 혼란을 모르지 않는다는 것이다. 어머니가 모르는 것은, 어머니를 당황시키는 것은 없다. 어머니가 나에게 주는 것은 보다 식별 가능한 형태의 사랑 대신 바로 그런 내구력과 지키고 서서 내 깊은 속을 꿰뚫어보는 냉정한 의지인지도 모른다. 어머니가 떠나고, 슬픔의 분수처럼 끝없이 솟구치는 내 눈물을 멈추게 해줄 사람이 없을 그날을 나는 두려워한다.

***

한편 나는 열심히, 아주 열심히 노력 중이다. 어떤 '노력'이냐면, 우선 우울한 나로부터 나 자신을 분리하는 것이다. 말하자면 활주로에서 이륙한 비행기처럼 그 위를 날아가는 것이다. 노력은 또한 계속 나아가는 것, 내 일상의 사소하거나 덜 사소한 부분들에 억지로라도 개입하는 것이다. 나는 전화를 받고, 이메일에 회신하고, 샤워를 하고, 메스 절개가 필요 없는 새로운 형태의 성형수술에 대한 잡지 기사를 쓰기로 약속한다. 입원밖에는 방도가 없을 정도로 바닥에 나자빠져 있지만 않으면, 소소하고 자잘한 것들은 내 호기심을 자극하며 '살아야 하나, 죽어야 하나'라는 끊임없는 강박적 독백으로부터 잠깐이나마 나를 떼어놓는다.(사실 아직까지 이런 고민에 빠져 있기에는 나이가 너무 많이 들지 않았나 싶다. 필립 라킨은 〈신경증 Neurotics〉이라는 시에 "관심은 항상 젊은이들과 주장 강한 사람들에게 돌아가는 법이다"라고 썼다. 삶이 우리 앞에서 매혹적으로 흔들리는 이십대에 자살을 원하는 것과 좋은 쪽이건 나쁜 쪽이건 삶이 자리를 잡은 중년에―무슨 기대가 그리 컸기에―자살을 고려하는 것은 전혀 다른 일이다.)

디테일들은 나를 빨아들이고 내 곪아가는 영혼에 향유처럼 작용한다. 그리고 나는 그 디테일들에 대한 글을 써냄으로써 그것들을 다시 순환시킨다. 거들 구매에 대한 기사일 수도 있고, 로즈 게토에 대한 신작 소설의 서평일 수도 있다. 또는 톰 스토파드Tom Stoppard나 케이트 블란쳇Cate Blanchett이나 앨리스 먼로Alice Munro 같은, 나 자신의 내면에 대한 관심을 돌려놓을 만큼 흥미로운 사람들에 대한 〈뉴욕 타임스 매거진〉 프로필 기사일 수도 있다.

바라는 것이라면, 나와 어둠 사이에 거리를 유지하기에 충분한 시간 동안 그 주제들에 집중할 수 있는 것이 아닌가 싶다. 일례로 1~2주 전 기사를 위해 다이앤 키튼Diane Keaton과 통화하며 나는 시각 세계에 대한 그녀의 흥분, 집들과 나바호 담요와 특정 문자의 형태까지 모든 것에 대한 그녀의 사랑, 형상들에 대한 그녀의 심원한 감수성에 빠져드는 경험을 했다. 잠시나마 그녀의 활기가 내게도 옮겨오는 기분이 들면서, 최고의 바구니를 찾아 헤매고 커튼용 직물을 구하러 다운타운으로 진격하는 내 모습을 그려보았다. 그렇게 나는 잠시나마 활동했다. 풍경을 가로지르며 달려갔다. 하지만 물론 나는 한 치도 움직이지 않고 책상머리 컴퓨터 앞에 앉은 채였다. 아무 데도 가지 않을 것이고, 외출할 만한 복장도 아니었다.

말이 나와서 하는 말인데, 기동성은 당연히 언제나 문제였다. 한 곳에서 다른 곳으로 이동하는 것. 능동적이고 계획된 움직임이 요하는 어떤 희망이, 불안감보다 강해서 다른 곳이 아닌 이곳에 있게 해주는 현재에 대한 포용이 내게는 결여되어 있었다. HBJ에서 일할 때는 업무상 점심 식사 후에야 사무실에 출근하는 편이었다. 어린 시절에 그랬듯이, 아침 시간은 항상 힘들었고 정말이지 아무하고도 마주하고 싶지 않았다. 후에 〈뉴요커〉 전속 작가가 되어 누구나 선망하는 20층의 전용 사무실은 물론 공간을 아늑하게 꾸며줄 사무용품들을 세심하게 청록색으로 맞춰 구해온 편집기자까지 제공받았을 때도, 단순히 현장에 함께 있는 느낌이 즐거워서라도 사무실에 나오는 여러 작가들과는 달리, 출근 일수가 손가락으로 꼽을 정도였다. 서평과 에세이를 썼고, 한동안 앤서니 레인Anthony Lane과 함께 영화 칼럼을 쓰기도 했다. 자극이 되는 대화를 활용할 수도 있었을 텐데(그곳에는 J. M. 쿠체Coetzee의 새 장편소설이나 로버트 알트먼Robert Altman의 《진저브레드 맨The Gingerbread Man》에 관해 즐거이 토론해줄 똑똑하고 박식한 사람들이 많이 돌아다녔다), 나는 집에서 일하는 게 좋았다.

사무실의 위치가 역시 잘 출근하지 않는 두 작가의 사무실 가운데여서 외로웠던 것 같다. 하지만 정말 솔직하게 말하면, 사무실 출근이 힘들었던 것은 다른 작가들과의 자연스러운 친화가 요구되는 상황에서 어떻게 행동해야 할지 몰랐기 때문이라고 해야 옳을 것이다. 나는 언제나 집단 안에서 불편하고 어색했다. 육남매 중 하나인 것부터가 그랬다. 그뿐 아니라, 그 선택된 공동체의 일부로 살아가는 적당한 절차랄까, 올바른 행동양식을 몰랐다. 그럴싸한 재담을 주고받으며 동료들과 어울려 다녀야 하는 건가? 아니면 문을 닫아걸고 컴퓨터에 매달려 열심히 쓰는 척해야 하는 건가? 나는 이런 모든 시나리오에 형언할 수 없는 불안감을 느꼈다. 지금 생각해보면, 유쾌할 수도 있었을 상황에 그런 거리를 유지한 것은 사회생활에 필요한 체면치레도 못하는 얼간이인 것이 '발각'될까봐 두려웠기 때문인 것 같다. 나는 얼마나 많은 것을 놓쳤고, 누구와 친구가 될 수도 있었을까….

지금도 나는 세상에 나가 지하철이나 버스나 택시로 도시를 질주하는 사람들을 보며 어쩌면 저렇게 쉬울까 감탄하곤 한다. 단순히 걷는 것도 그렇다. 나는 상의를 걸치고 핸드백을 들고 준비가 되어 출발하는 것이 어렵다. 나 자신의 우울한 모습이 앞을 가로막는다. 아무도 나를 생각하지 않고, 단지 어두운 생각들, '지금 저 버스 앞으로 뛰어들까? 마침내, 지금?' 하는 끝없는 고민만 따라붙는 익명의 존재로서 무거운 발걸음을 내디디는 나의 모습이. 부정적인 예감 앞에서 내가 늘 그러듯, 어떤 만남도 기분 좋은 것이 되리라고, 아니, 더 정확히는 나를 나 자신으로부터 떼어놓을 수 있으리라고 상상하기가 쉽지 않다.

여러 가지 이유(치과 방문, 친구들과의 저녁 약속, 영화 관람, 드라이클리닝 맡기기, 우유 사러 나가기)로 집을 나가는 일이 전혀 없다는 말은 아니다. 하지만 왜 늘 이렇게 힘이 들고, 왜 나는 항상 집 안에만 있으려고 하는 걸까? 집 안에서는 내 감정을 숨기지 않아도 되고, 내가 원하는 대로 우울증에 잠겨들거나 맞서 싸울 수 있기 때문일 것이다. 바깥세상에서는 만면에 미소를 띤 채 고개를 끄덕이며 맞장구치고 암일지도 모르는 사마귀를 검사받고 유방조영술이며 대장내시경을 받고 호르몬 수치를 점검하는 상위 중산층 여성들처럼 항상 세심하게 예방에 신경을 쓰며 스스로의 건강을 챙겨야 하는 이유를 이해하는 시늉을 해야 한다.

그리고 나는 살아간다. 약을 먹고, 딸아이와 다투고, 멍청한 텔레비전 프로그램을 보고, 이 책을 쓰느라 씨름하고, 상담치료에 가고, 여름 별장을 빌릴 생각을 한다. 자살 생각을 하는 여자가 별장은 또 뭐냐고 물을지도 모르겠다. 그건 나보다 강한, 두 발을 당당히 딛고 서서 나처럼 특혜 입은 성인들이 하는 일들을 척척 해내는 사람으로서의 나를 잠시 상상하기 때문이다. 나는 물가의 작은 오두막 안에 앉아 책을 읽고, 글을 쓰고, 친구들을 초대해 대접하고, 산책도 하는 내 모습을 그려본다. 하지만 이곳 도시에서 그러듯 토요일에 일어나보니 더는 계속 나아갈 수 없을 것 같으면 어쩌지? 냉장고를 채우고 페이퍼 타월 같은 것들을 사다놓을 기운이 없으면, 그리고 아무도 안 오면 어쩌지? 친구들이 오긴 했는데, 자꾸 화가 나고 아무도 도와주지 않아 부아가 치밀면 어쩌지?

그리고 또 하나 빼놓을 수 없는 사실은 내가 운전을 못 한다는 것이다. 대부분의 사람들이 십대 시절에 숙달하는 기술을 나는 익히지 못했다. (삼십대 중반에 운전 교습을 받기 시작해 잘하다가 갑자기 공포감에 빠져 다음 교습을 취소하고 그만두었다.) 최근에 드물게 찾아오는 진취적 기상에 젖어 뉴욕 주 차량등록국에 〈운전자 교범Driver's Manual〉을 주문해서 받았다. 밝은 색상의 표지에 파란색 차 세 대가 노란 점선이(47쪽, "황색 단일 점선: 다른 차량의 주행을 방해하지 않고 안전하게 할 수 있다면 추월 및 차선 변경이 가능합니다.") 쳐진 Z자 형의 검은 도로를 달려가는 모습이 담긴 멋진 소책자지만 거들떠보지도 않았다. 운전 배우기. 나의 학습 목록 중 한 항목이다. 사는 법 배우기와 함께.

34.

여름철에 도시에서 주말을 맞으면, 다들 즐거운 나들이를 갔는데 나만 홀로 남겨져 떠도는 느낌이었다. 무르익은 중년의 나이에 다다른 지금에서야 나도 도시 탈출이라는 몹시 맨해튼적인 통과의례에 끼어들게 되었다. 먼저 이용한 것은 우리 집안의 애틀랜틱 비치 별장이었다. 조이는 방충망 문이 탕 소리를 내며 닫히고 형부들 중 하나가 정신없는 바비큐를 맡아 지키는 그곳에서 여러 사촌들과 시간을 보내게 되어 신이 났다. 그러나 아버지가 돌아가시고 5년이 안 되어 나의 맹렬한 반대에도 불구하고 가족들이 그 별장을 팔았다. 이후 나는 어린 딸아이를 끼고 식객 노릇을 했다. 귀여운 선물들을 갖다 바쳤고, 스크래블을 좋아하는 척했고 집주인의 취향에 맞춰 냅킨을 접었다.

그러다 약 6년 전쯤, 다른 사람들이 도피처를 제공해주기를 기대하지 말고 직접 마련해보기로 결심했다. 정말 마음에 드는 물건이 나온다 해도 돈이 모자랄 거라는 걸 알면서도 임대용 여름 별장을 찾아 헤맨 끝에 새그 하버에서 4마일 떨어진 노약이라는 마을에 있는 하얀 오두막(인근 사우샘프턴 영지 내 하인 처소 단지의 일부)을 택했다. 작은 만灣으로 둘러싸인 해변이 내려다보였고, 전망창이 곳곳에, 화장실에까지 나 있었다. 그것을 빌리면 좀 더 느긋해질 것 같았다. 뭔가 성취한 사람처럼, 주말에 손님들을 불러 푸짐한 아침 식사를 대접하고 크로케 게임을 즐길 수 있게 해줄 능력이 있는 사람처럼 느껴질 것 같았다. 운전도 못 하고 기초적인 가사에도 쉽게 압도되었지만, 나는 그런 사람이 되고 싶었다. 집 자체는 아담한 보트 같은 느낌을 주었지만, 노약은 공식적으로 사우샘프턴 소속이었음에도 걸어서 갈 수 있는 곳이라곤 고약한 냄새가 살짝 나는 식료품점, 피자 가게, 그리고 주류 판매점뿐이었다.

노약에서 두 번의 여름을 난 뒤, 북쪽으로는 훨씬 더 아름다운 쿼그가, 남쪽으로는 보다 붐비는 햄프턴 베이스가 있고 5분이면 다 돌 수 있는 조그만 블루칼라 동네 이스트 쿼그로 옮겨 갔다. 보잘것없는 중심가에 자동차 정비소 몇 곳과 델리 두 곳, 네일살롱, 초소형 초밥 전문점, 테이크아웃 중국음식점, 그리고 티셔츠와 캔버스백과 말린 꽃 등을 파는 초라한 가게 한두 곳 등이 있었다. 고품질의 육류에 수입 건조 파스타와 수제 초콜릿 같은 고급 제품을 파는 마켓을 빼면, 그리고 마을버스를 타야 할 때를 빼면, 시내까지 걸어나갈 이유는 거의 없어보였다. 하지만 햄프턴스의 다른 어느 곳보다 월세가 싸다는 점에 일단 끌렸다.

정원이 널찍하고 수영장도 있었지만 전혀 정이 들지 않았다. 무미건조한 가짜 젠 스타일의 실내장식이 싫었지만, 벽에 그림을 걸어 자국을 남기고 싶지도 않았다. 단층집의 실내는 혼자 있으나 손님들과 함께 있으나 갑갑하고 고립된 느낌을 주었다. 정말로 만족감을 느낀 유일한 순간이라면, 아직 해가 있긴 했지만 조금 기운 주말의 오후였다. 나는 긴 안락의자에 앉아 책을 읽거나 일광욕을 했는데, 언제나 그렇듯 내 창백한 살갗이 그을리는 것을 보면 내가 변하는 느낌이 들었다. 집주인이 이웃 농부에게 세놓은 닭장도 있었는데, 처음에는 닭들의 *꼬꼬댁거리는* 소리가 성가셨지만, 시간이 갈수록 정다운 배경처럼 느껴졌다.

그해 여름, 기분이 가라앉기 시작하더니, 8월에 이르러서는 좀 더 불길한 그림자를 드리웠다. 유난히 더운 여름이었다. 워낙에 때와 장소를 불문하고 더위를 타는 체질인데다, 항우울제 때문에 몸이 더욱 달아올랐다. 지난 두 달을 땀만 *뻘뻘* 흘리며 보낸 것 같았다. 다른 사람들은 얼굴이 조금 발그레해지는 정도일 때도 나는 이마에 땀방울이 송골송골 맺히다가 이내 양쪽 뺨으로 흘러내렸다. 남들의 눈이 의식되어, 번들거리는 얼굴을 티슈로 연신 닦아내야만 했다.

8월이 깊어갈수록 그야말로 축축 처졌다. 생각도 말도 마찬가지였다. 문장을 만드는 데 너무 많은 시간이 걸렸고, 어휘를 찾아 떠듬거리는 나 자신에게 짜증이 났다. 나는 지금 현재만 생각하기로 했다. 그 너머의 미래에 스스로를 투사하려 하면 엄청난 불안감이 밀려왔기 때문이다. 자살 생각을 밀쳐내는 연습을 하는 것, 하루하루 계속 실존하는 것 말고는 다른 선택이 없다는 듯 노력해온 지 꽤 오래였다. 그런 다운사이징이 지나치다 보면 반半식물 같은 상태에 이를지도 모른다는 생각에 조심하자고 마음먹었지만, 나에게 그럴 힘이 있는지 자신이 없었다.

한편 조이의 도움으로 이스트 쿼그 별장의 가구 몇 점을 재배치해 침실에 작은 작업 공간을 만든 뒤 주말마다 초박형 새 노트북 컴퓨터를 챙겨갔지만, 책상 앞에 앉는 일은 드물었다. 거기서 책(바로 이 책) 작업을 방해하는 건 나뿐이었다. 낯익은 자기회의의 망령들이 수없이 나를 덮쳐왔다. 내가 하려는 말에 누가 관심이나 가질까? 글을 쓴 지 수십 년이 됐지만, 내가 정말로 직업 작가라고 믿는 단계에 다다르지 못하고 있었다. 내 글을 읽어줄 독자들이 있으리라는 믿음은 더더욱 없었다. 매혹적으로 글을 쓰는 나의 능력을 의심했다기보다는, 내 글에 매혹된 독자들을 상상하는 데 번번이 실패했다고 할까? 반면 자기몰두와 자기연민, 그리고 지나친 솔직함과 꼴사나운

자아도취까지 자전적 글쓰기에 잠재된 모든 위험요소들을 거론하며 내 글을 사정없이 파헤칠 못마땅한 비평가들의 얼굴은 쉽게 떠올랐다.

그런가 하면, 내가 쓰기 시작한 이런 종류의 회고록에서 할 수 있는 말과 할 수 없는 말이 무엇인지에 대한 총체적 고민도 많았다. 지난 세월 동안 별 어려움 없이 사적 디테일들을(때로는 민망할 만큼 개인적인 디테일들을) 폭로하는 작가라는 평판을 얻었지만, 사실은 그리 간단치 않았다. 우리 가족에 대해 쓸 때면 많은 부분을 뺐다. 형제들에 대한 부분이 특히 그랬는데, 그들의 프라이버시를 침해하고 싶지 않아서였다.

이런 전술적 선택은 오래전에 쓴 장편소설과 이후 〈뉴요커〉 및 〈뉴욕 타임스 매거진〉에 실은 사사로운 기사들에는 효과적이었으나 이제는 별로 합리적이지 않았다. 우리 남매 중 몇몇이 겪은 심리장애, 특히 그것이 정상적인 기능을 하기 힘들 정도로 지독한 우울증으로 나타났을 때 어머니가 이상할 만큼 포용적인 반응을 보이는 것을 목격한 것이, 그런 영역의 내 취약성에 대한 관점에도 영향을 끼쳤다. 우리 중 누구든 외톨이에 무능력자라고 입증이 되면 보상이 따른다는 것을 알게 되었다. 그것은 바로 다른 무엇으로도 얻을 수 없는 어머니의 전적인 관심이었고, 다른 방식으로는 끌어내기 어려운 어머니다운 염려였다. 그러니까 성년으로 가는 길 위에서 심하게 비틀거린 사람은 나뿐이 아니었다는 의미인데, 그렇다면 우리 집

안의 외적 허울을 둘러싼 침묵의 계율을 배반하지 않고 어떻게 그 기능부전의 모든 체계를 설명할 수 있겠는가? 가장 가까운 사람들에게 고통이나 손상을 끼쳐도 개의치 않는다는 듯이 비밀을 누설하는 작가들을 보면 늘 경탄과 불편함이 동시에 느껴졌고, 나에겐 그런 강철 같은 결의가 없다는 걸 알 수 있었다.

10년이 넘는 동안 세 곳의 출판사와 차례로 계약했던 우울증 관련 책을 어떻게 쓸지, 아니, 그보다 쓸지 말지를 놓고 초조해하지 않으면, 무료로 배포되는 햄프턴 소개 잡지들(매주 종류가 늘어나는 듯했다)을 끝도 없이 들여다보며 시간을 보냈다. 촛불을 밝힌 자선 파티들에 참석하고도 시간이 남아 창의적이고 놀랄 만큼 비용이 많이 드는 취미까지 즐기는 화려한 커플들과 지역 유명인들이 거기에 나와 있었다. 당연히 여자들은 전부(심지어 최근 출산한 여자들까지도) 날씬했고, 남편들도 말쑥이 빗어넘긴 머리에 근사한 블레이저를 입은 모습이 하나같이 잘 나가는 사람처럼 보였다. 다수가 양말 없이 로퍼나 스웨이드 재질의 드라이빙 슈즈를 신고 있었다. 나는 밤늦은 시간에 침대에 누워 그 사람들의 삶을 진지하게 상상해보곤 했다. 그들의 집안은 어땠으며, 상대를 어떻게 만났을지, 그들 중 책 읽기를 좋아하는 사람이 있을지 등등.

어느 일요일, 손님으로 온 한 부부와 그들의 어린 아들을 데리고 쿼그의 한 카페로 브런치를 먹으러 갔다. 자신들의 재미를 위해 존재하는 호화로운 우주 속에서 편안해 보이는 그 잡지 속 사람들 중 하나가 된 기분으로 가격도 묻지 않고 로브스터 샐러드 1파운드를 포장 주문했다가, 로브스터 샐러드 하나만도 90달러라는 말에 바로 반 파운드로 정정했다. 주문을 받고 그 로브스터 샐러드도 만들었을 흰 앞치마 차림의 여자는 짜증을 숨기지 않았다.

무덤 속 어머니가 일어나 앉아 나를 노려보는 느낌이었다. 여름철 주말에도 과일(아니, 어떤 종류의 식품이든 모두)을 넉넉하게 사는 법이 없어서 일요일 아침이면 달랑 복숭아 한두 개와 아버지의 점심용으로 조그만 훈제 연어 한 조각만 남겨두던 바로 그 어머니가 "주제도 모르고 펑펑 써대는구나!" 하고 쏘아붙이는 것 같았다. "보기만 해야지 만지면 안 된다는 걸, 다른 사람은 몰라도 네가 쓰라고 생긴 돈은 아니라는 걸 모르니?" 나 자신의 본질적 가치에 대한 명료한 의식을 가져본 적이 없었던 나는 물질적 세계에 관해서라면 탐욕과 망상적 공포 사이에서 맥없이 흔들렸다. 이 물건은 가질 가치가 있을까? 아니, 내가 이 물건을 가질 가치가 있을까? 싸게 사는 게 맞나? 아니면 속아넘어가는 건가? 일요일 점심거리 같은 간단한 구매 행위조차 위태롭기 짝이 없게 보일 수 있었다.

시간이 흐르면서 내 머릿속을 채우기 시작한 구슬픈 생각들을, 불안을 키우는 익숙한 생각들을 몰아내려고 노력해보았다. 먼저 아버지가 있었다. 아버지는 왜 그토록 나에게 관심이 없었을까? 아버지의 무관심에 대한 나의 상념은 아버지 생전에 시작되어 사후까지 계속되었다. 〈뉴요커〉 영화 평론가 자격으로 여덟 살배기 조이와 일주일 동안의 크루즈 여행을 마치고 홍콩의 근사한 페닌슐라 호텔에 묵다 아버지의 임종을 지키러 서둘러 돌아온 것이 15년 전의 일이다. 그것이 중요했을까? 구태여 그럴 필요가 있었을까? 그것은 아버지를 위한 일이었을까, 아니면 나 자신을, 아니, 그보다는 어머니를 위한 일이었을까?

어떤 면에서 나는 윌리엄 포크너William Faulkner가 과거에 대해 남긴 유명한 선언("과거는 결코 죽지 않았고 지나가지도 않았다.")을 전적으로 믿으면서도, 한편으로는 현실세계의 사람들은 그냥 묻고 지나간다는, 아니, 적어도 그런 척한다는 것을 알고 있었다. 그러지 않았다가는 테네시 윌리엄스Tennessee Williams나 유진 오닐Eugene O'Neill의 연극에 나오는, 이를테면 내가 깊이 공감했던 〈유리 동물원The Glass Menagerie〉의 로라 같은 불운한 인물로 전락하고 말 것이기 때문이다. 전에 입원했을 때 권유받았던 전기충격 요법을 한사코 거절하지 말고 그냥 받을 걸 그랬나, 다시 한 번 자문해보았다. 내 완고한 마음을 바로잡는 데는 그런 원시적인(그동안 얼마나 정련되고 순화되었는지는 몰라도, 내 생각에는 여전히 원시적이었다) 치료가 당연한지도 몰랐다….

휴가 중이던 정신과 의사와 정기적으로 전화 상담을 했다.

내가 보기에는 참 자의적이다 싶은 그 업계의 규칙을 어기면서까지 나를 도와주려 하고, 매년 여름 메인 주 해안 근처 섬으로 두 달씩 휴가를 가더라도 늘 연락이 닿을 거라고 상기시켜준, 장점 많은 사람이었다. 그와 상담한 지가 2년째였고, 이 사람이야말로 내가 찾으리라는 희망을 거의 버렸던, 아니, 좀 더 정확하게 말하면 이제야 비로소 활용할 수 있게 된 의사라는 느낌이 들었다. 그의 곁에서라면 과거의 공포를 내보내고, 가져본 적 없는 온화한 유대계 가정의 환상을 포기하고, 어머니의 '선택된'(오직 어머니만 바라고 그 결과 어머니에게 사로잡힌) 아이로서 치러야 했던 대가와 직면할 가능성이 있었다.

그럼에도 나는 내 머릿속에서 그를 실재하는 사람으로, 나를 '자신의' 머릿속에 담아줄 사람으로 신뢰하는 데 어려움을 겪었다. 다른 사람과 함께 있지 않게 된 순간 지구 끝에서 굴러떨어지는 기분이었다. 어쩌면 지구 끝에서 굴러떨어지는 건 그 다른 사람이라는, 아니, 우리 둘 다일 수도 있다. 과정이 어땠든 결국 모두 떨어져나가고, 나는 믿을 만한 인간관계 하나 없이 메마른 달 표면을 홀로 헤매야 하는 운명 같았다.

그 여름의 끝을 나는 책에 빠져 보냈다. 회고록·전기·소설, 가릴 것이 없었다. 도쿄에서 일어난 실제 범죄사건을 다룬 《어둠을 먹는 사람들People Who Eat Darkness》은 특히 너무나 매혹적이어서, 시작부터 끝까지 이틀 밤 만에 다 읽었다. 사악한 무엇 또는 누군가가 야음을 타고 다가올 것만 같아 불을 끌 수도 책을 덮을 수도 없었다. 책 한 권을 끝내면 곧바로 다음 책을 집어들었다. 생각이 다 무슨 소용인가? "닥쳐, 주둥이 닥치라고. 네 강박적인 작은 뇌 바깥에는 커다란 세계가 펼쳐져 있어. 이제 거기에 한번 주의를 기울여봐." 나는 스스로에게 말했다.

이스트 쿼그 별장에서 보낸 마지막 주말, 나는 조이와 함께 주방을 정리했다. 호딩Hoarding[33] 성벽을 타고난 우리 둘은 자잘한 먹거리와 남은 음료수 따위를 버리느냐 아니면 박스나 쇼핑백에 담아 집으로 가져갈 것이냐를 놓고 실랑이를 벌였다. 이제 떠날 시간이라는 사실이, 완전히 망가지지 않고 8월을 보냈다는 안도감이 무엇보다 컸다. 예전에는 여름의 끝이 늘 슬펐지만 이번에는 달랐다. 정원과 수다스러운 닭들이 그리울 것이고 눈을 감고 태양에 몸을 맡기는 일도 그리울 테지만 그뿐이었다. 햄프턴 소개지들을 독파하는 것도, 마을버스를 타고 누추한 동네를 지나 별장으로 돌아오며 애당초 두 시간 반, 때로는 세 시간을 들여 고작 여기에 온 이유가 무엇일까 의아해하는 일도 지겨워졌다. 아직 가을이 온 건 아니지만, 집에 돌아가면 상황이 좋아질 가능성은 항상 있었다.

아파트로 돌아와 낯익은 벗들인 수천 권의 책과 다시 함께 있게 되자 반가웠다. 그들이 오래된, 또는 새로 들여놓은 서가에 꽂혀 이리 오라고 나를 불렀다. 돌아다닐 동선은 다양했다.

---

33) 물건을 모아 쌓아두는 강박증.

잠시 모든 것이 처음인 양 신선하게 다가왔다. 우울한 내 자아가 나의 귀가를 축하하며 잠시 물러서서 길을 터주는 것 같았다. 얼룩 자국 없이 사는 게 어떤 것인지 잊어버렸던 나는 숨길 수 없는 어둠 없는 내 삶을 어떻게 알아볼지 몰라서 한동안 허둥댔다.

35.

목요일 저녁에는 정신약리사를 만난다. 신경과 수련을 받은 그는 기이할 정도로 젊어 보인다. 우리는 환자와 의사 사이의 교류라는 범주를 넘어 친근한 관계를 형성했다. 이를테면 내가 마지막 환자일 경우 이따금 택시를 합승하기도 한다. 나에게 소중한 사람들 여럿(열 명에서 열두 명)에게 소개해주었을 만큼 나는 그의 지식과 기량을 확신한다. 그런데도 정작 나 자신의 상태에 대해서만큼은 그의 전문적 견해를 믿지 못하고, 그의 어림짐작과 무계획적인 약물치료를 넌지시 빈정대고("이 약들이 정확히 어떻게 작용하는지 아는 사람이 왜 아무도 없을까요?"), 내 병은 생화학적인 것이 아니라 어린 시절 꼭 필요했던 보살핌의 결여에 기인한다고 주장한다.

"이것 아니면 저것 식이 아니에요." 그가 다시 설명한다.

"민감도의 차이입니다. 전쟁에 나가 싸웠거나 강간당한 사람들이 다 '외상 후 스트레스 장애'에 걸리는 건 아니잖아요. 하지만 지금 단계에서 원인을 따져봤자 쓸데없습니다. 이미 일어난 일이니까요."

그렇다면 상황을 되돌리는 것은, 과거로 돌아가 나 자신을 (나의 화학성분을) 제대로 재배열하는 것은 불가능한 일일까? 이미 일어난 일이라면 나는 대체 무엇과 싸우고 있는 걸까? 그와 나는 선천성-후천성 논쟁, 뇌의 유연성, 약물에 반대되는 상담치료의 효력 등에 대한 토론을 계속한다. 사실 후천성 쪽이 대유행이던 1950년대나 1960년대였다면 정신약리사를 만나지도 않았을 것이다. 정신역학에 주목했을 테니까. 하지만 정서적 질병에 대한 생물학적 관점이 득세하는 중이고, 사실상 정신요법을 보증해주는 것이 없어서 이제 후천적 환경은 별로 관심을 받지 못한다.

특정 시기의 문화적 특성에 영향 받지 않는 본질은 이것이다. 가족력에 우울증 경향이 있다면 우울증에 걸릴 확률은 50퍼센트다. 하지만 유전자 풀에 우울증이 없다면 디킨스의 소설에 나오는 이야기 같은 어린 시절을 보냈어도 우울증에 걸리지 않을 수 있다. 선천성과 후천성 양쪽을 동시에 지지하기는 어렵지만, 유전적 경향과 촉발된 상황들이 합쳐져 우울증이 일어난다는 것이다. 최근의 연구결과는 정신분열증에 108개의 유전자가 연관되어 있다고 주장하는데, 우울증에는 고작

한 개 또는 서너 개만 연관되어 있을 리 만무하다.

나는 M박사에게 형제들 중에도 발병한 사람이 더 있지만 우리 집안이 특별히 '매우 높은' 우울증 경향을 갖고 있다고 보지는 않는다고 거듭 말했다. 무슨 말이냐 하면, 부모님 중 어느 쪽도 우울증이 없었고, 양쪽 가문에 발병 사례가 있긴 하지만 그것은 유럽 출신의 아시케나지 유대인[34] 가정들에는 드물지 않은 일이었다. 사실 어느 집안이든 깊이 파헤쳐보면 우울감에 시달린 삼촌이며 우울증 진단을 받은 육촌 형제가 있을 것이다. 이를 종합해볼 때, 평생 지속된 내 우울함이 후천성이기만 할 확률은 50퍼센트 이하라고 볼 수 있다.

나는 그에게 이 싸움에 지쳤다고 말한다. "지금쯤이면 죽어 있어야 하는데 말이에요. 선생님의 모든 노고가 고맙지만 이건 내가 원하는 것이 아니에요."('이건'은 삶을 의미한다.) 내가 말을 잇는다. "충분히 오래 살았어요." 그는 내가 아니라 내 우울증이 하는 말이라고 주장한다. "당신은 심각한 우울장애가 있어요." 그가 마치 처음으로 이 결론에 다다른 것처럼 유감스러운 어조로 말한다.

"내가요?" 내가 묻는다. "확실해요?" 내가 앓고 있는 질환의 매우 특이한 점은 내가 그것을 질환으로, 장애로, 입증될 만한 질병으로 믿기 어려워한다는 사실이다. 많은 사람들이 그러듯

---

34) 독일과 프랑스를 중심으로 중유럽 및 동유럽에 퍼져 살던 유대인.

나도 그것을 대수롭지 않게 여기고, 일축하고, 밀쳐낸다. '마음을 굳게 먹고, 기분 따위에 골몰하지 마' 하는 식의 자세다. 나는 관용에 대한 나 자신의 탄원에 귀를 막는다. 이것이 인성 결함만이 아니라 내 골수에 새겨진 병이자 정신의 암이라는 것을 어느 정도 알면서도 중서부의 회계사처럼 일절 용서가 없다.

M박사는 오늘보다 더 나빴던 적도 있다고, 몇 해 전 첫 상담 날에는(이전 상담의의 권유로 약물치료를 전면 중단했던 때다) 거의 말도 못하지 않았느냐고 한다. "몹시 안 좋아 보였어요." 그의 말이다. "물에 빠진 사람 같았죠." 그는 약 한 종류의 복용량을 늘리기로 결정한다. 바로 어빌리파이인데, 이 약의 문제라면, 아무도 미리 말해주지 않지만, 체중이 상당히 증가한다는 것이다. 한때는 나도 비교적 날씬했다.(누구나 인정할 만했다). 하지만 지금은 아니다. 수년 전 어빌리파이를 먹기 시작한 후로 불어난 30~40파운드의 체중이 나 자신에 대한 절망감을 악화시킨 것은 아닌지 종종 자문해왔다. 우리 문화가 여성에게 지우는 날씬한 몸매의 의무를 고려할 때 있음직한 일이다. 조울증이 있으며 외모에 자신감이 충만한 나보다 젊은 친구 하나는 바로 이 원치 않는 부작용 때문에 어빌리파이 복용을 중단했고, 그 즉시 체중이 줄었다. "그냥 막 빠지더라고요." 그녀가 즐겁게 말했다.

에펙소와 어빌리파이는 이 밖에 다른 문제들도 있으나, M박사가 알려준 건 아니고 내가 차츰 발견한 것들이다. 혈당과 간수치 상승이 그중 하나다. 내 경우 간수치가 너무 올라가 2년 전 간 조직검사까지 했으나 지방간이 있다는 것 외에 더 밝혀진 것은 없었다.

어쨌든 딱 꼬집어 말할 수는 없지만, M박사는 이 약의 복용과 관련해 어쩐지 머뭇거린다는 인상을 준다. 혹시 신경이완제로도 불리는 항정신병제의 부작용으로 지발성 안면마비가 올 수도 있어서일까 싶기도 하다. 특히 얼굴 아랫부분이 비자발적으로 움직이는데(찡그리기, 혀 내밀기, 반복적으로 씹기), 이 장애는 되돌리기 어렵고 시간이 흐를수록 악화되기가 쉽다. 간혹 지하철에서 어쩔 줄 몰라하는 듯한 지발성 안면마비 환자들을 보게 된다.

"어빌리파이에 무슨 문제가 있는 거죠?" 내가 묻는다.

"그건 아니에요." 그가 대답한다. "그래도 항정신병제니까요."

"그래서요?"

"너무 오래 먹는 건 좋지 않죠."

"그렇군요." 내가 말한다. 축 처진 외투를 입고 얼굴을 사정없이 씰룩거려 지나가는 사람들을 겁먹게 하는 늙은 여인이 된 내 모습을 상상해본다.

"선생님이라면 먹겠어요?" 올가미를 던지는 기분으로 내가 묻는다.

"그 질환을 갖고 있는데 이 약이 도움이 된다면 먹죠." M박사가 대답한다.

정말로 되고 싶지 않지만, 또다시 나만의 과거("이미 일어난 일이니까요")를 갖고 있는 그 내가 될 수밖에 없다. M박사의 아늑한 사무실에 앉아 있노라면 몇 분 동안 내가 누구인지를 잊게 된다. 마치 우리가 그의 표현대로 '우울증 혹성'의 사악한 '힘'들과 그것들이 몰고 오는 문제들을 잘 아는 은하계의 투사가 된 느낌이 들곤 한다. 그럴 때면 대다수의 사람들에겐 보이지도 않는 적에게 절대 항복하지 않겠다는 결의로 무장한 용감한 영웅이 된 기분이다.

36.

몇 주가 더 지나면 나는 버지니아 울프와 데보라 디게스가 자살한 나이가 된다. 단순하지 않은 창작인들, 그중에서도 미술가와 작가들이 특히 우울증에 많이 시달린다는 사실은 이제 충분히 증명되었다. 단극성 우울증과 양극성 우울증 둘 다 이들에게 많이 발병한다는 사실을 천착하는 책들도 많다. 불행한 시인과 화가들은 곳곳에 널려 있다. 그들은 정신이 혼미해질 만큼 술과 마약을 하고, 손목을 긋고, 목을 매고, 총을 쏘고, 건물에서 뛰어내리고, 다리 너머로 차를 몬다. 그러니 여기 있고 싶지 않다는 끝없이 되풀이되는 욕구에도 불구하고 내가 아직 여기에 있다는 것은 나에게 경이로운 일이다. 그 저류에 굴복하지 않았다는 점에서 나는 나 자신의 기대를 초과 달성한 셈이다.

어쩌면 은밀하게 미끼를 던지는 삶 자체의 매혹을 내가 줄곧 과소평가해왔는지도 모른다. 가라앉고 있을 때는 대수롭지 않게 여기지만, 이런 미끼들은 분명히 존재한다. 독서라는 탁월한 유희가 있고, 친구 관계가 주는 만족도 있다. 그런가 하면 어머니와 자식 사이의 푸근한 결속이 있고, 닐 영Neil Young의 뼈아픈 노래나 플러스 사이즈지만 너무 펑퍼짐하지 않게 잘 맞는 흰 셔츠 등 소소한 쾌락에서 찾을 수 있는 위안도 있다. 또 하나 빼놓을 수 없는(대개는) 것은 억누를 수 없는 나의 호기심이다. 나는 얄따란 암갈색 스카프나 늦은 여름 오후의 하늘 빛깔이나 어느 5월 저녁 파리의 생트 샤펠에서 막 작곡된 듯 연주되는 비발디의 〈사계The Four Seasons〉 같은 아름다운 것들과 심미적 경험 일반에서 기쁨을 발견한다. 또 내 상황이 그것을 느낄 여력이 있을 때에 한해서지만 내가 이 세상에 남아 있도록 도와주는 모든 이들에 대한 사랑의 감정이 있다.

그런데도 간신히 자살 생각을 밀어내고, 죽고 싶은 욕구를 어렵사리 외면하고, 삶과 일종의 휴전협정을 맺은 일이 도대체 몇 번이었던가? 자살 생각에 사로잡힌 마음을 떠듬거리며 설명하니 상담 의사가 비상구조대에 전화하겠다고 선언하고는 다음 상담까지만 참아달라고 간청한(마치 미용실 예약을 연기해달라고 부탁하듯) 일은 또 몇 번이었던가? 그럴 때마다 자살을 당장 실행에 옮기지는 않겠다고 잠정적으로 동의하곤 했지만, 과연 그것이 얼마나 오래 지속될 수 있는 것일까? 연기하는 모습은 본 적 없으나 일기는 동료 무법자를 알아본 사람의 열의로 탐독한 바 있는 스팰딩 그레이Spalding Gray는 '자살 희생자'를 자신의 아홉 개의 정체성 중 하나로('선승', '인기 영화배우'와 함께) 내세우고는 몇 년 후 마침내 스태튼 아일랜드 페리의 난간 너머로 투신했다.

나의 자살 환상은 절대 유서를 쓰지 않는 것인데(예외적인 경우도 있을 테지만 한편으로는 불필요하게, 다른 한편으로는 약간 감상적으로 느껴져서다), 적어도 딸아이에게는 해명을 남길 의무가 있겠다는 생각을 최근에 했다. 효과가 있든 없든 사과도. (《그들에게는 죽음이 어울린다》의 '유서의 기술The Art of the Suicide Notes' 장을 보면, 유서의 잠재적 수신인 가운데 이상하게도 자식들이 빠져 있는 점이 발견된다. "유서는 형제자매·남편·아내·연인·상사·친구·팬·스승·적을 대상으로 씌어져왔다.")

어머니가 자살로 세상을 떠난 아이들에 관한 끔찍한 통계들을, 그 사건이 아이들에게 얼마나 지속적으로 해를 끼치는지를 수없이 들어왔다. 실비아 플라스와 테드 휴즈 사이에 태어난 동물학자 아들 니컬러스 휴즈Nicholas Hughes를 생각해본다. '개울 연어과 생태학' 전문가이던 그는 2009년 마흔일곱 나이에 목을 매 자살했다. 우울증을 앓았다고 전해지는데, 얼마 안 되는 정보를 통해 볼 때는 외톨이였던 것 같지만, 쉽게 떠올릴 수 있는 어머니에 대한 기억이 없는데도 자살을 한걸까?

딸아이를 생각해보면 생의 너무 많은 부분을 내 우울증이라는 현실과 씨름해온 터라 끝이 안 나는 이야기처럼 따분할 것 같으면서도, 한편으로는 내 지독한 고통에 치여 자신의 고통을 정당하게 표현할 권리를 박탈당한 것은 아닌지 걱정도 된다. 같은 맥락에서 딸아이가 '행복'을 느낄 능력 또한 좌절되었을 수도 있다. 다양한 기분을 가진 아이지만 감정(아이는 '날것'이라고 경멸의 기미를 담아 표현한다)을 아무 데나 흩뿌리는 내 성향과 거리를 두고 싶어서인지 주로 혼자 삭이는 편이다.

자신에 대해 말하기를 삼가는 성격이지만 예외가 있다면 사교 모임에서 종종 그러듯 과음했을 경우이다. 그런 경우 아이는 꽃처럼 활짝 열려 즐겁게 깔깔대고, 들어주기만 하는 입장에서 벗어나 가장 내밀한 이야기를 기꺼이 털어놓는다. 자유롭고 편안하게 세상과 교류하는 그 순간의 조이의 모습이 본래 그랬어야 할 그 아이의 모습이다. 언젠가 함께 친척 결혼식에 갔을 때 차분한 대화를 시작해 옆에 앉은 다소 과묵한 남자가 아내의 죽음 후 느끼는 성적 외로움을 털어놓게 만든 아이이다. 물론 음주 효과가 항상 긍정적인 것은 아니어서, 슬픔에 젖을 때도 있다. 그러면 그애는 나에게 전화를 걸어 혀 꼬부라진 소리로 어떻게 모든 것이 다 비극이냐는 말을 늘어놓는데, 혹시 그것이 조이의 진짜 내면이면 어쩌나 싶어 두려워지곤 한다. 다행인 것은 대화를 하다 보면 울적한 기분에서 벗어나려고(적어도 다음번까지는) 노력하는 것 같다는 사실이다.

그 부럽의 울프가 나에 비하면 얼마나 많은 것을 성취했는지 생각해본다. 그녀는 다수의 책을 썼고, 남편 레너드와 호가스 출판사를 세웠고, 대화와 서신을 통해 수많은 사람들과 치열한 교류를 나누었다. 물론 내가 한 일이 아무것도 없는 것은 아니다. 책 세 권을 펴냈고, 다양한 지면에 수십만 단어의 글을 실었고, 늘 믿음직하지는 못해도 열정적인 어머니에 정 있는 동기간에 헌신적인 이모-고모이기도 했지만, 결론은 내가 한때 품었던 꿈에 한참 못 미친다는 것이다.

아직 살아 있다는 것만으로도 모종의(힘, 두려움, 우유부단) 승리라 할 수도 있겠으나, 어쩌면 그것 또한 스스로와 했던 약속을 지키지 못한 실패는 아닐까 싶기도 하다. 사람들이 근사한 새 차를 사겠다고 다짐하듯 나는 자살을 다짐해왔다. 그것이야말로 견딜 수 없는 상황 속에서, 자꾸만 덤벼드는 존재의 황량한 일상성과 비루함 속에서 이만큼 견뎌낸 것에 대한 합당한 보상으로 보인다. 스스로의 목숨을 끊는 일은 물론 그 자체로 긍정적인 것이 아니며 가장 급진적인 자기배반임을 잘 알지만, 어쩌면 그것을 친절한 행위로, 자신의 절대적 슬픔에 기울이는 최대의 관심으로 볼 수도 있다는 생각이다.

또 내가 은밀히 믿어온 생각이 하나 있는데, 자살자들은 그것으로 끝이라는 사실을 깨닫지 못한다는 것이다. 내가 보기에 우울증이 심하면 죽음을 하나의 요람으로 보고 그것이 신선함으로 반짝거리는, 자신에 의해 오염되지 않은 새로운 삶으로 부드럽게 밀어줄 거라 생각하게 되는 것 같다. 들꽃들이 점점이 박힌 넓고 푸른 초원에서 평생 지고 온 무거운 짐을 내려놓고 마음껏 달릴 수 있다는 입증할 수 없는 내밀한 믿음을 가지고 일상의 말단에서 망각의 포옹으로 뛰어들 채비를 갖추는 것이다.

이 은밀한 확신은 종교적 신앙과 비슷한 구석이 있다. 아무것도 요구하지 않고, 그 자체의 불합리를 제외하고는 따로 제공하는 것도 없다. 나 또한 이런 수상쩍고 치기 어린 믿음을 품고 있는 것 같아, 그 반대를 말하는 릴케의 〈아홉 번째 비가 Ninth Elegy〉를 적어본다. 시인은 행복이란 불행의 전주곡으로만 간신히 존재하지만, 그럼에도 이 세계가 우리에게 주어진 단 한 번의 삶임을 인정하고 있다. 시의 비감상적인 메시지를 따르면서 어두운 계절을(그리고 그 다음번 것도) 견뎌낼 수 있다면, 견실하고 보다 영구적인 발판을 확보할 수 있을지도 모른다.

> 진정으로 여기에 존재하기란 너무 힘들기 때문이다.
> 여기, 이 덧없는
> 세상의 모든 것이
> 우리를 필요로 하는 것처럼 보이고, 이상한 방식으로
> 우리에게 말을 건다. 우리, 그중 가장 덧없는 존재여.
> 모든 존재는 한 번뿐. 단 한 번뿐이다, 더이상은 없다.
> 우리도 단 한 번뿐, 다시는 없다….

언제쯤인가 이 메시지가 나의 내면에서 충분히 숙성되었던 모양이다. 어느 여름날, 나는 롱아일랜드 해협을 바라보며 이 시구를 나름대로 번안해 적어 내려갔고 기도문처럼 외워보았다. "오, 주여! 이 얼마나 비극적이고 끔찍하고 기이하고 조금 근사한 삶인지요. 내 하나뿐인, 우리의 하나뿐인 이 삶을 소멸로부터 지켜 보듬고 최선을 다해 살아내게 해주세요."

***

나는 물건 잃어버리기가 장기지만, 아직도 갖고 있는 것이 있다. 대략 40년 전에 받은 버지니아 울프 인형을 최소 네 번의 이사를 거치면서도 잃어버리지 않았다. 물론 세월의 흔적 때문에 나의 버지니아는 옛날 같지는 않다. 검은 양말은 한 짝뿐이고, 주머니에 들어 있던 조그만 편지봉투들도 사라졌다. 그래도 옷은 처음 그대로 적갈색 니트 카디건과 회색 모직 스커트를 입고 있다. 이 버지니아는 회복력이 강해 놀라운 책을 여러 권 더 썼을 것이고, 함께 백발이 된 레너드와 해질녘 정원에 앉아 다가오는 20세기 후반을 목도했을 것이다.

제대로 진단받고 적정한 약을 먹었더라면 버지니아는 좀 더 오래 머물렀을까? 정말 세로토닌 흡수 정도를 좀 손봐주고 도파민 투여량을 좀 늘려주면 되는 문제일 뿐일까? 이 또한 최신 유행의 희망사항인 걸까? 항우울제 정신약리학의 역사는 반세기 정도이니 상대적으로 짧고, 복잡한 뇌 회로가 기분에 영향을 미치는 방식들도 가용 정보에 기초한 추론에 불과하다. 뇌의 화학작용을 통해 정신질환을 치유하고자 하고 정서발달상의 부침浮沈(또는 이른바 '정동장애')을 물려받은 기질에서 찾는 사람들이 날로 늘어가는데, 그런 사람들은 자신이라면 울프 부인을 고쳐놓았을 거라 장담할 것이다.

반대로 틀에 박힌 생화학적 답변보다는 성향과 삶의 경험 사이의 복잡한 상호작용을 신뢰하는 사람들은, 사랑했으나 좀처럼 붙잡을 수 없었던 어머니를 열세 살 때 여의고 그로부터 7년도 되지 않아 사랑했던 이복언니 스텔라를 잃은 깊은 상처를 고려하면 쉽사리 단정하지 못할 것이다. 의붓오빠 조지 덕워스George Duckworth에게 성적 학대를 당한 사실, 억압적이고 여성혐오적이었던 시대의 끝을 살아가던 괴팍하고 몹시 까다로운 아버지의 영향 등도 간과해선 안 될 것이다. 제아무리 첨단 요법(약물과 상담의 이상적인 조합)을 썼다 해도, 한두 해 또는 10년 후에 버지니아가 똑같이 자살을 선택했을 가능성은 여전히 존재한다. 그런 것은 측량하기 힘들거니와 어쩌면 아예 불가능할지도 모른다. 새뮤얼 버틀러는 "삶은 지쳐가는 긴 과정이다"라고 말했다. 모두 지친다 해도 나는 너무나 지쳤다고, 충분히 오래 기다렸다고, 이제는 가봐야 할 때라고 느끼는 사람들은 늘 있을 것이다.

37.

원하지만 가질 수 없는 것, 도저히 어쩔 도리가 없는 것이 있다. 아무도 나에게 보상을 해주지 않을 것이다. 지금도, 전에도, 앞으로도. 이럴 수는 없다 싶지만 그것이 현실이다. 나는 이 단순한 진리에 분개하지만(이딴 것을 받아들일 수는 없지!) 내 분노는 갈 곳이 없다. 사회화된 사람이라면 가장 가까운 아무나에게 화풀이를 할 수도 없고, 그것을 안고 사는 법을, 어떻게든 승화시키거나 비생산적인 방식(과식이나 과음이나 약물과용)으로 가라앉히는 법을 배워야 한다. 그러고 보면 내가 연쇄살인범들에게 매혹을 느끼는 것도 놀랄 일이 아니다. 밤늦게까지 테드 번디Ted Bundy에서 존 웨인 게이시John Wayne Gacy까지 다양한 연쇄살인범들을 다룬 텔레비전 프로그램을 보거나 책을 읽고 한발 더 나아가 영국과 러시아의 변종들까지 섭렵

했으니, 콴티코의 FBI 연쇄살인범 범죄심리 분석관으로 채용될 만한 전문지식을 갖춘 셈이다.

이제 나는 돋보기 안경을 껴야 하고, 최근에는 당뇨병 진단을 받아 혈당을 조절해주는 약까지 먹어야 한다.(하지만 설탕과 파스타를 끊을 만큼 건강을 지키겠다는 의지가 강하지 못해서 내 건강에 나보다 더 관심이 많은 조이에게 압수당하지 않으려고 쿠키를 감추기 시작했다.) 무릎에는 관절염이 와서 계단을 오르내릴 때면 찌릿찌릿 아프다. 또한 허영심까지 있어서 외모에 신경 쓸 여력이 없을 정도로 우울할 때가 아니라면 이따금 성형용 필러를 맞기 때문에, 말썽이 나서 주요 동맥이 막혀버리면 실명은 기본이고 사망도 가능하다. 어린 소녀 때부터 7층 침실 창밖을 내려다보며 우리 집안의 모든 문제로부터, 내 끝없는 눈물로부터 달아나 뛰어내리는 상상을 해온 내가 이렇게 늙고 나이를 먹은 것이다. 진 리스의 사후에 발간된 미완의 자서전 《웃어보세요Smile Please》에는 바로 이런 딜레마가 담긴 구절이 있다. "맙소사, 이제 겨우 스무 살이니, 앞으로 주야장천 살고 또 살아야 하는 거네."

말하자면 나는 스스로의 행복을 부지런히 추구해야 한다는, 성인의 삶에 요구되는 기본 골격을 이해하는 척한다. 하지만 흰머리를 보여서는 안 되고 아이크림과 보습크림을 발라 성가신 노화의 속도를 늦추어야 한다는 피상적이고 자기도취적인 차원 외에는 나 자신의 행복에 관심이 없는 것이 사실이다. 이런 것들 말고는 죽음을 생각하고 받지 못했던 부모의 관심을 아직도 갈망할 뿐, 불편이나 통증이 바로 코앞에 도래하기 전까지는 신체적 건강을 전반적으로 무시한다. 번다한 개인위생 습관을 포기한 것은 아니지만(나는 정기적으로 이를 닦고 샤워를 하고 머리를 감는다), 때로는 그런 것들에조차 반감이 치솟는다. 이 모든 유지관리의 목적이 무엇인지, 그런 일을 하고 또 해야 할 필요성이 무엇인지 모르겠는 것이다. 이가 썩든 머리가 떡이 되든 그냥 놔두면 어때서! 이런 불만이 나를 장악할 때도 있다. 일례로 유방암에 걸린 언니를 두고도 15년 넘게 유방조영상을 찍지 않았다. 내 나름의 러시안 룰렛이랄까, 일종의 도박 같은 반항 같기도 하다. 어디 한번 잡아봐!

앤 섹스턴이 그의 시에서 "이름 붙이기 어려운 욕정"이라고 불렀던 단속적으로 찾아오는 자살 욕구에도 불구하고, 여름이 되면 롱아일랜드에서 나를 찾을 수 있다. 여전히 살아서, 그곳에 임차한 작지만 아늑한 집 뒷마당 수영장에 누워 있는 것이다. 네 번째로 빌린 이 집이야말로 걸어서 동네까지 나갈 수 있고(아직도 운전은 못 하는 상태이고, 이쯤 되면 앞으로도 배울 가능성은 없어 보인다) 크기도 아담해, 혼자 있을 때 외롭지 않다는 점에서 최적이라고 할 수 있다. 여름 별장을 빌려 사는 데 익숙해지기까지, 그러니까 모든 계획과 준비와 초대와 다른 사람이 산 가구와 식기를 사용하며 비용을 지불하는 일에 편안해지기까지 시간이 걸렸지만, 더디게나마 요령을 배워가고 있다.

온갖 부정적인 생각들이 거침없이 치고 올라오는 위태로운 시절들도 있었으나 입원 없이 8년을 보냈다. 우울증을 완전히 정복하는 꿈도 꿔봤지만, 그것이 고질적 질환임을, 문학적 경향만큼이나 나의 일부임을 깨닫게 되었다. 아직까지도 이를테면 암 같은 명실상부한 질병이라고 할 수 있을지는 잘 모르겠고, 또 아무리 덧없어 보일지라도 그 증상을 존중해야 한다는 것을 어렵사리 배웠다. 약을 완전히 끊는 환상도 품어봤지만 부작용을 무릅쓰고 예방책으로 약을 계속 먹으며 상담치료를 병행하는데, 이 연합작전은 퍽 효과적이다. 내 우울증에 대해 승리를 선포하지는 못하지만 밀쳐내고 피하며 그런대로 잘 살아가고 있으며, 우울증의 반대는 상상도 못할 행복이 아닌 대체적인 자족감, 이 정도면 괜찮다는 느낌임을 기억하려 한다. 어쩌면 우울증 환자들은 우울하지 않을 때 삶으로부터 너무 많은 것을 기대하는지도, 표준을 너무 높이 잡는 건지도 모른다. 지난겨울 어느 날 밤, 친구 E가 나에게 해준 말을 조이에게 반복해서 들려주는 나 자신을 목격했다. "삶은 선물이야." 나는 딸아이에게 이 말을 하고, 요점을 강조하기 위해 이렇게 덧붙였다. "아주 커다란 선물이지." 이런 반쯤 경건한 발언이 내 입에서 나오는 것에 대해 조이가 눈을 굴릴 줄 알았는데, 아이는 신기해하는 것 같았다.

친구가 이 말을 처음 들려주었을 때는 매디슨 애비뉴의 어느 상점 유리창에 적힌 목록에서 접한 '자존감 가동하기'처럼 잘 이해되지 않았다. 도대체 이게 무슨 소리지? 자존감은 있거나 없는 것이지 간단히 '가동'할 수 있는 것이 아니었다. 화사한 색상의 조녀선 애들러 쿠션에 수놓인 '희망은 시크하다'라는 글귀도 떠올랐다. 희망이 감청색보다 핫한 최신 유행 아이템이고 본질적 요소라기보다는 장식품이라는 듯이 말이다. 삶이 선물이라는 말을 내가 얼마나 믿는지 확신할 순 없지만(자궁 밖으로의 긴 여행을 시작하기 전, 아무도 정말 출생하고 싶으냐고 묻지 않으니까), 정말 믿고 싶은 마음이다. 나이를 먹었다는 신호일 수도 있지만, 그러지 않는다면 내가 보기에도 감사를 모르는 일 같다.

　나는 눈을 감고 물에 몸을 맡긴다. 나뭇잎들을 흔들어놓는 희미한 산들바람 덕분에 그리 무덥지 않은 7월의 부드러운 토요일 오후다. 주말을 맞아 초대한 친구 둘은 접의자에 앉아 책을 읽고 있으며, 한참 전에 왔어야 할 조이는 흔히 그러듯 지각이다. 대단할 것 없는 장면이지만 비교적 최근까지만 해도 꿈조차 꿀 수 없었던 것이고, 다른 누군가가 대신해주기를 기대하지 않고 내가 직접 주도권을 잡는 일이다. 몇 바퀴 돌아볼 생각으로 수영장 바닥에 서는 순간, 하늘 어디에선가 비교적 자애로운 어머니의 존재가 느껴진다. 잠시, 어머니가 없다는 것이 몹시 마음 아프다. 나는 아무도 보고 있지 않다는 걸 확인한 뒤, 얼른 고개를 들고 혹시나 하는 마음으로 손을 흔들어 인사한다.

몇 바퀴 맹렬하게 헤엄을 치고 수영장에서 나와 '탈리스' 스타일로 어깨에 타월을 두른 다음 친구들 옆 의자에 주저앉는다. 친구들은 심령술사를 믿는지 믿지 않는지 한창 토론 중이다. 굉장히 논리적인 J는 심령술사라는 사람들이 어째서 사기꾼인지 설명하고, 내가 기고하는 잡지의 편집자인 L은 좀 더 열린 자세가 필요한 이유를 역설한다. 읽다 만 800페이지짜리 강제수용소 관련 역사서 《KL》(가벼운 여름 전용 도서)을 들고 읽고 있는데, 늘 그러듯 조이가 헐렁한 옷에 미어터질 지경의 배낭을 메고 불쑥 마당 입구에 들어선다. "드디어 왔네." 내가 말한다. "안 오는 줄 알았다."

　한 시간쯤 후, 우리 넷은 여름철 방문객들보다는 주로 주민들이 들르는 허름하지만 내가 좋아하는 피자 가게 겸 멕시코 음식점까지 걸어가 저녁을 먹을 것이고, 돌아와서는 텔레비전을 보거나 낱말 게임을 하며 캔디 키친에서 사온 연한 색의 아이스크림을 몇 통 먹어치울 것이고, 조이는 밤이 가기 전 준비라도 한 듯 때맞춰 내 설거지 습관이나 손님 접대 방식의 근본적 결함을 지적하며 싸움을 걸어올 것이다. 잠자리에 들 때는 밤에 먹어야 하는 약을 꼭 챙겨 먹으라고 일러줄 테고, 불을 끄려는 순간 방에 들어와 몸을 굽히고는 하는 둥 마는 둥 입맞춤도 해줄 것이다.

　아이가 나가면 나는 어둠 속에 누워, 내 임차 별장에 불러들인 사그마한 가족과 친구들의 모임을, 한때는 견디기 힘들었으나 적어도 지금 이 순간은 자랑스러울 수 있는 삶 속의 사람들을 생각해볼 것이다. 뭔가 부족하다는 익숙한 느낌을, 메워지기를 기다리는 요란한 결핍감을 찾아보려 해도, 어쨌든 지금만큼은 찾아지지 않는다.

아늑한 방에 누워 에어컨의 상쾌한 냉기 속에서 푹신한 이불을 끌어올려본다. 햇볕과 물, 책을 읽는 몇 시간, 함께 즐기는 식사와 두서없는 대화로 채워질 내일이 그려진다. 눈꺼풀이 내려오기 시작할 때, 내가 좋아하는 찰스 올슨Charles Olson의 시구 하나가 갑자기 떠오른다. "나는 가장 단순한 것들을 마지막으로 배워야 했다. 그래서 곤경을 겪었다."

누가 알았겠는가, 내가 이렇게 행복에 가까울 줄을?

감사의 말

　이 책은 본질적으로 곤란한 소재와 나 자신의 본질적으로
취약한 측면에 의존하고 있어서, 초고를 읽어준 이들을 포함
해 수많은 사람들의 응원과 애정을 필요로 했다. 여러 해 전
의 초고에서 최종고에 이르기까지 통찰력 넘치는 평가와 조언
을 하며 줄곧 함께해준 일레인 페퍼블릿Elaine Pfefferblit에게 먼
저 감사하고 싶고, 캐럴 길리건Carol Gilligan, 칩 맥그래스Chip
McGrath, 아너 무어Honor Moore, 데브 개리슨Deb Garrison, 수전
스콰이어Susan Squire에게도 감사한다.

　삶과 글쓰기 전반에 대한 조언에 대해 앤디 포트Andy Port,
네사 래퍼포트Nessa Rapaport, 앤 로이프Anne Roiphe, 조리 그레
이엄Jorie Graham, 디나 레커나티Dina Recanati, 조이 해리스Joy
Harris, 브렌다 와인애플Brenda Wineapple, 데보라 솔로몬Deborah

Solomon, 재미 버나드Jami Bernard, 베터니 알하데프Bethanie Alhadeff, 레브 멘데스Lev Mendes, 스티븐 드러커Stephen Drucker 에게 감사한다.

편집자 아일린 스미스Ileene Smith는 부정적인 소문들에도 내가 이 작업을 완성할 수 있다고 믿어주었고, 여러 해 동안 면밀한 질문과 섬세한 제안들로 헤아릴 수 없을 만큼 도움을 주었다. 에이전트 마커스 호프먼Markus Hoffman은 건설적 비판과 흔들림 없는 격려의 소중한 원천이 되어주었다. 홍보 담당 로첸 시버스Lottchen Shivers와 샌디 멘델슨Sandi Mendelson은 나를 꿋꿋이 대변해주었다.

사적으로는 두 언니 다이나 멘데스Dinah Mendes와 데브라 거버Debra Gerber가 소재의 위험성에도 불구하고 변함없는 격려를 보내주었다. 어시스턴트 앤 마리 무슈키Anne-Marie Mueschke는 내가 체계를 잃지 않도록 씩씩하게 일해주었을 뿐 아니라, 능숙한 독자임을 입증했다. 친구 앨리스 트루악스Alice Truax는 정확한 심리적 본능으로 내가 어둠을 헤치고 나와 의도한 바를 구현할 수 있도록 도와주었다. 마지막으로, 내가 쓴 글을 읽고 싶어하지 않지만 내가 가라앉지 않도록 사랑과 지혜를 불어넣어주는 내 딸 조이가 있다.

나의 우울증을 떠나보내며

첫판 1쇄 펴낸날 2018년 8월 20일
첫판 2쇄 펴낸날 2019년 5월 15일

지은이 | 대프니 머킨
옮긴이 | 김재성
펴낸이 | 박남희

종이 | 화인페이퍼
인쇄·제본 | 한영문화사

펴낸곳 | (주)뮤진트리
출판등록 | 2007년 11월 28일 제2015-000059호
주소 | 서울시 마포구 토정로 135 (상수동) M빌딩
전화 | (02)2676-7117 팩스 | (02)2676-5261
전자우편 | geist6@hanmail.net
홈페이지 | www.mujintree.com

ⓒ 뮤진트리, 2018

ISBN 979-11-6111-021-9 03840

* 책값은 뒤표지에 있습니다.